W9-AZC-787

Julio Cortázar

Les armes secrètes

Traduit de l'espagnol
par Laure Guille-Bataillon

Gallimard

Titre original :

LAS ARMAS SECRETAS

© *Éditions Gallimard, 1963, pour la traduction française.*

En lisant la première nouvelle de Julio Cortázar, La nuit face au ciel, le lecteur est d'emblée sollicité, subjugué par l'évidence d'une action qui se poursuivra à travers tout le livre, transposée, éclairée différemment selon chaque récit, chaque personnage. La même obsession semble diaboliquement posséder le grand écrivain argentin : celle de l'homme ayant découvert sa réalité dans l'imaginaire ou son domaine imaginaire dans une existence aux données les plus réalistes. Les frontières entre l'action inconsciente du rêve et celles — concertées — d'un drame vécu n'existent pas pour Cortázar. Il va et vient dans un monde dont l'insolite fluidité remet en cause les notions admises d'un envers et d'un endroit, d'un haut et d'un bas éventuels.

Les « histoires » de Julio Cortázar envoûtent le lecteur. Impossible pour celui-ci de sortir indemne des jeux de la mort, de la peur et de l'humour où l'entraînent un style précis, une psychologie d'une logique irréfutable et les métamorphoses d'un réalisme aux frontières du fantastique.

L'une des nouvelles constituant ce recueil, Les fils de la Vierge, a inspiré le film d'Antonioni, Blow-Up. Et si le lecteur aime tant soit peu le jazz, il sera *bouleversé en reconnaissant, dans* L'homme à l'affût, *le portrait d'un musicien très proche de Charlie Parker.*

Julio Cortázar, né en 1914, à Bruxelles, de parents argentins, a passé son enfance et sa jeunesse en Argentine.

Établi en France depuis 1951, Cortázar est l'auteur de plusieurs romans et recueils de nouvelles : *Marelle, Gîtes, Tous les feux le feu, 62. Maquette à monter.*

Ses textes figurent dans plusieurs Anthologies françaises et notamment dans l'*Anthologie du fantastique* de Roger Caillois.

A Jean Barnabé

I.

LA NUIT FACE AU CIEL

*Et, à certaines époques, ils allaient
chasser l'ennemi : on appelait cela la
guerre fleurie.*

Au milieu du long couloir de l'hôtel il pensa
qu'il devait être tard et il pressa le pas pour aller
prendre sa moto dans l'encoignure où le
concierge d'à côté lui permettait de la ranger. A
la bijouterie du coin il vit qu'il était neuf heures
moins dix, il arriverait en avance. Le soleil
s'infiltrait entre les hauts immeubles du centre et
lui — car pour lui-même, pour penser, il n'avait
pas de nom — il enfourcha sa machine en
savourant d'avance la promenade. La moto ron-
ronnait entre ses jambes et un vent frais fouettait
son pantalon.

Il vit passer les ministères (le rose, le blanc) et
la file des magasins aux brillantes vitrines de la
rue centrale. Il abordait à présent la partie la

plus agréable du parcours, la véritable promenade : une longue rue, peu passante, bordée
d'arbres et de vastes villas qui laissaient descendre jusqu'aux trottoirs leurs jardins à peine
bordés de petites haies basses. Un peu distrait
peut-être, mais tenant sagement sa droite, il se
laissait porter par l'éclat lustré, par la tension
légère de ce jour à peine commencé. C'est peut-
être cette détente involontaire qui l'empêcha
d'éviter l'accident. Quand il vit la femme arrêtée
au bord du trottoir s'élancer sur la chaussée
malgré le feu vert, il n'était déjà plus maître de ce
qui allait arriver. Il freina des deux roues et vira à
gauche, il entendit la femme crier, puis, au
moment du choc, tout devint noir. Ce fut comme
s'il s'était soudainement endormi.

Il revint brusquement à lui. Quatre ou cinq
jeunes gens étaient en train de le retirer de sous
la moto. Il avait à la bouche un goût de sel et de
sang, un genou lui faisait mal et, quand on le
releva, il cria parce qu'il ne pouvait supporter le
moindre contact sur son bras droit. Des voix qui
ne semblaient pas appartenir aux visages flottant
au-dessus de lui l'encourageaient en plaisantant
et en le rassurant. Sa seule consolation fut de
s'entendre dire qu'il était dans son droit en
traversant le carrefour. Il demanda des nouvelles
de la femme en essayant de vaincre la nausée qui
lui montait à la gorge. On le portait face contre
ciel à la pharmacie voisine et, chemin faisant, on
lui apprit que sa victime n'avait que des égrati-

gnures aux jambes. « Vous l'avez à peine touchée, mais le choc a projeté la moto de côté... » Chacun donnait son avis : doucement, faites-le entrer à reculons, là, c'est bien. Un homme en blouse blanche lui fit boire quelque chose qui le calma dans la pénombre d'une petite pharmacie de quartier.

L'ambulance de la police arriva cinq minutes après et on l'installa sur un brancard moelleux où il put s'allonger à son aise. Parfaitement lucide tout en sachant qu'il était sous l'effet d'un choc terrible, il donna son adresse à l'agent qui était auprès de lui. Son bras ne lui faisait presque plus mal, d'une coupure qu'il avait au sourcil, du sang coulait sur tout son visage, une ou deux fois il passa la langue sur ses lèvres pour le boire. Il se sentait bien, c'était un accident, une malchance, quelques semaines de repos et il n'y paraîtrait plus. L'agent lui dit que la motocyclette n'avait pas l'air très abîmée. « Naturellement — répondit-il — elle m'est tombée dessus. » Ils rirent tous les deux et l'agent lui tendit la main en arrivant à l'hôpital et lui souhaita bonne chance. La nausée revenait peu à peu, on l'emmenait sur un chariot vers un pavillon du fond et il passait sous des arbres pleins d'oiseaux ; il ferma les yeux et souhaita être endormi ou chloroformé. Mais on le garda longtemps dans une pièce qui sentait l'hôpital pour remplir une fiche, le déshabiller et lui mettre une chemise grisâtre et rude. On remuait son bras avec précaution, sans lui faire mal. Les infirmières ne cessaient de plaisanter, et, sans les crampes d'estomac, il se serait senti très bien, presque content.

On le passa à la radio et, vingt minutes après, la plaque encore humide posée sur la poitrine comme une dalle noire, on le conduisit dans la salle d'opération. Un homme tout en blanc, grand et mince, s'approcha de lui et se mit à examiner la radiographie. Des mains de femmes arrangeaient sa tête commodément, il sentit qu'on l'installait sur une autre civière. L'homme en blanc s'approcha de lui à nouveau, en souriant il tenait à la main quelque chose qui brillait. Il lui tapota la joue et fit signe à quelqu'un qui était derrière lui.

C'était un rêve curieux, car il était rempli d'odeurs et lui ne rêvait jamais d'odeurs. D'abord une exhalaison de marais, à gauche de la chaussée s'étendaient les marécages, les bourbiers d'où personne ne revenait. Mais l'odeur disparut et fit place à un parfum complexe, sombre comme la nuit où il se mouvait, poursuivi par les Aztèques. Et cela lui semblait tout naturel. Il fallait fuir les Aztèques qui faisaient la chasse à l'homme et sa seule chance était de pouvoir se cacher au plus épais de la forêt en ayant soin de ne pas s'écarter de l'étroite chaussée qu'eux, les Motèques, étaient les seuls à connaître.

Mais sa plus grande torture c'était cette odeur,

comme si, malgré sa totale acceptation du rêve, quelque chose en lui se révoltait contre cette intrusion inhabituelle. « Ça sent la guerre », pensa-t-il, et il toucha instinctivement le poignard de pierre passé dans sa ceinture de laine tressée. Un bruit inattendu le fit se baisser et il attendit immobile, tremblant. Avoir peur n'était pas une chose insolite, la peur revenait souvent dans ses rêves. Il attendit, caché par les branches d'un arbuste et la nuit sans étoiles. Très loin, sans doute de l'autre côté du grand lac, des feux de bivouac devaient brûler ; une lueur rougeâtre teignait le ciel, là-bas. Le bruit ne se renouvela pas. Un animal peut-être, qui fuyait comme lui l'odeur de la guerre. Il se redressa lentement, flairant le vent. On n'entendait plus rien, mais la peur demeurait, comme l'odeur, encens douceâtre de la guerre fleurie. Il fallait poursuivre sa route, gagner le cœur de la forêt, en évitant les marécages. Il fit quelques pas à tâtons, en se baissant à chaque instant pour toucher le sol dur de la chaussée. Il aurait voulu courir à toutes jambes, mais les sables mouvants palpitaient près de lui. Il reprit lentement sa marche en suivant le sentier dans les ténèbres. Soudain il reçut en pleine figure une bouffée de cette odeur horrible qu'il redoutait plus que tout, et il fit un bond désespéré en avant.

— Vous allez tomber du lit, dit le malade d'à côté, ne vous démenez pas tant, mon ami.

Il ouvrit les yeux, il était tard, le soleil était

déjà bas à travers les baies vitrées de la longue
salle. Il essaya de sourire à son voisin tandis qu'il
se détachait, presque physiquement, des dernières images du rêve. Son bras, plâtré, était
suspendu à un appareil muni de poulies et de
poids. Il avait soif, comme s'il avait couru pendant des kilomètres, mais on ne voulait pas lui
donner beaucoup d'eau, à peine de quoi mouiller
ses lèvres et avaler une gorgée. La fièvre l'enva-
hissait lentement et il aurait pu se rendormir,
mais il savourait le plaisir de demeurer éveillé,
les yeux mi-clos, écoutant les conversations des
autres malades, répondant de temps en temps à
une question. Il vit arriver une table roulante
blanche qu'on poussa à côté de son lit. Une
infirmière blonde frotta avec de l'alcool le haut
de sa cuisse et y enfonça une grosse aiguille reliée
par un tuyau à un flacon, rempli d'un liquide
opalin. Un jeune médecin vint ajuster un appareil de métal et de cuir à son bras valide pour
vérifier quelque chose. La nuit tombait et la
fièvre l'entraînait mollement vers un état où les
choses avaient un relief semblable à celui que
donnent les jumelles de théâtre, elles étaient
réelles et douces, et, aussi légèrement répu-
gnantes, un peu comme un film ennuyeux mais
où l'on reste parce que dans la rue c'est encore
pire.

On lui apporta une tasse d'un merveilleux
bouillon d'or qui sentait le poireau, le céleri, le
persil. On y émietta petit à petit un morceau de

pain plus précieux que tout un banquet. Le bras ne lui faisait plus mal; parfois seulement, un coup de lancette chaud et rapide zébrait le sourcil où on avait fait quelques points de suture. Quand les baies vitrées face à son lit devinrent des taches bleu sombre, il pensa qu'il allait s'endormir facilement. Pas très à son aise sur le dos. Mais en passant sa langue sur ses lèvres sèches et brûlantes, il sentit le goût du bouillon et il s'abandonna au sommeil en soupirant de bonheur.

Il comprenait qu'il courait dans une obscurité profonde, bien qu'au-dessus du ciel traversé de cimes d'arbres il fît un peu moins noir. « La chaussée, pensa-t-il, je ne suis plus sur la chaussée. » Ses pieds s'enfonçaient dans un matelas de feuilles et de boue et, dès qu'il faisait un pas, des branches d'arbustes lui fouettaient le torse et les jambes. Haletant, se sentant perdu malgré les ténèbres et le silence, il se baissa pour écouter. La chaussée était peut-être tout près, il allait la revoir aux premières lueurs du jour, mais rien à présent ne pouvait l'aider à la retrouver. La main qui serrait sans qu'il s'en rendît compte le manche du poignard grimpa comme le scorpion des marécages jusqu'à son cou où était suspendue l'amulette protectrice. Remuant à peine les lèvres il murmura la prière du maïs qui amène les lunes heureuses, et la supplication à la Très Haute, dispensatrice des biens motèques. Mais il sentait en même temps que ses chevilles s'enfonçaient dans la boue, lentement, et l'attente dans les ténèbres de ce fourré inconnu devenait insupportable. La guerre fleurie avait commencé avec la nouvelle lune et elle durait déjà depuis trois jours et trois nuits. S'il parvenait à gagner le cœur de la forêt, au-delà de la région des marécages, peut-être les guerriers aztèques perdraient-ils sa trace. Il pensa aux nombreux prisonniers qu'ils avaient déjà dû faire. La quantité toutefois ne comptait pas, il fallait que le temps assigné fût révolu, le temps sacré. La chasse continuerait jusqu'à ce que les prêtres donnent le signal du retour. Tout acte portait en soi un chiffre et une fin prévus d'avance et il était, lui, à l'intérieur de ce temps sacré, face aux chasseurs.

Il entendit des cris et se dressa d'un bond, le poignard à la main. Le ciel parut s'incendier à l'horizon, il vit des torches bouger entre les branches, tout près. L'odeur de la guerre était insupportable et, lorsque le premier ennemi lui sauta dessus, il éprouva presque du plaisir à lui plonger sa dague de pierre dans la poitrine. Les lumières l'entouraient déjà, les cris joyeux. Il fendit l'air une ou deux fois encore, puis une corde l'attrapa par-derrière.

— C'est la fièvre, dit son voisin de lit. J'ai eu des cauchemars comme vous quand on m'a opéré du duodénum. Buvez un peu d'eau et vous dormirez mieux, vous verrez.

Après la nuit d'où il revenait, la pénombre tiède de la salle lui parut délicieuse. Une lampe

violette veillait en haut du mur du fond comme
un œil protecteur. On entendait tousser, respirer
fortement, parfois un dialogue à voix basse. Tout
était agréable, rassurant, sans cette poursuite,
sans... Mais il ne fallait plus penser au cauchemar ; il pouvait se distraire avec tant d'autres
choses amusantes. Il se mit à examiner le plâtre
de son bras, les poulies qui si commodément le
soutenaient en l'air. On avait mis une bouteille
d'eau minérale sur la table de nuit. Il but au
goulot, avidement. Il distinguait maintenant les
formes dans la salle, les trente lits, les armoires
vitrées. La fièvre devait avoir baissé, il se sentait
le visage plus frais, le sourcil ne lui faisait
presque plus mal, à peine un souvenir. Il se revit,
au moment où il sortait de l'hôtel, où il prenait la
moto. Qui aurait pu penser que cela finirait
ainsi ? Il essaya de se rappeler le moment de
l'accident et il dut s'avouer avec rage qu'il y avait
là comme un trou, un vide qu'il n'arriverait pas à
combler. Entre le choc et le moment où on l'avait
relevé, un évanouissement, ou quoi que ce fût
d'autre, qui l'empêchait de faire le point. Et il
avait en même temps l'impression que ce trou, ce
rien, avait duré une éternité. Non, ce n'était
même pas du temps, plutôt comme si, dans ce
trou, il avait parcouru des distances fabuleuses.
Le choc, le coup brutal contre le pavé. Il avait
éprouvé ensuite une espèce de soulagement en
sortant du puits noir, pendant que les hommes le
relevaient. Malgré la douleur du bras cassé,

malgré le sang du sourcil, la contusion du genou,
malgré tout cela, un soulagement de revenir au
jour et de se sentir aidé, secouru. C'était étrange.
Il interrogerait à l'occasion le médecin du
bureau. Maintenant, le sommeil le gagnait de
nouveau, l'attirait lentement vers le fond. L'oreiller était si moelleux et, dans sa gorge enfiévrée, la
fraîcheur de l'eau minérale. Il pourrait peut-être
se reposer vraiment, sans ces maudits cauchemars. En haut, la lumière violette de la lampe
s'éteignait peu à peu.

Comme il s'était endormi sur le dos, la position
dans laquelle il se retrouva ne le surprit pas. Ce
fut une odeur d'humidité, de pierre qui suintait
qui le saisit à la gorge et l'obligea à reprendre
tout à fait conscience. Inutile d'ouvrir les yeux et
de regarder autour de lui, il était plongé dans la
plus complète obscurité. Il voulut se lever et il
sentit des cordes à ses poignets et à ses chevilles.
Il était maintenu au sol sur de grandes dalles
glacées et humides. Le froid gagnait son dos nu,
ses jambes. Tant bien que mal il chercha du
menton son amulette à son cou, et il comprit
qu'on la lui avait arrachée. Il était perdu cette
fois, aucune prière ne pouvait le sauver de ce qui
l'attendait. Il entendit au loin le bruit des tam-
bours de la fête qui semblait s'infiltrer entre les
pierres du cachot. On l'avait enfermé dans le
Teocalli, il était dans les prisons du temple et il
attendait son tour.

Il entendit crier, un cri rauque qui ricocha sur

les murs. Un autre cri, s'achevant en une plainte.
C'était lui qui criait dans les ténèbres, il criait
parce qu'il était vivant ; tout son corps se défen-
dait par ce cri contre ce qui allait venir, contre la
fin inévitable. Il pensa à ses compagnons entassés
dans d'autres cachots, et à ceux qui gravissaient
déjà les marches du sacrifice. Il poussa un autre
cri, étouffé celui-là ; il ne pouvait presque plus
ouvrir la bouche, ses mâchoires étaient collées
comme si elles avaient été de caoutchouc et
n'avaient pu s'ouvrir que lentement, en un effort
interminable. Le grincement des verrous le
secoua comme un coup de fouet. Il se débattit
follement pour essayer de se dégager des cordes
qui s'enfonçaient dans sa chair. Son bras droit
surtout luttait, mais quand la douleur devint
insupportable il fut bien obligé de céder. Il vit
s'ouvrir la porte à double battant et l'odeur des
torches lui parvint avant leur clarté. Ceints du
pagne rituel, les acolytes des prêtres s'approchè-
rent de lui en le regardant avec mépris. Les
lumières se reflétaient sur les torses couverts de
sueur, sur les cheveux noirs piqués de plumes.
Les cordes cédèrent et il se sentit saisir par des
mains chaudes, dures comme du bronze ; on le
souleva, toujours face contre ciel, et on l'emporta
le long du couloir. Les porteurs de torches mar-
chaient les premiers, éclairant vaguement le
passage aux murs humides et à la voûte si basse
que les servants du prêtre devaient baisser la
tête. On l'emmenait maintenant, on l'emmenait,

c'était la fin. Face contre ciel, à un mètre du plafond taillé à même le roc, et qui s'illuminait par instants d'un reflet de torche. Quand, à la place du plafond, surgiraient les étoiles et se dresserait devant lui le grand escalier incendié de cris et de danses, ce serait la fin. Le couloir était interminable, il prendrait fin cependant et l'odeur du plein air criblé d'étoiles le frapperait soudain au visage. Mais pas encore, on le portait toujours, en le secouant, en le brutalisant, le long de cette interminable pénombre rouge. Tout son être se révoltait mais comment empêcher l'inévitable puisqu'on lui avait arraché son amulette, son cœur véritable, le centre même de sa vie.

Il se retrouva d'un bond dans la nuit de l'hôpital, sous le doux plafond élevé, dans l'ombre paisible. Il se dit qu'il avait dû crier mais ses voisins dormaient dans un profond silence. Sur la table de nuit, la bouteille ressemblait à une bulle, à une image transparente contre l'ombre bleutée des fenêtres. Il respira profondément pour délivrer ses poumons, pour chasser ces images qui étaient toujours collées à ses paupières. Chaque fois qu'il fermait les yeux il les voyait se reformer instantanément et il se redressait, épouvanté, tout en savourant le plaisir de se savoir à présent éveillé. La veille le protégeait, il allait bientôt faire jour et il se rendormirait du bon sommeil profond du matin, sans images ni rien... Il avait du mal à garder les yeux ouverts, l'assoupissement le gagnait malgré lui. Il fit un

dernier effort de sa main valide pour saisir la
bouteille d'eau ; il ne put l'atteindre, ses doigts se
refermèrent sur un vide noir et le couloir continuait, interminable, roc après roc, éclairé par de
soudaines lueurs rougeâtres, et lui, face contre
ciel, il gémit sourdement, parce que la voûte
allait prendre fin, elle montait, elle s'ouvrait
comme une bouche d'ombre, les acolytes se
redressaient et une lune en croissant tomba du
haut du ciel sur son visage, sur ses yeux qui ne
voulaient pas la voir, qui se fermaient et se
rouvraient désespérément pour essayer de passer
de l'autre côté, pour essayer de revoir encore le
plafond protecteur de la salle d'hôpital. Mais
toutes les fois qu'il ouvrait les yeux c'était de
nouveau la nuit et la lune, on le portait le long
d'un escalier, la tête renversée en arrière, et là-
haut il y avait les bûchers, les rouges colonnes de
fumée aromatique, et tout à coup il vit la pierre
rouge, brillante de sang frais, et le va-et-vient des
pieds du sacrifié que l'on traînait par terre
jusqu'à l'escalier nord où on le ferait rouler. Dans
un ultime espoir, il serra très fort ses paupières et
s'efforça en gémissant de se réveiller. Il crut, le
temps d'une seconde, qu'il y parviendrait, car il
était à nouveau immobile, sur son lit. L'affreux
balancement, tête en arrière, avait cessé. Mais il
sentait l'odeur de la mort et quand il ouvrit les
yeux il vit le sacrificateur couvert de sang qui
venait vers lui, le couteau de pierre à la main. Il
réussit à fermer encore une fois les yeux, mais il

savait maintenant que le rêve merveilleux c'était l'autre, absurde comme tous les rêves, un rêve dans lequel il avait parcouru, à califourchon sur un énorme insecte de métal, les étranges avenues d'une ville étonnante, parée de feux verts et rouges qui brûlaient sans flammes ni fumée. Et dans ce rêve, mensonge infini, quelqu'un aussi s'était approché de lui un couteau à la main, de lui qui gisait face au ciel, les yeux fermés, face au ciel parmi les bûchers.

AXOLOTL

Il fut une époque où je pensais beaucoup aux
axolotls. J'allais les voir à l'aquarium du Jardin
des Plantes et je passais des heures à les regarder,
à observer leur immobilité, leurs mouvements
obscurs. Et maintenant je suis un axolotl.

Le hasard me conduisit vers eux un matin de
printemps où Paris déployait sa queue de paon
après le lent hiver. Je descendis le boulevard de
Port-Royal, le boulevard Saint-Marcel, celui de
l'Hôpital, je vis les premiers verts parmi tout le
gris et je me souvins des lions. J'étais très ami des
lions et des panthères, mais je n'étais jamais
entré dans l'enceinte humide et sombre des
aquariums. Je laissai ma bicyclette contre les
grilles et j'allai voir les tulipes. Les lions étaient
laids et tristes et ma panthère dormait. Je me
décidai pour les aquariums et, après avoir
regardé avec indifférence des poissons ordinaires, je tombai par hasard sur les axolotls. Je

passai une heure à les regarder, puis je partis, incapable de penser à autre chose.

A la Bibliothèque Sainte-Geneviève je consul tai un dictionnaire et j'appris que les axolotls étaient les formes larvaires, pourvues de branchies, de batraciens du genre amblystome. Qu'ils étaient originaires du Mexique, je le savais déjà, rien qu'à voir leur petit visage aztèque. Je lus qu'on en avait trouvé des spécimens en Afrique capables de vivre hors de l'eau pendant les périodes de sécheresse et qui reprenaient leur vie normale à la saison des pluies. On donnait leur nom espagnol, *ajolote*, on signalait qu'ils étaient comestibles et qu'on utilisait leur huile (on ne l'utilise plus) comme l'huile de foie de morue.

Je ne voulus pas consulter d'ouvrages spécialisés mais je revins le jour suivant au Jardin des Plantes. Je pris l'habitude d'y aller tous les matins, et parfois même matin et soir. Le gardien des aquariums souriait d'un air perplexe en prenant mon ticket. Je m'appuyais contre la barre de fer qui borde les aquariums et je regardais les axolotls. Il n'y avait rien d'étrange à cela ; dès le premier instant j'avais senti que quelque chose me liait à eux, quelque chose d'infiniment lointain et oublié qui cependant nous unissait encore. Il m'avait suffi de m'arrêter un matin devant cet aquarium où des bulles couraient dans l'eau. Les axolotls s'entassaient sur l'étroit et misérable (personne mieux que moi ne sait à quel point il est étroit et misérable) fond de pierre et de mousse. Il y en avait neuf, la plupart d'entre eux appuyaient leur tête contre la vitre et regardaient de leurs yeux d'or ceux qui s'approchaient. Troublé, presque honteux, je trouvais qu'il y avait de l'impudeur à se pencher sur ces formes silencieuses et immobiles entassées au fond de l'aquarium. Mentalement j'en isolai un, un peu à l'écart sur la droite, pour mieux l'étudier. Je vis un petit corps rose, translucide (je pensai aux statuettes chinoises en verre laiteux), semblable à un petit lézard de quinze centimètres, terrminé par une queue de poisson d'une extraordinaire délicatesse — c'est la partie la plus sensible de notre corps. Sur son dos, une nageoire transparente se rattachait à la queue ; mais ce furent les pattes qui me fascinèrent, des pattes d'une incroyable finesse, terminées par de tout petits doigts avec des ongles — absolument humains, sans pourtant avoir la forme de la main humaine — mais comment aurais-je pu ignorer qu'ils étaient humains ? C'est alors que je découvris leurs yeux, leur visage. Un visage inexpressif sans autre trait que les yeux, deux orifices comme des têtes d'épingle entièrement d'or transparent, sans aucune vie, mais qui regardaient et se laissaient pénétrer par mon regard qui passait à travers le point doré et se perdait dans un mystère diaphane. Un très mince halo noir entourait l'œil et l'inscrivait dans la chair rose, dans la pierre rose de la tête vaguement triangulaire, aux contours courbes et irréguliers,

qui la faisaient ressembler à une statue rongée
par le temps. La bouche était dissimulée par le
plan triangulaire de la tête et ce n'est que de
profil que l'on s'apercevait qu'elle était très
grande. Vue de face c'était une fine rainure,
comme une fissure dans de l'albâtre. De chaque
côté de la tête, à la place des oreilles, se dressaient de très petites branches rouges comme du
corail, une excroissance végétale, les branchies,
je suppose. C'était la seule chose qui eût l'air
vivante dans ce corps. Chaque vingt secondes
elles se dressaient, toutes raides, puis s'abais-
saient de nouveau. Parfois une patte bougeait, à
peine, et je voyais les doigts minuscules se poser
doucement sur la mousse. C'est que nous n'ai-
mons pas beaucoup bouger, l'aquarium est si
étroit ; si peu que nous remuions nous heurtons la
tête ou la queue d'un autre ; il s'ensuit des
difficultés, des disputes, de la fatigue. Le temps
se sent moins si l'on reste immobile.

Ce fut leur immobilité qui me fit me pencher
vers eux, fasciné, la première fois que je les vis. Il
me sembla comprendre obscurément leur
volonté secrète : abolir l'espace et le temps par
une immobilité pleine d'indifférence. Par la suite,
j'appris à mieux les comprendre, les branchies
qui se contractent, les petites pattes fines qui
tâtonnent sur les pierres, leurs fuites brusques
(ils nagent par une simple ondulation du corps)
me prouvèrent qu'ils étaient capables de s'évader
de cette torpeur minérale où ils passaient des

heures entières. Leurs yeux surtout m'obsédaient. A côté d'eux, dans les autres aquariums, des poissons me montraient la stupide simplicité de leurs beaux yeux semblables aux nôtres. Les yeux des axolotls me parlaient de la présence d'une vie différente, d'une autre façon de regarder. Je collais mon visage à la vitre (le gardien, inquiet, toussait de temps en temps) pour mieux voir les tout petits points dorés, cette ouverture sur le monde infiniment lent et éloigné des bêtes roses. Inutile de frapper du doigt contre la vitre, sous leur nez, jamais la moindre réaction. Les yeux d'or continuaient à brûler de leur douce et terrible lumière, continuaient à me regarder du fond d'un abîme insondable qui me donnait le vertige.

Et cependant les axolotls étaient proches de nous. Je le savais avant même de devenir un axolotl. Je le sus dès le jour où je m'approchai d'eux pour la première fois. Les traits anthropomorphiques d'un singe accusent la différence qu'il y a entre lui et nous, contrairement à ce que pensent la plupart des gens. L'absence totale de ressemblance entre un axolotl et un être humain me prouva que ma reconnaissance était valable, que je ne m'appuyais pas sur des analogies faciles. Il y avait bien les petites mains. Mais un lézard a les mêmes mains et ne ressemble en rien à l'homme. Je crois que tout venait de la tête des axolotls, de sa forme triangulaire rose et de ses petits yeux d'or. Cela regardait et savait. Cela réclamait. Les axolotls n'étaient pas des animaux.

De là à tomber dans la mythologie, il n'y avait qu'un pas, facile à franchir, presque inévitable. Je finis par voir dans les axolotls une métamorphose qui n'arrivait pas à renoncer tout à fait à une mystérieuse humanité. Je les imaginais conscients, esclaves de leur corps, condamnés indéfiniment à un silence abyssal, à une méditation désespérée. Leur regard aveugle, le petit disque d'or inexpressif — et cependant terriblement lucide — me pénétrait comme un message : « Sauve-nous, sauve-nous. » Je me surprenais en train de murmurer des paroles de consolation, de transmettre des espoirs puérils. Ils continuaient à me regarder, immobiles. Soudain les petites branches roses se dressaient sur leur tête, et je sentais à ce moment-là comme une douleur sourde. Ils me voyaient peut-être, ils captaient mes efforts pour pénétrer dans l'impénétrable de leur vie. Ce n'était pas des êtres humains mais jamais je ne m'étais senti un rapport aussi étroit entre des animaux et moi. Les axolotls étaient comme les témoins de quelque chose et parfois ils devenaient de terribles juges. Je me trouvais ignoble devant eux, il y avait dans ces yeux transparents une si effrayante pureté. C'était des larves, mais larve veut dire masque et aussi fantôme. Derrière ces visages aztèques, inexpressifs, et cependant d'une cruauté implacable, quelle image attendait son heure ?

Ils me faisaient peur. Je crois que sans la présence du gardien et des autres visiteurs je n'aurais jamais osé rester devant eux. « Vous les mangez des yeux », me disait le gardien en riant, et il devait penser que je n'étais pas tout à fait normal. Il ne se rendait pas compte que c'était eux qui me dévoraient lentement des yeux, en un cannibalisme d'or. Loin d'eux je ne pouvais penser à autre chose, comme s'ils m'influençaient à distance. Je finis par y aller tous les jours et la nuit je les imaginais immobiles dans l'obscurité, avançant lentement une petite patte qui rencontrait soudain celle d'un autre. Leurs yeux voyaient peut-être la nuit et le jour pour eux n'avait pas de fin. Les yeux des axolotls n'ont pas de paupières.

Maintenant je sais qu'il n'y a rien eu d'étrange dans tout cela, que cela devait arriver. Ils me reconnaissaient un peu plus chaque matin quand je me penchais vers l'aquarium. Ils souffraient. Chaque fibre de mon corps enregistrait cette souffrance bâillonnée, cette torture rigide au fond de l'eau. Ils épiaient quelque chose, un lointain royaume aboli, un temps de liberté où le monde avait appartenu aux axolotls. Une expression aussi terrible qui arrivait à vaincre l'impassibilité forcée de ces visages de pierre contenait sûrement un message de douleur, la preuve de cette condamnation éternelle, de cet enfer liquide qu'ils enduraient. En vain essayai-je de me persuader que c'était ma propre sensibilité qui projetait sur les axolotls une conscience qu'ils n'avaient pas. Eux et moi nous savions. C'est pour cela que ce qui arriva n'est pas étrange. Je collai mon visage à la vitre de l'aquarium, mes yeux essayèrent une fois de plus de percer le mystère de ces yeux d'or sans iris et sans pupille. Je voyais de très près la tête d'un axolotl immobile contre la vitre. Sans transition, sans surprise, je vis mon visage contre la vitre, je le vis hors de l'aquarium, je le vis de l'autre côté de la vitre. Puis mon visage s'éloigna et je compris. Une seule chose était étrange : continuer à penser comme avant, savoir. Quand j'en pris conscience, je ressentis l'horreur de celui qui s'éveille enterré vivant. Au-dehors, mon visage s'approchait à nouveau de la vitre, je voyais ma bouche aux lèvres serrées par l'effort que je faisais pour comprendre les axolotls. J'étais un axolotl et je venais de savoir en un éclair qu'aucune communication n'était possible. Il était hors de l'aquarium, sa pensée était une pensée hors de l'aquarium. Tout en le connaissant, tout en étant lui-même, j'étais un axolotl et j'étais dans mon monde. L'horreur venait de ce que — je le sus instantanément — je me croyais prisonnier dans le corps d'un axolotl, transféré en lui avec ma pensée d'homme, enterré vivant dans un axolotl, condamné à me mouvoir en toute lucidité parmi des créatures insensibles. Mais cette impression ne dura pas, une patte vint effleurer mon visage et en me tournant un peu je vis un axolotl à côté de moi qui me regardait et je compris que lui aussi savait, sans communication possible mais si clairement. Ou bien j'étais encore en l'homme, ou bien nous pensions comme des êtres humains, incapables de nous exprimer, limités à l'éclat doré de nos yeux qui regardaient ce visage d'homme collé à la vitre.

Il revint encore plusieurs fois mais il vient moins souvent à présent. Des semaines se passent sans qu'on le voie. Il est venu hier, il m'a regardé longuement et puis il est parti brusquement. Il me semble que ce n'est plus à nous qu'il s'inté-resse, qu'il obéit plutôt à une habitude. Comme penser est la seule chose que je puisse faire, je pense beaucoup à lui. Pendant un certain temps nous avons continué d'être en communication lui et moi, et il se sentait plus que jamais lié au mystère qui l'obsédait. Mais les ponts sont coupés à présent, car ce qui était son obsession est devenu un axolotl, étranger à sa vie d'homme. Je crois qu'au début je pouvais encore revenir en lui, dans une certaine mesure — ah ! seulement dans une certaine mesure — et maintenir éveillé son désir de mieux nous connaître. Maintenant je suis définitivement un axolotl et si je pense comme un être humain c'est tout simplement parce que les axolotls pensent comme les humains sous leur masque de pierre rose. Il me semble que j'étais arrivé à lui communiquer cette vérité, les premiers jours, lorsque j'étais encore en lui. Et dans cette solitude finale vers laquelle il ne revient déjà plus, cela me console de penser qu'il va peut-être écrire quelque chose sur nous ; il croira qu'il invente un conte et il écrira tout cela sur les axolotls.

CIRCÉ

Cela aurait dû lui être égal à présent et pourtant cela lui fit mal ces ragots dits de bouche à oreille, le visage veule de la mère Céleste quand elle le racontait à tante Bébé, le geste de contrariété incrédule de son père. Il y avait d'abord eu la bonne femme du quatrième avec sa façon bovine de tourner lentement la tête et de ruminer les mots comme une exquise boule d'herbe. Puis la fille de la pharmacie : « Moi, personnellement, je ne le crois pas, mais si c'était vrai, quelle horreur ! » Et même don Émilio, lui toujours si discret, comme ses crayons et ses carnets de moleskine. Un reste de pudeur les empêchait, lorsqu'ils parlaient de Délia Mañara, d'aller jusqu'au bout de leur pensée mais Mario sentait la rage lui monter au visage en coup de vent. En un vain sursaut d'indépendance il se mit à haïr sa famille. Il ne les avait jamais aimés, seuls les liens du sang et la peur d'être seul l'attachaient à sa mère et à ses frères. Avec les voisins il n'y alla

pas par quatre chemins. Don Émilio, il le traita
de vieux crétin dès que les ragots recommencè-
rent. La bonne femme de l'immeuble, il passait
raide devant elle sans la saluer, comme si ça
pouvait lui faire quelque chose. Et quand il
rentrait du travail, il allait ostensiblement rendre visite aux Mañara et voir — en lui apportant
parfois des bonbons ou un livre — la fille qui
avait tué ses deux fiancés.

Je me souviens mal de Délia mais elle était fine
et blonde, avec des gestes trop lents (j'avais
douze ans, à cet âge le temps et les choses coulent
au ralenti) et elle portait des robes claires à
grande jupe. Pendant un certain temps Mario
crut que c'était le charme de Délia et ses robes
qui excitaient la haine des gens. Il le dit à la mère
Céleste : « Vous la détestez parce que ce n'est pas
une pouilleuse comme vous tous et comme
moi ! » et il ne cilla même pas quand sa mère fit
le geste de le gifler avec une serviette. A partir de
ce moment ce fut la rupture avec sa famille ; on
sortait sans lui, on lui faisait la grâce de laver son
linge, le dimanche on partait à Palermo en pique-
nique sans même l'avertir. Alors Mario allait
sous les fenêtres de Délia et lançait un petit
caillou. Parfois elle sortait, d'autres fois il
l'entendait simplement rire derrière les volets,
un peu méchamment.

Vint le match Firpo-Dempsey et dans tous les
foyers il y eut des pleurs et des indignations
brutales, suivis d'une mélancolie humiliée de

pays colonisé. Les Mañara déménagèrent et allè-
rent habiter quatre rues plus loin, ce qui, dans le
quartier d'Almagro, représente une bonne distance ; d'autres gens se mirent à fréquenter Délia,
les familles de la rue Castro-Barros oublièrent
l'affaire et Mario continua à aller voir Délia deux
fois par semaine en revenant de la banque.
C'était déjà l'été et parfois Délia avait envie de
sortir ; alors ils allaient tous les deux dans les
salons de thé de la rue Rivadavia ou bien ils
s'asseyaient place Onze. Mario atteignait ses dix-
neuf ans et Délia vit arriver sans fêtes — elle était
encore en deuil — l'anniversaire de ses vingt-
deux ans.

Les Mañara trouvaient déplacé ce deuil pour
un fiancé et Mario lui-même aurait préféré une
douleur plus discrète. Cela faisait mal de voir le
sourire voilé de Délia quand elle mettait son
chapeau devant la glace, elle si blonde dans tout
ce noir. Elle se laissait adorer vaguement par
Mario et par les Mañara, elle acceptait qu'il la
promenât, qu'il lui offrît des cadeaux, qu'ils
rentrassent ensemble aux dernières lueurs du
jour et qu'il vînt en visite le dimanche après-
midi. Parfois elle allait seule dans son ancien
quartier, là où Hector lui avait fait la cour. La
mère Céleste la vit passer un après-midi et elle
ferma ses volets avec un mépris ostensible. Un
chat suivait Délia. Tous les animaux se montraient soumis envers Délia, Mario n'aurait pu
dire si c'était par peur ou par affection, mais ils la

suivaient sans qu'elle prît la peine de les regarder. Une fois, il vit un chien reculer quand Délia voulut le caresser. Elle l'appela (ils étaient place Onze, c'était le soir) et le chien s'avança d'un air soumis — peut-être content — jusqu'à sa main. Mme Mañara disait que Délia avait joué avec une araignée quand elle était petite. Cela horrifiait tout le monde, même Mario qui pourtant n'en avait pas peur. Et les papillons se posaient sur les cheveux de Délia. Mario l'avait vue en chasser trois d'un geste léger dans un même après-midi. Hector lui avait fait cadeau d'un lapin blanc qui était mort très vite, avant lui. Hector s'était jeté à l'eau dans le Port Neuf, un dimanche à l'aube. C'est de ce moment-là que dataient les premiers racontars. La mort de Rolo Médicis n'avait surpris personne vu que la moitié des gens meurent d'un arrêt du cœur. Quand Hector se suicida, les gens trouvèrent que c'était une fâcheuse coïncidence. Mario revoyait le visage veule de la mère Céleste quand elle le racontait à tante Bébé et le geste incrédule et contrarié de son père. Fracture du crâne par-dessus le marché. Rolo était tombé comme une masse en sortant de chez les Mañara et, bien qu'il fût déjà mort, le coup brutal contre la marche, ça faisait moche dans l'histoire. Délia n'était pas sortie — bizarre qu'elle ne le raccompagnât pas jusqu'à la porte — mais de toute façon elle était près de lui et ce fut elle qui donna l'alarme.

Hector, lui, était mort seul, une nuit de gelée blanche, cinq heures après avoir quitté Délia comme tous les samedis.

Je ne me souviens pas bien de Mario mais on disait qu'ils formaient un beau couple, Délia et lui. Bien qu'elle portât encore le deuil d'Hector (elle ne s'était jamais mise en deuil pour Rolo, allez donc savoir pourquoi), elle acceptait la compagnie de Mario pour se promener dans le quartier d'Almagro ou pour aller au cinéma. Mario, jusqu'alors, s'était senti loin de Délia, de sa vie et même de sa maison. Il n'était qu'une « visite » et ce mot chez nous a un sens bien précis qui tient à l'écart. Quand il prenait Délia par le bras pour traverser la rue ou pour monter l'escalier du métro, il regardait sa main contre la soie noire de la robe. Il mesurait ce blanc sur ce noir, cette distance. Mais Délia serait plus proche quand elle reviendrait au gris, aux chapeaux clairs du dimanche matin.

Même si les racontars n'étaient pas absolument sans fondement, ce que Mario trouvait perfide c'est que les gens montent en épingle des faits insignifiants pour leur donner un sens. Beaucoup de gens meurent à Buenos Ayres de crises cardiaques ou d'asphyxie par immersion. Beaucoup de lapins meurent ou languissent dans des cours. Beaucoup de chiens se laissent ou non caresser. Les quelques lignes qu'Hector avait laissées à sa mère, les sanglots que la bonne femme du quatrième disait avoir entendus (mais avant la chute) le soir où Rolo était mort, le visage de Délia les premiers jours... Les gens mettent de tels sous-entendus partout, et il faut voir comment, de tant de nœuds accumulés, naît à la fin un morceau de tapisserie. Il devait arriver à Mario de voir cette trame avec dégoût, avec terreur, quand l'insomnie entrait dans sa chambre pour lui voler sa nuit.

« Pardonne-moi ma mort, tu ne peux pas comprendre, c'est impossible, mais pardonne-moi, Maman. » Un bout de papier arraché au bord d'une page de *Critica* et glissé sous une pierre près de la veste qui était restée là comme un repère pour le premier marin de l'aube. Et pourtant jusqu'à ce soir-là il avait été si heureux ; les derniers temps, il est vrai, il avait l'air bizarre, pas vraiment bizarre, distrait plutôt, il regardait devant lui comme s'il voyait des choses, comme s'il cherchait à déchiffrer une image dans l'air. Tous les copains du café Rubis étaient d'accord là-dessus. Rolo, lui, c'était différent ; Rolo avait eu un arrêt du cœur, Rolo était un garçon solitaire et tranquille qui avait de l'argent et une Chevrolet décapotable, ce qui fait que peu de gens avaient eu l'occasion de le rencontrer juste avant sa mort. Les bruits résonnent tellement dans les vestibules, la bonne femme du quatrième avait longtemps soutenu que les sanglots de Rolo ressemblaient à un hurlement suffoqué, un cri entre les mains qui veulent l'étouffer et le brisent. Et presque aussi-

tôt le choc affreux de la tête contre la marche,
Délia qui court en criant, l'affolement déjà inutile.

Sans même s'en rendre compte, Mario assem-
blait des morceaux de l'histoire, il se surprenait
en train de chercher de bonnes raisons pour
répondre aux attaques des voisins. Il ne ques-
tionna jamais Délia là-dessus, il attendait vaguement que cela vînt d'elle. Il se demandait parfois
si Délia savait les bruits qui couraient sur son
compte. La façon dont les Mañara faisaient tranquillement allusion à Rolo et à Hector comme
s'ils étaient en voyage était étrange aussi. Délia
se taisait, protégée par ce pacte prudent et tacite.
Quand Mario, aussi discret que les parents eux-
mêmes, se joignit à leur groupe, ils furent trois à
recouvrir Délia d'une ombre fine et constante,
presque transparente les mardis et les jeudis,
plus dense, plus efficace du samedi au lundi.
Délia, à présent, retrouvait par moments un peu
d'entrain ; un jour elle se mit au piano, une autre
fois elle joua au jeu de l'oie ; elle était plus douce
avec Mario, elle le faisait asseoir près de la
fenêtre du salon et lui parlait couture et broderie.
Elle ne lui disait jamais rien des bonbons et des
gâteaux qu'elle faisait, cela étonnait Mario mais
il l'attribuait à un excès de délicatesse de sa part,
à la peur de l'ennuyer. Les Mañara faisaient
l'éloge des liqueurs de Délia ; un soir ils voulurent en faire goûter un petit verre à Mario mais
Délia dit d'une voix brusque que c'était une

liqueur pour femme et que d'ailleurs elle avait
vidé presque toutes les bouteilles. « Hector... »,
commença sa mère d'un ton plaintif, mais elle
s'arrêta pour ne pas faire de peine à Mario. Ils se
rendirent compte, par la suite, que cela ne gênait
pas Mario que l'on parlât des fiancés. Il ne fut
plus question de liqueur jusqu'au jour où Délia
voulut essayer de nouvelles recettes. Mario se
rappelait cet après-midi parce qu'il venait d'être
augmenté le jour même et qu'il s'était empressé
d'acheter des bonbons à Délia. Les Mañara
étaient en train de picorer patiemment la galène
du petit poste à écouteurs et ils retinrent un
moment Mario dans la salle à manger pour lui
faire écouter les chansons de Rosita Quiroga.
Après, Mario leur parla de son augmentation et
des bonbons qu'il apportait à Délia.

« Tu n'aurais pas dû faire ça, mais enfin, va les
lui porter. Elle est dans le salon. » Ils le suivirent
des yeux, puis se regardèrent jusqu'à ce que
Mañara eût enlevé ses écouteurs comme on
enlève une couronne de laurier, et sa femme
soupira en détournant la tête. Ils avaient l'air
soudain perdus, malheureux. D'un geste incer-
tain, Mañara baissa le petit levier de la galène.

Délia contempla la boîte et ne fit pas grand cas
des bonbons, mais en mangeant le second, à la
menthe avec une petite crête de noix, elle dit à
Mario qu'elle savait faire les bonbons. Elle avait
l'air de s'excuser de ne pas le lui avoir dit plus
tôt, elle se mit à décrire avec agilité la manière de

les confectionner, comment les fourrer et comment les enrober de chocolat ou de moka. Sa meilleure recette était celle des bonbons à l'orange remplis de liqueur ; avec une aiguille elle perça un de ceux qu'avait apportés Mario pour lui montrer comment on faisait ; Mario voyait ses doigts trop blancs contre le bonbon, il la regardait donner ses explications et elle lui semblait être un chirurgien rythmant un temps chirurgical délicat. Le bonbon était comme une minuscule souris entre les doigts de Délia, une toute petite chose que l'aiguille lacérait. Mario en ressentit un malaise étrange, une douce et atroce répugnance. « Jetez ce bonbon — aurait-il voulu lui dire. Jetez-le loin, ne le portez pas à vos lèvres, il est vivant, c'est une souris vivante. » Puis il se réjouit de nouveau en pensant à son augmentation de salaire, il entendait Délia répéter la recette de la liqueur de thé, de la liqueur de rose... Il plongea ses doigts dans la boîte et mangea deux, trois bonbons à la file. Délia souriait comme si elle se moquait de lui. Lui, il s'imaginait des tas de choses et il se sentait redoutablement heureux. « Le troisième fiancé », pensa-t-il étrangement. Pouvoir lui dire : « Votre troisième fiancé mais vivant. »

A partir de là il devient difficile de bien suivre le fil de l'histoire, il s'y mêle d'autres éléments, légers oublis, mensonges que l'on tisse et retisse par-delà les souvenirs. Il paraît que Mario allait plus souvent chez les Mañara. Délia, qui repre-

nait goût à la vie, l'enchaînait à ses envies et à ses
caprices ; les Mañara eux-mêmes demandèrent à
Mario avec quelque réticence d'encourager Délia
et il acheta les produits pour les liqueurs, les
filtres et les entonnoirs ; elle acceptait tout cela
avec un air de grave satisfaction où Mario voulait
voir un peu d'amour, ou tout au moins un certain
oubli des deux morts.

Les dimanches, il s'attardait à table avec les
siens et mère Céleste l'en remerciait en lui donnant, sans un sourire, le plus gros morceau de
gâteau et son café bien brûlant. Les racontars
avaient enfin cessé, en tout cas on ne parlait plus
de Délia en sa présence. La paire de claques au
plus petit des Camiletti ou la violente dispute
avec la mère Céleste devaient y être pour quelque
chose. Mario en vint même à croire qu'ils avaient
réfléchi, qu'ils absolvaient Délia et qu'ils la
voyaient enfin sous un nouveau jour. Jamais il ne
parla des siens chez les Mañara, pas plus qu'il ne
parlait de son amie pendant les réunions du
dimanche. Il commençait à croire possible cette
double vie à quatre rues de distance. Le coin de la
rue Castro-Barros et de la rue Rivadavia jouait le
rôle utile et nécessaire de pont. Il avait même
l'espoir — sourd à cette chose en marche qu'il
sentait parfois quand il était seul et qui lui était
profondément étrangère et obscure — que l'ave-
nir rapprocherait maisons et familles.

Personne d'autre n'allait voir les Mañara.
C'était assez étrange cette absence totale de

parents ou d'amis. Mario n'avait pas besoin de sonner d'une manière spéciale, tout le monde savait que c'était lui. En décembre, par une chaleur douce et humide, Délia réussit la liqueur d'orange et ils la burent, heureux, un soir d'orage. Les Mañara ne voulurent pas y goûter, ils étaient sûrs que cela leur ferait mal. Délia ne s'en offensa point mais elle était comme transfigurée en regardant Mario déguster en connaisseur le petit verre violet plein de lumière orange à l'odeur brûlante. « J'en mourrai de chaleur mais c'est délicieux », répéta-t-il plusieurs fois. Délia, qui parlait peu quand elle était contente, dit simplement : « Je l'ai faite pour vous. » Les Mañara la regardaient comme s'ils avaient voulu lire en elle la recette, l'alchimie minutieuse de quinze jours de travail.

Rolo aimait les liqueurs de Délia. Mario l'avait appris des Mañara par quelques mots dits en passant un jour que Délia n'était pas là. « Elle lui faisait beaucoup de liqueurs mais Rolo n'y tenait pas pour son cœur. L'alcool est mauvais pour le cœur. » Avoir un fiancé d'une santé aussi délicate... Mario comprenait maintenant cet air de délivrance qui émanait des gestes de Délia, de sa façon de jouer du piano. Il fut sur le point de demander aux Mañara ce qu'aimait Hector et si Délia lui faisait aussi des liqueurs et des sucreries. Il pensa aux bonbons qu'elle recommençait à préparer et qui séchaient alignés sur une étagère de l'office. Quelque chose disait à Mario

que Délia allait obtenir des merveilles avec ses
recettes de bonbons. Après le lui avoir demandé
plusieurs fois, il finit par obtenir qu'elle lui en fît
goûter un. Un jour, au moment où il allait partir,
elle lui apporta un échantillon blanc et léger sur
une petite assiette de métal argenté. Pendant
qu'il le savourait — quelque chose de légèrement
amer avec une pointe de menthe et de noix de
muscade qui se mélangeaient étrangement —
Délia gardait les yeux baissés et un air modeste.
Elle refusa les compliments, ce n'était qu'un
essai et elle était loin encore de ce qu'elle se
proposait de faire. Mais, à la visite suivante — un
soir aussi, dans l'ombre de l'au revoir près du
piano — elle lui permit de goûter à un autre
bonbon. Il fallait fermer les yeux pour en deviner
le parfum et Mario, obéissant, ferma les yeux et
devina un parfum de mandarine, imperceptible,
qui venait du plus profond du chocolat. Il sentait
sous ses dents des petites parcelles croquantes
dont il n'arrivait pas à saisir le goût mais qui
donnaient une agréable sensation de solidité
dans toute cette pulpe fuyante et douce.

Délia était assez contente du résultat ; elle dit à
Mario que sa description du bonbon se rappro-
chait assez de ce qu'elle avait voulu obtenir. Mais
il y avait encore des essais à faire, des équilibres
subtils à trouver. Les Mañara dirent à Mario que
Délia ne s'asseyait plus au piano, qu'elle passait
des heures à préparer les liqueurs et les bonbons.
Ils ne faisaient pas de reproche mais ils n'avaient

pas l'air content. Mario crut comprendre que les dépenses de Délia les ennuyaient. Il demanda en secret à Délia la liste des essences et des ingrédients nécessaires. Elle fit alors quelque chose qu'elle n'avait jamais fait, elle lui passa les bras autour du cou et elle l'embrassa sur la joue. Sa bouche sentait tout doucement la menthe. Mario ferma les yeux. Il voulait sentir ce parfum et cette saveur derrière ses paupières closes. Et le baiser revint, plus dur et plaintif. Il ne sut pas s'il avait rendu le baiser, peut-être était-il resté immobile et passif à savourer Délia dans la pénombre du salon. Elle se mit au piano, ce qu'elle ne faisait plus depuis longtemops, et elle lui demanda de revenir le lendemain. Jamais ils n'avaient parlé avec cette voix, jamais ils ne s'étaient tus ainsi.

Les Mañara durent soupçonner quelque chose, car ils entrèrent dans la pièce en agitant des journaux et en parlant d'un aviateur perdu dans l'Atlantique. C'était l'époque où beaucoup d'aviateurs ne finissaient jamais la traversee. Quelqu'un alluma les lampes et Délia s'écarta du piano d'un air fâché. Mario eut un instant l'impression que son geste devant la lumière avait quelque chose de la fuite aveugle du mille-pattes, une course folle le long des murs. Elle ouvrait et refermait les mains dans l'embrasure de la porte, en regardant les Mañara du coin de l'œil ; elle les regardait du coin de l'œil et elle souriait.

Mario n'en fut pas surpris, il mesura ce soir-là

ce qu'il avait toujours pressenti, la fragilité de la
paix de Délia, le poids persistant sur ses épaules
de cette double mort. Rolo passe encore, mais
Hector c'était la goutte d'eau qui fait déborder le
vase, le vol en éclats qui met un miroir à nu. De
Délia il ne restait plus que les manies délicates,
son plaisir à manipuler les essences et les animaux, son entente avec les choses simples et
obscures, le voisinage des papillons et des chats,
l'aura de sa respiration à demi engagée dans la
mort. Il se promit une charité sans limites, des
années de cure dans des pièces claires et des
jardins éloignés du souvenir ; peut-être même pas
de mariage, simplement la prolongation de cet
amour tranquille jusqu'à ce qu'il ne soit plus un
troisième mort cheminant à ses côtés, le fiancé
dont c'est le tour de mourir.

Mario crut que les Mañara seraient contents
qu'il apportât des extraits et des essences à Délia.
D'abord ils prirent un air fâché et s'abstinrent de
tout commentaire, puis ils finirent par se résigner et par s'en aller, surtout quand venait
l'heure des dégustations. Elles avaient toujours
lieu dans le salon, à la tombée de la nuit, et il
fallait fermer les yeux et deviner — que d'hésita-
tions parfois à cause de la subtilité des mélanges
— la saveur d'un petit morceau de pulpe nouvelle, menu miracle sur l'assiette de métal
argenté.

En échange de ces attentions Mario obtenait de
Délia la promesse d'aller ensemble au cinéma ou

à Palermo. Il remarquait l'air de gratitude et de complicité des Mañara chaque fois qu'il venait chercher Délia le samedi après-midi ou le dimanche matin ; comme s'ils préféraient rester tous les deux seuls chez eux à écouter la radio ou à jouer aux cartes. Mais il lui sembla aussi que Délia était moins contente de sortir quand ses parents restaient à la maison. Ce n'est pas qu'elle était triste seule avec Mario, mais les rares fois où ils étaient sortis avec les Mañara elle s'était montrée plus gaie. A la Foire elle s'était même franchement amusée, elle avait voulu des caramels et elle avait accepté des jouets qu'elle regardait d'un air fixe sur le chemin du retour. L'air pur lui faisait du bien, Mario lui trouvait le teint plus clair, la démarche plus assurée. Dommage ce retour chaque soir au laboratoire, cette retraite interminable entre la balance et les petites tenailles. Les bonbons à présent l'absorbaient au point qu'elle délaissait les liqueurs, et, depuis quelque temps, elle faisait rarement goûter ses découvertes. Aux Mañara, jamais. Mario se doutait qu'ils avaient dû refuser les dernières trouvailles ; ils préféraient les bonbons plus ordinaires, et si Délia en laissait une boîte sur la table comme une invitation muette, ils choisissaient les formes simples, les anciennes, et ils allaient jusqu'à ouvrir les bonbons pour voir ce qu'il y avait dedans. Mario s'amusait du sourd mécontentement de Délia debout près du piano, de son air faussement absent. Elle gardait pour lui les nouveautés. Elle revenait de la cuisine, juste avant qu'il ne partît, avec la petite assiette de métal argenté. Une fois qu'il s'était attardé à l'écouter jouer du piano, elle le laissa l'accompagner jusqu'à la cuisine pour aller chercher des bonbons nouveaux. Quand elle alluma la lumière, Mario vit le chat endormi dans son coin et des cafards qui s'enfuyaient sur le carrelage. Il se souvint de la cuisine, chez lui, et de la mère Céleste qui arrosait les plinthes de poudre jaune. Ce soir-là les bonbons sentaient le moka et ils avaient un arrière-goût de sel au plus lointain de la saveur, comme si, au fond du parfum, se cachait une larme. C'était stupide de penser à ça, à ce reste de larmes versées le soir de la mort de Rolo.

— Le poisson rouge est très triste, dit Délia en lui montrant le bocal avec ses petites pierres et sa fausse végétation.

Un petit poisson rouge translucide sommeillait en ouvrant et fermant régulièrement la bouche. Son œil froid regardait Mario comme une perle vivante. Mario pensa à l'œil salé comme une larme qui giclerait contre ses dents s'il le croquait.

— Il faut changer l'eau plus souvent.

— C'est inutile. Il est vieux et malade. Il mourra demain.

Cette prédiction fut pour Mario comme l'annonce d'un retour au pire, à la Délia des premiers temps, prisonnière de son deuil. Tout était encore

si proche, la marche d'escalier, le pont, des
photos d'Hector ressortaient de dessous les
paires de bas et les jupons d'été, et une fleur
séchée — de l'enterrement de Rolo — était fixée à
une image sur la porte de l'armoire.

Avant de s'en aller il lui demanda de l'épouser
à l'automne. Elle ne dit rien, elle fixait le sol des
yeux comme si elle cherchait une fourmi sur le
parquet. C'était la première fois qu'ils en parlaient. Délia semblait se faire à cette idée et y
réfléchir avant de répondre. Puis elle le regarda
avec des yeux brillants et elle se redressa brusquement. Elle était belle, sa bouche tremblait un
peu. Elle fit un geste comme pour ouvrir une
petite porte dans l'air, un geste presque magique.

— Alors tu es mon fiancé, dit-elle. Comme tu
me sembles différent, changé.

La mère Céleste reçut la nouvelle sans rien
dire ; elle posa son fer à repasser et de toute la
journée elle ne quitta pas sa chambre où les
frères et sœurs de Mario entraient l'un après
l'autre et d'où ils ressortaient l'air lugubre avec
des petits verres de fleur d'oranger. Mario alla au
match de football et le soir il apporta des roses à
Délia. Les Mañara l'attendaient au salon. Ils
l'embrassèrent et lui dirent des tas de choses, il
fallut déboucher une bouteille de porto et manger des petits fours. Maintenant, on le traitait à la
fois avec plus de familiarité et aussi plus de
distance. Ils perdaient la simplicité des amis

pour se regarder avec les yeux des parents, de
ceux qui savent tout de vous depuis la petite
enfance. Mario embrassa Délia, embrassa
maman Mañara et, tout en donnant l'accolade à
son futur beau-père, il aurait voulu lui dire qu'ils
pouvaient compter sur lui, le nouveau soutien du
foyer, mais les mots ne venaient pas. Il semblait
que les Mañara avaient quelque chose à lui dire,
eux aussi, mais qu'ils n'osaient pas davantage. Ils
regagnèrent leur chambre en agitant les journaux et Mario resta avec Délia et le piano, avec
Délia et *Rêve d'amour*.

Une ou deux fois pendant ces semaines de
fiançailles, il fut sur le point de donner rendez-
vous à papa Mañara dans un café pour lui parler
des lettres anonymes. Puis il se dit que ce serait
une cruauté inutile puisqu'on ne pouvait rien
contre ces misérables qui les persécutaient. La
pire lettre arriva un samedi à midi dans une
enveloppe bleue. Mario contempla la photo
d'Hector dans *Dernière Heure* et les paragraphes
soulignés à l'encre bleue. « D'après les déclara-
tions de la famille, seul un profond désespoir a pu
le pousser au suicide. » Il pensa avec étonnement
que la famille d'Hector n'avait jamais remis les
pieds chez les Mañara. Peut-être y étaient-ils
allés une fois au début. Le poisson rouge lui
revenait en mémoire, les Mañara avaient dit que
c'était un cadeau d'Hector. Poisson rouge mort le
jour prédit par Délia. « Seul un profond désespoir avait pu le pousser au suicide. » Il brûla

l'enveloppe, les coupures de journaux, il passa en revue les gens susceptibles d'avoir envoyé la lettre et se promit de s'en ouvrir à Délia, de la libérer à ses yeux de tous ces filets de bave, du suintement intolérable de ces rumeurs. Cinq jours après (il n'avait parlé ni à Délia ni aux Mañara), il reçut la deuxième lettre anonyme. Sur le bristol bleu il y avait d'abord une petite étoile (on se demandait pourquoi) et ensuite : « A votre place, je ferais attention à la marche d'entrée. » De l'enveloppe s'échappait un léger parfum de savon aux amandes. Mario se demanda si la bonne femme du quatrième se servait d'un savon aux amandes. Il eut même le courage maladroit de fouiller la commode de la mère Céleste et celle de sa sœur. Il brûla cette lettre comme la première et il ne dit rien à Délia, cette fois non plus. On était en décembre, dans la chaleur de ces mois de décembre des années 20 ; il allait maintenant chez Délia tous les après-midi et ils parlaient tout en se promenant dans le jardin de derrière ou en faisant le tour du pâté de maisons. Avec les chaleurs ils mangeaient moins de bonbons, non pas que Délia eût renoncé à ses essais, mais elle lui en apportait moins souvent à goûter, elle préférait les garder dans une vieille boîte, protégés par de petits moules avec un fin gazon de papier vert clair par-dessus. Mario la trouvait inquiète, sur le qui-vive. Elle se retournait parfois au coin des rues et, le soir où elle sursauta en passant devant la boîte à lettres de la rue Medrano, Mario comprit qu'on la torturait à distance, qu'ils étaient tous les deux pris, sans vouloir le dire, dans un même filet.

Il retrouva papa Mañara à la brasserie de la rue Cangallo et il le bourra de bière et de frites sans pouvoir le faire sortir d'une réserve soupçonneuse, comme s'il se méfiait de ce rendez-vous Mario lui dit en riant qu'il n'allait pas lui demander de l'argent et il lui parla sans détour des lettres anonymes, de la nervosité de Délia, de la boîte à lettres de la rue Medrano.

— Je sais bien que dès que nous serons mariés ces infamies cesseront. Mais j'ai besoin que vous m'aidiez, que vous la protégiez. Tout cela peut lui faire du mal. Elle est si délicate, si sensible.

— Tu veux dire que ça pourrait la rendre folle, c'est cela ?

— Pas exactement, mais elle reçoit des lettres anonymes comme moi et, comme elle n'en dit rien à personne, cela risque d'être un poids trop lourd pour elle.

— Tu ne connais pas Délia. Les lettres anonymes, elle s'en fout... Je veux dire, ça ne l'atteint pas. Elle est plus dure que tu ne crois.

— Mais vous ne voyez pas comme elle est nerveuse ! Il y a quelque chose qui la travaille, dit Mario sans rien trouver d'autre à répondre.

— Ce n'est pas ça. Papa Mañara buvait sa bière comme pour amortir le son de sa voix. Avant, c'était pareil. Je la connais bien.

— Avant quoi ?

— Avant que les autres claquent, ballot. Allez, paie, je suis pressé.

Mario voulut protester mais papa Mañara se dirigeait déjà vers la porte ; il lui fit un geste vague d'adieu et il s'en alla en direction de la place Onze, tête basse. Mario n'eut pas le courage de le suivre, ni même de repenser à ce qu'il venait d'entendre. Maintenant, il était seul à nouveau, comme au début, il avait à faire face à la mère Céleste, à la bonne femme du quatrième, aux Mañara. Même aux Mañara.

Délia dut soupçonner quelque chose, car elle le reçut de façon très différente la fois d'après. Elle se montra loquace et elle essaya même de le faire parler. Peut-être les Mañara avaient-ils mentionné le rendez-vous à la brasserie. Mario attendit qu'elle abordât la question elle-même, mais elle préféra *Rose-Marie*, un peu de Schumann et les tangos de Pacho au rythme syncopé et entêtant jusqu'à l'arrivée des Mañara qui entrèrent avec les petits fours et le malaga en allumant toutes les lumières. On parla de Pola Negri, du crime de Liniers, de l'éclipse partielle de soleil et de la colique du chat. Délia pensait qu'il avait une indigestion de poils et elle conseillait un traitement à l'huile de ricin. Les Mañara approuvaient mais n'avaient pas l'air convaincus. Ils invoquaient un vétérinaire ami, une tisane d'herbes amères. Ils étaient d'avis de le laisser seul dans le jardin pour qu'il choisisse lui-même les herbes qui lui convenaient. Mais Délia dit que

le chat en mourrait, que seule l'huile de ricin
pouvait prolonger un peu sa vie. On entendit
crier un marchand de journaux au coin de la rue
et les Mañara sortirent en courant acheter *Dernière Heure*. Sur un regard de Délia, Mario alla
éteindre la lumière. Il ne resta plus qu'une lampe
sur la table d'angle qui tachait de jaune triste le
tapis aux broderies futuristes. Il y avait autour
du piano une lumière voilée.

Mario s'enquit des nouvelles toilettes de Délia,
de son trousseau, si elle travaillait, s'il valait
mieux se marier en mars ou en mai. Il attendait
un moment de courage pour parler des lettres
anonymes, mais la peur de se tromper l'arrêtait à
chaque fois. Délia était près de lui sur le sofa vert
sombre, sa robe bleu clair découpait vaguement
sa silhouette dans la pénombre. Il voulut
l'embrasser mais elle se raidit.

— Maman va revenir nous dire bonsoir.
Attends qu'ils soient allés se coucher.

On entendait dehors les Mañara, le froissement
du journal, le bruit de leurs voix. Ils n'avaient pas
sommeil ce soir, 11 heures passées et ils continuaient à bavarder. Délia se remit au piano, elle
jouait obstinément d'interminables valses
créoles avec reprise au finale qu'elle ornait de
trilles et de fioritures un peu vulgaires mais qui
enchantaient Mario. Elle resta au piano jusqu'à
ce que les Mañara vinssent leur dire bonsoir ; il
ne fallait pas que Mario partît trop tard ; maintenant qu'il était de la famille il lui fallait plus que

jamais prendre soin de Délia, faire attention à ce
qu'elle ne veillât pas. Quand ils se retirèrent —
comme à contrecœur mais ils tombaient de
sommeil — la chaleur entrait à flots par la porte
du vestibule et par la fenêtre du salon. Mario eut
envie d'un verre d'eau fraîche et il alla le chercher à la cuisine, malgré Délia qui voulait le lui
apporter elle-même (elle s'était même un peu
fâchée). Quand il revint, Délia était à la fenêtre,
elle contemplait la rue vide où s'en étaient allés,
en d'autres nuits semblables, Rolo et Hector... Un
peu de clair de lune s'était posé par terre, près
d'elle, et montait jusqu'à l'assiette de métal
argenté qu'elle tenait à la main comme une autre
petite lune. Elle n'avait pas voulu demander à
Mario devant ses parents de goûter aux bonbons,
il comprendrait sûrement à quel point elle était
lasse de leurs reproches, ils trouvaient toujours
que c'était abuser de la bonté de Mario que de lui
demander de goûter aux bonbons nouveaux. Bien
sûr, s'il n'avait pas envie... mais personne plus
que lui ne méritait sa confiance ; ses parents
étaient incapables, eux, de distinguer un parfum
d'un autre. Elle lui offrait le bonbon d'un geste
suppliant et Mario comprit soudain le désir qui
habitait sa voix, il le comprenait à présent avec
une clarté qui ne venait ni de la lune ni même de
Délia. Il posa le verre d'eau sur le piano — il
n'avait pas bu dans la cuisine — et il prit le
bonbon entre deux doigts ; Délia à ses côtés
attendait son jugement, un peu haletante comme

si son bonheur en dépendait, sans rien dire mais le pressant du geste avec des yeux agrandis — ou bien était-ce l'ombre de la pièce —, son corps oscillant légèrement, car elle haletait ; elle haleta plus fort encore quand Mario porta le bonbon à sa bouche et fit le geste d'y mordre, mais il laissa retomber sa main et Délia gémit comme si on l'avait frustrée à l'instant d'un plaisir infini. Mario pressa légèrement les flancs du bonbon mais il ne le regardait pas, il ne quittait pas Délia des yeux, son visage de plâtre, ce pierrot répugnant dans l'ombre. Ses doigts s'écartaient, ouvraient le bonbon. La lune éclaira en plein le corps blanchâtre du cafard, le corps dépouillé de sa carapace et tout autour, mêlés à la menthe et à la pâte d'amande, les débris d'ailes, de pattes et de carapace écrasée.

Il lui jeta les morceaux à la figure et elle se couvrit le visage de ses mains en sanglotant. Des sanglots rapides avec un hoquet qui l'étouffait et des cris de plus en plus aigus, comme le soir de la mort de Rolo ; alors les doigts de Mario se refermèrent autour de son cou comme pour la protéger contre cette horreur qui montait en elle, ces remous de pleurs et de gémissements, ces rires brisés par des soubresauts. Il voulait seulement qu'elle se tût et il serrait seulement pour la faire taire. La bonne femme du quatrième devait déjà être aux écoutes, pleine de délices et de frayeur, il fallait à tout prix faire taire Délia. Derrière lui, dans la cuisine où il avait trouvé le

chat avec de longues échardes plantées dans les
yeux, se traînant encore pour aller mourir dans la
maison, il entendait respirer les Mañara qui
s'étaient levés et s'étaient cachés pour les épier ;
il était sûr que les Mañara avaient entendu et
qu'ils étaient là contre la porte, dans l'ombre de
la cuisine, et qu'ils écoutaient comment il faisait
taire Délia. Il relâcha son étreinte et laissa Délia
glisser sur le sofa, convulsée, violacée mais
vivante. Il entendait haleter les Mañara, cela lui
fit de la peine, à cause de tant de choses, à
commencer par Délia qu'il leur laissait vivante,
qui était de nouveau à leur charge. Comme
Hector et comme Rolo, il s'en allait en leur
laissant Délia. Il eut vraiment grande pitié des
Mañara qui étaient restés là à l'affût dans l'espoir
que lui — quelqu'un enfin ! — ferait taire Délia
qui pleurait, sécherait les pleurs de Délia.

LES PORTES DU CIEL

A 8 heures, José-Maria s'amena avec la nouvelle et il m'apprit de but en blanc que Célina
venait de mourir. Je me rappelle avoir été frappé
par ces mots : Célina vient de mourir, un peu
comme si elle eût décidé elle-même du moment
où il convenait d'en finir. Il faisait presque nuit et
les lèvres de José-Maria tremblaient en le disant :

— Ça lui a fait un tel coup, à Mauro, qu'il était
comme fou quand je suis parti. Vaudrait mieux
qu'on y aille.

J'avais quelques notes à terminer, sans compter que j'avais promis à une amie de l'emmener
dîner. Je passai deux coups de fil et je sortis avec
José-Maria à la recherche d'un taxi. Mauro et
Célina habitaient du côté de Santa Fé et il nous
fallut bien dix minutes pour y arriver. En appro-
chant, nous vîmes des gens plantés sous le porche
avec un air coupable et gêné. J'avais appris en
chemin que Célina avait commencé à vomir le
sang vers 6 heures, que Mauro avait fait venir le

médecin et que sa mère était avec eux. A ce qu'il paraît, au moment où le médecin était en train de rédiger une longue ordonnance, Célina avait ouvert les yeux et elle était morte dans une espèce de toux, un sifflement plutôt.

— Il a fallu que je retienne Mauro, le docteur a dû s'enfuir, Mauro voulait se jeter sur lui. Vous savez comment il est quand il pique une rogne.

Moi je pensais à Célina, au dernier visage de Célina qui nous attendait dans la maison. C'est à peine si j'ai fait attention aux lamentations des vieilles, au remue-ménage qui régnait dans le patio ; par contre je me rappelle que le taxi nous a coûté 2 pesos 60 et que le chauffeur portait une casquette de lustrine. J'aperçus deux ou trois amis de la bande de Mauro qui lisaient le journal sur le pas de la porte. Une petite fille en robe bleue tenait dans ses bras le chat du voisin et lui lissait consciencieusement les moustaches.

Plus loin, commençaient les lamentations et l'odeur de renfermé.

— Va voir Mauro, dis-je à José-Maria. Il a sûrement besoin d'un bon coup de remontant.

Dans la cuisine on buvait déjà le maté à la ronde. La veillée mortuaire s'organisait d'elle-même : les visages, les boissons, la chaleur. Célina venait de mourir et les gens du quartier avaient tout plaqué (même les émissions de quitte ou double) pour s'assembler sur les lieux de l'événement. Au moment où je passais devant la cuisine, quelqu'un aspira bruyamment dans une pipette à maté ; je risquai un œil dans la chambre mortuaire. Misia Martita et une autre femme me regardèrent du fond de leur coin sombre où le lit paraissait flotter dans une gelée de coing. Je vis à leur air supérieur qu'elles venaient de laver Célina et de la mettre dans le linceul ; ça sentait même légèrement le vinaigre.

— Pauvre petite défunte, dit Misia Martita. Entrez, Maître ; venez la voir, on dirait qu'elle dort.

Réprimant à grand-peine l'envie de lui dire merde, je plongeai dans le bouillon chaud de la chambre. Ça faisait un moment que je regardais Célina sans la voir, mais à présent je me laissais aller vers elle, vers ses cheveux noirs et lisses plantés bas sur le front qui luisait comme la nacre d'une guitare, vers la très blanche assiette plate de son visage irrémédiable. Je compris que je n'avais plus rien à faire là, que cette pièce appartenait à présent aux femmes, aux pleureuses qui arrivaient dans la nuit. Mauro lui-même n'aurait pas pu venir s'asseoir tranquillement à côté de Célina et ce n'était même plus Célina qui attendait là, cette chose blanche et noire qui versait peu à peu du côté des pleureuses, qui encourageait leurs variations sur son thème immobile et constant. Il valait mieux partir à la recherche de Mauro qui était encore de notre côté, lui.

De la chambre à la salle à manger de sourdes sentinelles fumaient dans le couloir sans lumière.

Peña, Bazan le Cinglé, les deux frères cadets de
Mauro et un vieux indéfinissable me saluèrent
avec respect.

— Merci d'être venu, maître, me dit l'un d'eux,
z'avez toujours été un ami pour ce pauvre Mauro.

— C'est dans le malheur qu'on reconnaît les
amis, dit le vieux en me tendant une main qui me
fit l'effet d'une sardine vivante.

Et moi, pendant ce temps, j'étais avec Célina et
Mauro au Luna-Park en train de danser, Célina
dans une robe bleu ciel qui allait si mal à son
type indien, Mauro en complet blanc d'été, et
moi, avec six whiskies dans le nez et une cuite
maison. J'aimais sortir avec Célina et Mauro,
assister de biais à leur dur et chaud bonheur. Plus
on me reprochait ces amitiés, plus je m'y accro-
chais (à mes jours, à mes heures) pour participer
à leur vie dont eux-mêmes ne savaient rien.

Je m'arrachai du bal, un gémissement venait
de la chambre, grimpant le long des portes.

— Ça doit être la mère, dit Bazan le Cinglé
d'un air satisfait.

« Syllogistique parfaite de l'humble, pensai-je.
Célina morte, mère arrive, mère pleure » — je me
dégoûtais de penser ainsi, d'être une fois de plus
en train de penser ce que les autres se conten-
taient d'éprouver. Mauro et Célina n'avaient pas
été mes cobayes, loin de là. Je les aimais et je n'ai
pas cessé de les aimer. Seulement, je n'ai jamais
pu partager vraiment leur simplicité. J'en étais
réduit à me nourrir du reflet de leur sang. Je suis

Me Hardoy, un avocat qui ne se contente pas du tout-Buenos Ayres juridique, musical ou hippique, et qui pénètre aussi loin qu'il le peut par d'autres portes. Je sais bien que derrière tout cela il y a la curiosité et toutes les notes qui remplissent peu à peu mon fichier. Mais Célina et Mauro, non, Célina et Mauro, non.

— Qui l'eût dit ? gémit Peña. Comme ça, si vite...

— Vous savez, elle avait les poumons bien atteints.

— Oui, mais tout de même...

Ils se défendaient de la terre ouverte. Les poumons bien atteints, mais tout de même... Célina non plus ne devait pas s'attendre à sa mort ; pour elle et pour Mauro, la tuberculose c'était « de la faiblesse ».

A nouveau je la vis tournant avec enthousiasme dans les bras de Mauro, dans cette odeur de poudre bon marché, l'orchestre de Canaro au balcon. Ensuite, elle dansa avec moi une samba, la piste était bondée et surchauffée, une infection. « Comme vous dansez bien, Marcelo », l'air étonné qu'un avocat pût suivre une samba. Ni elle, ni Mauro ne me tutoyèrent jamais ; moi je disais tu à Mauro, mais je rendais à Célina sa politesse. Célina eut du mal à renoncer au « maître », ça la flattait sans doute de me donner ce titre devant les autres, mon ami maître untel... Je demandai à Mauro de l'en dissuader, c'est alors que commença le « Marcelo ». Eux, ainsi, se rapprochèrent un peu de moi, mais moi j'étais toujours aussi loin. Nous avions beau aller ensemble dans les bals de quartier, à la boxe ou au football (Mauro avait joué au Racing, dans le temps) ou nous enfiler du maté dans la cuisine jusqu'à une heure avancée, rien n'y faisait. Quand prit fin le procès et que j'eus fait gagner cinq mille pesos à Mauro, Célina fut la première à me demander de ne pas m'éloigner, de venir les voir. Déjà, elle n'allait pas bien, sa voix, toujours un peu rauque, s'affaiblissait de jour en jour. Elle toussait la nuit et Mauro lui achetait de la Phitine Ciba et de la Quintonine, ces trucs qu'on voit dans les revues et qui finissent par vous inspirer confiance.

Nous allions ensemble au bal et moi je les regardais vivre.

— Faudrait que vous lui parliez à Mauro, dit José-Maria, surgissant à mes côtés. Ça lui fera du bien.

J'y allai, mais pendant tout le temps je pensai à Célina. Pas bien beau à reconnaître, mais ce que j'étais en train de faire, en réalité, c'était de grouper et de classer mes fiches sur Célina jamais écrites mais bien en main.

Mauro pleurait à visage découvert comme tout animal normalement constitué, sans la moindre honte. Il me prenait les mains et me les mouillait de sa sueur fiévreuse. Quand José-Maria le forçait à boire un verre d'eau-de-vie, il l'avalait entre deux sanglots avec un bruit bizarre. Et les phrases, ce marmonnement de stupidités où il mettait toute sa vie, la conscience obscure de la chose irréparable survenue à Célina, mais dont il était seul à pâtir, à souffrir. Le grand narcissisme enfin autorisé et qui se donnait libre cours. Mauro me dégoûta, mais je me dégoûtai encore plus et je me mis à boire de ce cognac bon marché qui vous brûle les lèvres sans procurer le moindre plaisir. Déjà, la veillée funèbre battait son plein ; de Mauro au dernier venu, ils étaient tous parfaits, jusqu'à la nuit qui se mettait de la partie, chaude et étale, belle nuit à passer dans le patio en parlant de la pauvre défunte, en faisant des cancans sur son dos pour passer le temps et attendre l'aube.

Ceci se passa un lundi, je dus aller ensuite à Rosario, pour un congrès d'avocats où l'on ne fit rien d'autre que s'applaudir à tour de rôle et boire comme des trous. Je ne revins qu'à la fin de la semaine. Dans le train voyageaient deux danseuses du Moulin Rouge ; je reconnus la plus jeune qui feignit de m'ignorer. Toute la matinée, j'avais pensé à Célina ; ce n'était pas tant la mort de Célina qui m'importait que la rupture d'un ordre de choses, la fin d'une habitude nécessaire. En voyant les filles, je songeai à la carrière de Célina et à Mauro qui l'avait tirée de la boîte du Grec Kasidis. Il fallait du courage pour attendre quelque chose d'une femme pareille et c'est à

cette époque que j'avais connu Mauro, qu'il était
venu me consulter au sujet du procès de sa
vieille. A la deuxième visite Célina l'accompa-
gnait, maquillée comme une professionnelle,
déambulant à grandes bordées mais serrée
contre son bras. Je les jugeai au premier coup
d'œil et savourai la simplicité agressive de
Mauro, son effort inavoué pour gagner Célina et
la convertir. Au début, je crus qu'il y avait réussi,
au moins en apparence et dans la vie de tous les
jours. Par la suite, je me rendis mieux compte de
certaines choses. Célina lui échappait par le biais
de ses caprices, par sa passion des dancings, ses
longues rêveries à côté de la radio, un raccommo-
dage ou un tricot à la main. Quand je l'entendis
chanter, un soir de pinard et de Racing triom-
phant, je compris qu'elle était toujours chez
Kasidis, loin d'un foyer stable et de Mauro,
revendeur aux Halles. Pour mieux la connaître, je
flattais ses désirs bon marché, nous allâmes tous
les trois dans des quantités d'endroits où il y
avait des haut-parleurs aveuglants, des pizzas
brûlantes et des petits papiers gras par terre.
Mais Mauro préférait le patio, les heures passées
à bavarder avec les voisins autour d'un maté. Il
capitulait peu à peu, il se soumettait sans céder.
Alors Célina faisait semblant de se résigner et
peut-être, en fait, se résignait-elle à moins sortir
et à rester davantage chez elle.

C'était moi qui persuadais Mauro d'aller au bal
et je sais qu'elle m'en fut, d'emblée, reconnais-

sante. Ils s'aimaient tous les deux et la joie de
Célina était assez grande pour deux, parfois pour
trois.

Ça me parut un bon programme de m'envoyer
un bain, de téléphoner à Nilda que je passerais la
prendre en allant à l'hippodrome et d'aller voir
Mauro sans plus attendre. Il était dans le patio,
fumant entre deux matés interminables. Je m'at-
tendris sur les deux ou trois petits trous de sa
chemisette et je lui donnai une tape sur l'épaule
en lui disant bonjour. Il avait le même visage que
la fois d'avant au bord de la fosse, quand il avait
jeté la poignée de terre et qu'il s'était rejeté en
arrière comme aveuglé. Mais je lui trouvais une
clarté au fond des yeux, la poignée de main dure.

— Merci d'être venu ; le temps est long, Marcelo.

— Tu es obligé d'aller aux Halles ou bien y a-t-
il quelqu'un qui te remplace ?

— J'y ai mis mon frangin le bancal. J'ai pas le
courage d'y aller et avec ça que la journée en finit
pas.

— Bien sûr ; il faut te distraire. Habille-toi, on
va aller faire un tour à Palermo.

— Si tu veux, ça ou autre chose...

Il mit un complet bleu, un foulard brodé, et
s'aspergea d'un parfum qui avait appartenu à
Célina. J'aimais sa manière de camper son chapeau sur sa tête, le bord relevé, et sa démarche de
vrai dur, souple et silencieuse. Je me résignai à

entendre le : « C'est dans le malheur qu'on reconnaît les amis », et, à la deuxième bouteille de
bière, il me déballa tout ce qu'il avait sur le cœur.
Nous étions à une able au fond d'un café. Je le
laissais parler et e remplissais son verre régulièrement. Je ne me rappelle plus très bien ce qu'il
m'a raconté, c'était toujours la même rengaine.
Une phrase m'est restée : « Je l'ai là ! », et il
clouait son index au milieu de sa poitrine comme
s'il montrait une douleur ou une médaille.

« Je veux oublier, disait-il aussi. N'importe
quoi, me soûler, aller au dancing, m'envoyer la
première garce venue. Vous me comprenez vous,
Marcelo, vous.. » L'index montait, énigmatique,
se repliait d'un coup comme un canif.

Il était déjà mûr pour accepter n'importe quoi,
et quand je mentionnai le Santa Fé Palace
comme en passant, aussitôt dit, aussitôt fait,
nous allions au bal et il fut le premier à regarder
l'heure et à se lever.

Nous marchions sans parler, morts de chaleur,
et moi, tout le long du trajet, je devinais que
Mauro s'étor nait à tout moment, comme s'il
refaisait son c ompte, de ne plus sentir contre son
bras la chauce allégresse de Célina sur le chemin
du bal.

— Je l'ai a nais amenée à ce *Palace*, me dit-il
soudain. J'y suis allé avant de la connaître ;
c'était un t astringue avec de sacrés mistons.
Vous le fréq ientez ?

J'ai sur m es fiches une bonne description du

Santa Fé Palace, qui ne s'appelle pas Santa Fé
et qui ne se trouve pas dans cette rue en réalité, mais dans une rue voisine. Dommage que
rien de tout cela ne puisse être décrit, ni la
modeste façade avec ses affiches prometteuses,
ni le guichet crasseux, et moins encore les bar-
beaux qui tuent le temps à l'entrée et vous
examinent au passage. Ce qui vient ensuite
c'est le chaos, la confusion résolue en un faux
semblant d'ordre : l'enfer et ses cercles. Un
enfer de Luna-Park à 2,50 l'entrée et 50 cen-
times pour les dames. Compartiments mal iso-
lés, espèces de patios couverts en enfilade, et
dans le premier un orchestre « tropical », dans
le second un orchestre « de genre » et dans le
troisième un orchestre « typique » avec chanteurs et malambos. Placés dans un passage
intermédiaire (moi Virgile), on entendait les
trois musiques à la fois et on voyait les trois
cercles de danse ; alors on choisissait celui
qu'on préférait, ou bien on allait de l'un à
l'autre, de genièvre en genièvre, à la recherche
de tables et de femmes.

— C'est pas mal, dit Mauro de son air lugubre. Foutue chaleur. Y devraient mettre des
climatiseurs.

(Pour une fiche : étudier, à la suite d'Ortega,
les contacts de l'homme du peuple avec la
technique : là où l'on aurait pu s'attendre à un
choc il y a eu assimilation violente et profit.
Mauro parlait de réfrigération et de superhété-

rodyne avec cette suffisance du gars de Buenos Ayres qui croit que tout lui est dû.)

Je le pris par le bras et le conduisis vers une table, car il était distrait et regardait l'estrade de l'orchestre typique où le chanteur tenait le micro à deux mains en le balançant doucement. Nous nous accoudâmes, satisfaits, devant deux fines et Mauro s'envoya la sienne cul sec.

— Ça tasse la bière. Putain, le monde qu'y a ici.

Il commanda une autre fine et cela me permit de l'oublier et de regarder. La table était collée à la piste ; de l'autre côté, il y avait des chaises alignées contre un long mur et un tas de femmes qui s'y succédaient sans arrêt avec cet air absent qu'ont les entraîneuses quand elles travaillent ou s'amusent. Les gens ne parlaient guère, on entendait très bien la musique typique, débordante de bandonéons, qui en mettait un sacré coup. Le chanteur donnait dans la mélancolie ; incroyable la façon dont il savait dramatiser un rythme plutôt rapide et syncopé : « Les tresses de ma môme, je les ramène dans ma valise... » Il s'accrochait au micro comme s'il allait vomir, avec une espèce de luxure lasse. De temps en temps, il collait ses lèvres à la grille chromée et des haut-parleurs sortait une voix poisseuse : « Je suis un homme respectable... » Je me dis que ce serait une idée à exploiter, de cacher le micro dans une poupée de caoutchouc, comme ça le chanteur pourrait la prendre dans ses bras et s'exciter à plaisir. Mais ça n'irait pas pour les tangos, le sourire tétanique de la grille faisait mieux l'affaire.

Ici, il me paraît opportun de préciser que j'allais à ce bal pour les monstres ; je ne connais pas d'autre lieu où l'on en rencontre autant. Ils font leur entrée vers les 11 heures du soir, venus de quartiers mystérieux de la ville, l'air calme et assuré, seuls ou deux par deux, les femmes presque naines, de type métis, les gars genre javanais ou indiens, très petits et trapus, serrés dans des complets noirs ou à carreaux, les cheveux hirsutes laborieusement coiffés, suintant la brillantine à reflets bleus ou roses, les femmes avec d'énormes et hautes coiffures qui les font paraître encore plus naines mais dont il leur reste au moins la lassitude et la fierté. Pour les hommes, c'est la mode à présent du cheveu flou, gonflé au milieu du front, houppes énormes et efféminées sans aucun rapport avec le visage brutal qu'elles couronnent, le geste agressif mais retenu qui attend son heure, les torses efficaces sur des tailles fines. Ils se reconnaissent et s'admirent en silence sans en laisser rien paraître, c'est leur bal et leur rendez-vous, la nuit des gens de couleur.

(Pour une fiche : d'où sortent-ils, quelles sont les professions qui de jour les métamorphosent, quelles obscures servitudes les séparent et les déguisent ?) Ils viennent ici pour ça, pour se retrouver ; ils s'enlacent gravement, avec respect.

danse après danse ils tournent lentement sans parler, beaucoup ferment les yeux, ils jouissent enfin de se sentir égaux et complétés. Entre-temps, ils redeviennent eux-mêmes, aux tables ils sont pleins de jactance, les femmes parlent haut pour qu'on les regarde, alors les mâles deviennent mauvais et j'ai vu un jour partir une baffe qui fit faire demi-tour à la coiffure d'une pépée bigle en robe blanche qui sirotait une anisette. Et puis il y a l'odeur, on ne conçoit pas ces monstres sans cette odeur de talc mouillé sur la peau, de fruit aigre ; on devine les lavages hâtifs, le chiffon humide qu'on passe sur la figure et les aisselles avant l'essentiel : lotions, rimmel, poudre sur les visages de toutes ces dames ; croûte blanchâtre avec, dessous, des plaques brunes qui transparaissent. Elles se décolorent aussi. Ces noiraudes font lever des épis de blé rigides sur la terre épaisse de leur visage, elles s'étudient à des gestes de blonde, portent du vert, se persuadent de leur transformation et, condescendantes, méprisent celles qui défendent leur couleur. Je regardais Mauro du coin de l'œil et j'étudiais la différence qu'il y avait entre ces monstres et ce visage de type italien, le visage du banlieusard pur sang, sans mélange nègre ou provincial, et je me rappelai soudain Célina, plus proche des monstres, beaucoup plus proche d'eux que Mauro et moi. Je crois que Kasidis l'avait engagée pour plaire à l'élément métis de sa clientèle, les rares qui, à l'époque, se risquaient chez lui. Je n'étais jamais allé dans la boîte de Kasidis du temps de Célina, mais par la suite j'y passai un soir pour connaître l'endroit et je ne vis que des blanches, blondes ou brunes, mais des blanches.

« Y me donnent envie de me taper un tango, dit Mauro en rechignant. » Il était déjà un peu « parti » en attaquant sa quatrième fine. Moi, je pensais à Célina, tellement chez elle ici, justement ici où Mauro ne l'avait jamais emmenée.

Anita Lozano saluait de son estrade et recevait les applaudissements nourris du public. Je l'avais entendue chanter au Royalty, à l'époque où ses actions étaient en hausse ; à présent elle était vieille et maigre mais elle conservait encore toute sa voix dans les tangos. C'était même mieux qu'avant, car son style de chanteuse réaliste et ces paroles de rancune s'accommodaient bien d'une voix rauque et traînante.

Célina avait un peu la même voix quand elle avait bu, et soudain je me rendis compte que le Santa Fé, c'était Célina, la présence presque insupportable de Célina. Cela avait été une grave erreur de sa part d'épouser Mauro. Elle avait supporté la chose parce qu'elle l'aimait et qu'il la sortait de la crasse de chez Kasidis, de la promiscuité et des petits verres d'eau sucrée entre les premiers coups de genoux et l'haleine épaisse des clients. Mais si elle n'avait pas été obligée d'y travailler, dans ces bastringues, ça lui aurait plu à Célina d'y rester. On le voyait bien à ses hanches et à sa bouche qu'elle était née pour le tango, bâtie des pieds à la tête pour faire la bringue. C'est pour ça qu'elle demandait à Mauro de l'emmener dans les bals ; je la voyais se transformer dès l'entrée, dès les premières bouffées d'air chaud et de bandonéons. A cette heure, plongé corps et âme dans l'atmosphère du Santa Fé, je mesurais la grandeur de Célina, son courage d'avoir payé Mauro de ces quelques années de cuisine et de maté sucré dans le patio. Elle avait renoncé à son ciel de bastringue, à sa brûlante vocation d'anisette et de valses créoles. On eût dit qu'elle se sacrifiait délibérément pour l'amour de Mauro et la vie de Mauro, forçant à peine les limites de son monde à lui pour qu'il l'emmenât de temps en temps à une fête.

Déjà Mauro avait enlacé une petite noiraude plus grande que les autres, à la taille incroyablement fine et pas laide du tout. Son choix instinctif et pourtant médité me fit rire ; la petite était la moins « monstre » de toutes. Et pourtant Célina avait été une sorte de monstre, elle aussi ; seulement, dehors et en plein jour ça se remarquait moins qu'ici. Je me demandais si Mauro s'en rendait compte et je craignis un peu qu'il ne me reprochât de l'avoir emmené dans un endroit où le souvenir naissait de chaque chose comme des poils sur un bras.

Cette fois, il n'y eut pas d'applaudissements et Mauro revint avec la fille qui, sortie de son tango, avait l'air essoufflée et abrutie.

— Je vous présente un ami.

Nous échangeâmes les « enchantés » d'usage à Buenos Ayres, et sans plus de cérémonie on lui donna à boire. Ça me faisait plaisir de voir Mauro se mettre dans l'ambiance de la nuit et j'échangeai même quelques mots avec la femme qui s'appelait Emma, un nom qui ne va pas aux maigres. Mauro avait l'air assez emballé et parlait orchestre dans ce style bref et sentencieux que j'admire chez lui. Emma enfilait des noms de chanteurs, des souvenirs sur Villa Crespo et El Talar.

Anita Lozano annonça à ce moment-là un vieux tango et il y eut des cris et des applaudissements parmi les monstres, les gars de la campagne surtout qui admiraient Anita sans réserve. Mauro n'était pas soûl au point d'avoir tout oublié et, quand l'orchestre se fraya un passage dans un rampement de bandonéons, il me regarda brusquement, raide et tendu, comme s'il se souvenait. Je me revis aussi au Racing, Mauro et Célina étroitement enlacés dans ce tango qu'elle avait fredonné ensuite toute la soirée et dans le taxi du retour.

— On le danse ? dit Emma en avalant sa grenadine avec bruit.

Mauro ne la regardait même pas. Il me semble que c'est à ce moment-là que nous nous sommes rencontrés tous les deux au plus profond. Maintenant (au moment où j'écris) je ne trouve pas d'autre image que celle-ci de mes vingt ans au Sporting Barracas, le jour où, me jetant dans la

piscine, je rencontrai dans le fond un autre
nageur ; toucher le fond ensemble et nous entre-
voir dans l'eau verte et âcre. Mauro repoussa sa
chaise et s'appuya d'un coude sur la table. Il
regardait la piste comme moi, et Emma, perdue
entre nous deux, dissimulait son humiliation en
mangeant des frites. Anita commença à chanter
de sa voix la plus sexy, les couples dansaient
presque sans bouger, l'on voyait qu'ils écoutaient
les paroles pleines de désir et de tristesse, qu'ils
en jouissaient en secret. Les visages cherchaient
l'estrade et suivaient des yeux, tout en tournant,
Anita penchée confidentiellement sur le micro.
Quelques-uns remuaient les lèvres, répétant les
paroles, d'autres souriaient stupidement comme
de plus loin qu'eux-mêmes, et quand Anita ter-
mina sur le « et pourtant tu fus à moi, tout à moi,
rien qu'à moi et à présent je te cherche et je ne te
trouve pas », à l'entrée en tutti des bandonéons
répondit la violence redoublée du bal, les figures
de côté, les pas entrelacés des danseurs au milieu
de la piste. Beaucoup suaient à grosses gouttes ;
une môme qui serait à peine arrivée au deuxième
bouton de ma veste passa tout près de la table et
je vis la sueur qui perlait à la racine de ses
cheveux et coulait sur sa nuque où la graisse
faisait comme une gouttière plus blanche. De la
fumée venait de la salle voisine où l'on mangeait
des grillades et où l'on dansait des « rancheras » ;
la viande grillée et les cigarettes dégageaient un
nuage bas qui déformait les visages et les pein-

tures bon marché accrochées au mur d'en face. Je
crois que j'y mettais aussi du mien avec mes six
fines dans le nez. Mauro se tenait le menton avec
le dos de la main et regardait fixement droit
devant lui. Cela nous parut tout naturel que le
tango continuât, continuât indéfiniment là-haut.
Une ou deux fois, je vis Mauro lancer un coup
d'œil vers l'estrade où Anita faisait semblant de
manier une baguette. Mais il se remit aussitôt à
regarder fixement les couples. Je ne sais comment dire cela, il me semble que je suivais son
regard et en même temps lui montrais le chemin.
Nous savions sans nous regarder (il me semble en
tout cas que Mauro le savait) que nos regards
coïncidaient, que nous tombions sur les mêmes
couples, les mêmes cheveux, les mêmes pantalons. J'entendis Emma dire quelque chose,
s'excuser, et l'espace qui nous séparait Mauro et
moi devint plus clair. Un instant de félicité
suprême semblait s'être posé sur la piste. Je
respirai profondément comme pour m'y associer
et je crus entendre Mauro faire de même. La
fumée était si épaisse qu'à partir du centre de la
piste les visages se brouillaient et que l'on ne
distinguait plus les chaises de celles qui faisaient
tapisserie. « Et pourtant tu fus à moi... » Curieux,
cette voix crépitante que le haut-parleur donnait
à Anita. A nouveau les danseurs s'immobilisaient
(sans cesser de bouger) et Célina, qui était vers la
droite, émergea de la fumée en tournant pour
obéir à la pression de son cavalier et resta un

instant de profil, puis je la vis de dos, puis l'autre
profil et elle leva la tête pour écouter la musique.
Je dis bien : Célina, mais, sur le moment, je le sus
plutôt que je ne le compris, Célina qui était là
sans y être évidemment, comment comprendre
cela sur le moment. La table soudain se mit à
trembler, je savais que c'était le bras de Mauro
ou le mien qui tremblait, mais ce n'était pas de la
peur, c'était plutôt la stupeur, le bonheur, le coup
à l'estomac. Idiot, ce sentiment d'insolite qui
nous clouait sur place, nous empêchait de recou-
vrer nos sens. Célina était toujours là, buvant le
tango de tout son visage qu'une lumière jaune de
fumée contredisait et altérait. N'importe laquelle
de ces noiraudes aurait pu ressembler davantage
à Célina qu'elle-même en ce moment, le bonheur
la transfigurait d'une manière atroce ; personnellement, je n'aurais pas pu supporter la Célina que
je voyais là, dans ce tango. Il me restait assez de
lucidité pour mesurer les ravages du bonheur en
elle, son visage extasié et stupide dans le paradis
enfin atteint ; c'est ainsi qu'elle aurait pu être
chez Kasidis s'il n'y avait pas eu le travail et les
clients. Plus rien ne la gênait à présent, dans ce
ciel qui n'était qu'à elle, elle se donnait de toute
sa peau au bonheur et entrait à nouveau dans un
ordre de choses où Mauro ne pouvait la suivre.
C'était son dur paradis enfin conquis, son tango
que l'on rejouait pour elle seule et pour ses
pareils jusqu'aux applaudissements comme
vitres brisées qui saluèrent la fin du refrain

d'Anita, et Célina de dos, Célina de profil, d'autres couples devant elle, et la fumée.

Je ne voulais pas regarder Mauro, je revenais à moi à présent et mon cynisme bien connu inventait en hâte mille comportements. Tout dépendait de la façon dont lui aborderait la chose, c'est pour ça que je restais sans bouger, regardant avec attention la piste qui se vidait peu à peu.

— T'as vu ?

— Oui.

— T'as vu comme elle lui ressemblait ?

Je ne répondis pas, le soulagement était plus fort que la pitié. Il était de ce côté-ci, le pauvre, il était de ce côté-ci et il n'arrivait déjà plus à croire ce que nous avions vu ensemble. Il se leva et traversa la piste d'un pas d'homme ivre pour aller à la recherche de cette femme qui ressemblait à Célina. Moi, je ne bougeais pas, je fumais une blonde sans me presser, le regardant aller et venir, sachant qu'il perdait son temps, qu'il reviendrait accablé et assoiffé sans avoir retrouvé les portes du ciel dans cette fumée et parmi cette foule.

II

CONTINUITÉ DES PARCS

Il avait commencé à lire le roman quelques jours auparavant. Il l'abandonna à cause d'affaires urgentes et l'ouvrit de nouveau dans le train, en retournant à sa propriété. Il se laissait lentement intéresser par l'intrigue et le caractère des personnages. Ce soir-là, après avoir écrit une lettre à son fondé de pouvoirs et discuté avec l'intendant une question de métayage, il reprit sa lecture dans la tranquillité du studio, d'où la vue s'étendait sur le parc planté de chênes. Installé dans son fauteuil favori, le dos à la porte pour ne pas être gêné par une irritante possibilité de dérangements divers, il laissait sa main gauche caresser de temps en temps le velours vert. Il se mit à lire les derniers chapitres. Sa mémoire retenait sans effort les noms et l'apparence des héros. L'illusion romanesque le prit presque aussitôt. Il jouissait du plaisir presque pervers de s'éloigner petit à petit, ligne après ligne, de ce qui l'entourait, tout en demeurant conscient que sa

tête reposait commodément sur le velours du
dossier élevé, que les cigarettes restaient à portée
de sa main et qu'au-delà des grandes fenêtres le
souffle du crépuscule semblait danser sous les
chênes.

Phrase après phrase, absorbé par la sordide
alternative où se débattaient les protagonistes, il
se laissait prendre aux images qui s'organisaient
et acquéraient progressivement couleur et vie. Il
fut ainsi témoin de la dernière rencontre dans la
cabane parmi la broussaille. La femme entra la
première, méfiante. Puis vint l'homme, le visage
griffé par les épines d'une branche. Admirable-
ment, elle étanchait de ses baisers le sang des
égratignures. Lui, se dérobait aux caresses. Il
n'était pas venu pour répéter le cérémonial d'une
passion clandestine protégée par un monde de
feuilles sèches et de sentiers furtifs. Le poignard
devenait tiède au contact de sa poitrine. Dessous,
au rythme du cœur, battait la liberté convoitée.
Un dialogue haletant se déroulait au long des
pages comme un fleuve de reptiles, et l'on sentait
que tout était décidé depuis toujours. Jusqu'à ces
caresses qui enveloppaient le corps de l'amant
comme pour le retenir et le dissuader, dessi-
naient abominablement les contours de l'autre
corps, qu'il était nécessaire d'abattre. Rien
n'avait été oublié : alibis, hasards, erreurs possibles. A partir de cette heure, chaque instant avait
son usage minutieusement calculé. La double et
implacable répétition était à peine interrompue

le temps qu'une main frôle une joue. Il commençait à faire nuit.

Sans se regarder, étroitement liés à la tâche qui
les attendait, ils se séparèrent à la porte de la
cabane. Elle devait suivre le sentier qui allait
vers le nord. Sur le sentier opposé, il se retourna
un instant pour la voir courir, les cheveux
dénoués. A son tour, il se mit à courir, se
courbant sous les arbres et les haies. A la fin, il
distingua dans la brume mauve du crépuscule
l'allée qui conduisait à la maison. Les chiens ne
devaient pas aboyer et ils n'aboyèrent pas. A
cette heure, l'intendant ne devait pas être là et il
n'était pas là. Il monta les trois marches du
perron et entra. A travers le sang qui bourdonnait
dans ses oreilles, lui parvenaient encore les
paroles de la femme. D'abord une salle bleue,
puis un corridor, puis un escalier avec un tapis.
En haut, deux portes. Personne dans la première
pièce, personne dans la seconde. La porte du
salon, et alors, le poignard en main, les lumières
des grandes baies, le dossier élevé du fauteuil de
velours vert et, dépassant le fauteuil, la tête de
l'homme en train de lire un roman.

(*Traduit par* C. *et* R. CAILLOIS.)

LA LOINTAINE

12 janvier.

Cela a recommencé hier soir, et moi, si lasse de bracelets et de cotillons, de *pink champagne* et du visage de Renato Viñes, oh! ce visage de phoque bégayant, ce portrait de Dorian Gray sur la fin! Je me couchai avec un goût de bonbon à la menthe, de boogie du Banc Rouge, de maman bâillante et grisâtre (comme elle l'est toujours au retour d'une soirée, grisâtre et endormie, poisson énorme, tellement peu elle).

Et Nora qui dit qu'elle peut dormir malgré la lumière, malgré le bruit, au beau milieu des confidences urgentes de sa sœur à moitié désha-billée. Qu'elles sont heureuses, moi j'éteins la lumière et mes mains, je me dévêts à grands cris du diurne et du mouvant, je veux dormir et je suis une horrible cloche qui résonne, une vague, la chaîne que Rex traîne toute la nuit contre les troènes. *Now I lay me down to sleep...* Il me faut dire des vers ou bien essayer le système de chercher des mots avec *a*, puis avec *a* et *e*, puis avec cinq voyelles, puis avec quatre. Avec deux voyelles et une consonne (*été*, *air*), avec trois consonnes et une voyelle (*gris trot*), puis revenir aux vers : la lune vint à la forge avec son polisson de nard, l'enfant la regarde, regarde, l'enfant la va regardant. Avec trois voyelles et trois consonnes alternées : cabale, lagune, animal ; Irène, rafale, repose.

Des heures passent ainsi : de quatre, de trois et de deux ; et finalement les palindromes, les faciles comme : l'arôme moral, élu par cette crapule ; ceux qui sont plus difficiles et plus beaux : à l'autel elle alla, elle le tua là ; cerise d'été je te désire ; mais aussi : *átale, demoníaco Caín, o me delata.* Ou encore les jolis anagrammes : Salvador Dali, *Avida Dollars.* Alina Reyes, *es la Reina y...* [1] Merveilleux celui-là, parce qu'il ouvre un chemin, parce qu'il ne conclut pas. Parce que la reine et...

Non, horrible, horrible parce qu'il ouvre un chemin à celle qui n'est pas la reine et que de nouveau, la nuit, je hais. A celle qui n'est pas la reine de l'anagramme, qui peut être tout ce qu'on veut, mendiante à Budapest, pensionnaire d'un

---

1. *C'est la reine et...*

bordel à Jujuy, ou servante à Quetzaltenango, n'importe où, loin, et en tout cas pas reine. Pourtant elle est Alina Reyes, et c'est pour cela qu'hier soir, à nouveau, je l'ai sentie et haïe.

20 janvier.

Parfois je sais qu'elle a froid, qu'elle souffre, qu'on la bat. Et je ne peux que la haïr de toutes mes forces, détester les mains qui la jettent par terre et la détester elle aussi, parce qu'on la bat, parce que c'est moi et qu'on la bat. Ah ! cela ne me désespère pas autant quand je dors, quand je coupe une robe ou lorsque maman reçoit et que je sers le thé à Mme Regules ou au petit Rivas. Cela m'importe moins alors, c'est un peu une affaire personnelle, de moi à moi. Je la sens davantage maîtresse de son triste sort, loin et seule mais maîtresse d'elle-même. Qu'elle souffre, qu'elle gèle ; moi, ici, je me raidis aussi, et je crois que je l'aide un peu. C'est comme si je faisais de la charpie pour un soldat qui n'est pas encore blessé et me réjouissais de le soulager à l'avance.

Qu'elle souffre, j'embrasse Mme Regules, je sers le thé au petit Rivas et je rassemble toutes mes forces intérieures pour résister. Je me dis : « En ce moment je traverse un pont glacé, en ce moment la neige entre dans mes souliers percés. » Ce n'est pas que je sente quoi que ce soit. Je sais seulement que c'est ainsi, quelque

part dans le monde je traverse un pont au
moment même (mais je ne sais pas si c'est au
moment même) où le petit Rivas accepte mon thé
et prend son air le plus idiot. Et je supporte
vaillamment cette sensation parce que je suis
seule parmi ces gens absurdes et que cela rend la
chose moins pénible...

Nora, hier soir, en est restée stupéfaite, elle m'a
dit : « Mais que t'arrive-t-il ? » C'était à l'autre
qu'il arrivait quelque chose, à moi si loin. Il lui
arrivait quelque chose de terrible, on la battait
ou elle se sentait malade, et juste au moment où
Nora allait chanter du Fauré, moi au piano,
regardant d'un air heureux Luis-Maria accoudé à
la queue du Pleyel qui lui faisait comme un
cadre, et lui, prêtant déjà l'oreille aux arpèges et
me regardant tout content avec sa bonne gueule
de toutou — tous les deux si près l'un de l'autre et
nous aimant si fort. C'est cela le pire, apprendre
du nouveau sur elle juste au moment où je danse
avec Luis-Maria, ou quand je l'embrasse, ou me
trouve simplement près de lui. Car moi, la lointaine, on ne m'aime pas. C'est la part de moi que
l'on n'aime pas, et comment ne pas être déchirée
lorsque je sens qu'on me bat ou que la neige entre
dans mes souliers, alors que Luis-Maria danse
avec moi, que sa main sur ma taille m'envahit
comme la chaleur de midi, ou le goût des oranges
amères, ou la vibration des bambous dans le
vent, et elle on la bat et je ne peux pas le
supporter plus longtemps et je suis obligée de

dire à Luis-Maria que je ne me sens pas bien, que c'est l'humidité, l'humidité de cette neige que je ne sens pas, que je ne sens pas et qui entre dans mes souliers.

25 janvier.

Naturellement Nora est venue me voir et elle m'a fait une scène : « Ma petite, c'est la dernière fois que je te demande de m'accompagner au piano. Nous nous sommes rendues ridicules. » Si elle croit que je me souciais du ridicule, je l'ai accompagnée comme j'ai pu, je me rappelle que je l'entendais en sourdine *Votre âme est un paysage choisi*... mais je regardais mes mains sur les touches et il me semblait que je jouais bien, qu'elles accompagnaient honnêtement Nora. Luis-Maria lui aussi a regardé mes mains, le pauvre, sans doute n'osait-il pas regarder mon visage. Je dois avoir un drôle d'air dans ces moments-là.

Pauvre petite Nora, qu'elle se fasse accompagner par une autre. (Cela ressemble de plus en plus à une punition : à présent je me sais là-bas chaque fois que je vais être heureuse. Quand Nora chante du Fauré, je me sais là-bas et il ne me reste plus que la haine.)

Ce même soir.

Parfois c'est de la tendresse, une brusque et nécessaire tendresse envers celle qui n'est pas la reine et qui est là-bas. J'aimerais lui envoyer un télégramme, des colis, savoir que ses enfants vont bien, ou qu'elle n'a pas d'enfant — je crois bien que là-bas je n'ai pas d'enfant — et qu'elle a besoin de réconfort, de pitié, de bonbons. Hier soir je me suis endormie en imaginant des messages, des lieux de rencontre. Arriverai jeudi. stop. attends-moi pont. stop. Quel pont ? C'est une idée qui revient comme revient Budapest, croire en la mendiante de Budapest où il doit y avoir tant de ponts et tant de neige qui suinte. C'est alors que je me suis dressée sur mon lit toute raide et que j'ai failli hurler, j'ai failli aller réveiller maman, la mordre pour qu'elle se réveillât. Rien que d'y penser. Ce n'est pas encore facile à dire. Rien que de penser que je pourrais partir tout de suite pour Budapest si l'envie m'en prenait vraiment. Ou pour Jujuy ou pour Quetzaltenango (il m'a fallu rechercher ces noms dans les pages précédentes). Ils n'ont aucune importance, autant vaudrait dire Tres-Arroyos, Kobe, 145, rue Florida. Reste Budapest parce que c'est là-bas qu'est le froid, là-bas qu'on me frappe et qu'on m'outrage. Il y a quelqu'un là-bas (je l'ai rêvé, ce n'est qu'un rêve, mais comme il se colle à moi, comme il s'insinue vers l'état de veille), quelqu'un qui s'appelle Rod — ou Erod, ou Rodo — et il me bat et moi je l'aime, je ne sais pas si je l'aime mais je me laisse battre, cela recommence tous les jours, alors c'est que je l'aime.

Un peu plus tard.

Mensonge. J'ai rêvé de Rod — peut-être bien avec une banale image de rêve, la première venue et déjà usée. Il n'y a pas de Rod, il est certain qu'on me punit là-bas, mais qui peut dire si c'est un homme, une mère furieuse, une solitude.

Pouvoir partir à ma recherche. Dire à Luis-Maria : « Marions-nous et emmène-moi à Budapest où il y a la neige et quelqu'un. » Une supposition : « Et si j'étais sur ce pont ? » (parce que tout cela je le pense avec le secret avantage de ne pas vouloir y croire tout à fait. Et si j'y étais ?) Eh bien, si j'y étais... Mais il faudrait être folle pour... Quelle lune de miel !

28 janvier.

J'ai pensé à une chose étrange. Depuis trois jours il ne me vient plus rien de la lointaine. Peut-être n'est-elle plus battue à présent, peut-être a-t-elle pu se réfugier quelque part. Lui envoyer un télégramme, des bas... J'ai pensé une chose étrange. J'arrivais dans la ville terrible, c'était l'après-midi, un après-midi verdâtre et aqueux comme ne le sont jamais les après-midi si on n'y aide pas un peu par la pensée. Du côté de la Dobrina Stana, dans l'avenue Skorda, des chevaux hérissés de stalagmites, des agents de police raides, des miches de pain fumantes et des franges de vent exaltant la superbe des fenêtres. Flâné sur la Dobrina en touriste, le plan dans la poche de mon tailleur bleu (par ce froid, avoir laissé mon manteau au Burglos), jusqu'à une place près du fleuve, presque au-dessus du fleuve qui tonne et roule ses glaces brisées, ses chalands et quelque martin-pêcheur qui, là-bas, doit s'appeler *sbounaia tjeno,* ou pis encore.

J'ai supposé qu'après la place venait le pont. Je l'ai pensé et je n'ai pas voulu aller plus loin. C'était le soir du concert d'Elsa Piaggio à l'Odéon ; je me suis habillée sans entrain ; je pressentais que l'insomnie m'attendait au bout de la soirée. Cette manie de penser la nuit, si tard la nuit... Qui sait si je ne me perdrai pas ! Quand on voyage par la pensée, on invente des noms. On s'en souvient sur le moment, Dobrina Stana, sbounaia tjeno, Burglos... Mais je ne sais pas le nom de la place : c'est un peu comme si j'étais vraiment arrivée sur une place à Budapest, et que, ne sachant pas son nom, je m'y sente perdue ; là-bas où un nom est une place.

Je viens, maman. Nous arriverons sans encombre à ton Bach et à ton Brahms. C'est un chemin si simple, sans place, sans Burglos. Elsa Piaggio à un bout, nous à l'autre. C'est dommage que l'on m'ait interrompue, savoir que je suis sur une place (je n'en suis déjà plus certaine, je le crois seulement, c'est peu de chose). Et qu'au bout de la place commence le pont.

Ce même soir.

Commence, continue. Entre la fin du concert et le premier *bis*, j'ai trouvé le nom et le chemin. La place Vladas, le pont des marchés. J'ai traversé la place jusqu'à l'entrée du pont, tantôt d'un bon pas, tantôt avec l'envie de m'arrêter devant les maisons, les vitrines, les enfants emmitouflés, les fontaines surmontées de grands héros à pèlerines enneigées, Tadeo Alanko, Vladislas Neroy, buveurs de Tokay et cymbalistes. Je voyais Elsa Piaggio saluer entre deux Chopin, la pauvre, et de mon fauteuil d'orchestre on débouchait directement sur la place où arrivait le pont entre d'immenses colonnes. Mais cela, attention, c'est une pensée volontaire comme pour faire l'anagramme : *es la reina y...* pour Alina Reyes ou d'imaginer que maman est chez les Suarez et non à côté de moi. Tout cela, ce sont des histoires à moi, pour le plaisir. Plaisir royal. Royal à cause d'Alina... passons. Mais l'autre impression, sentir qu'elle a froid, qu'on la maltraite, ce n'est pas pareil. Ça c'est une idée qui me passe par la tête et je la suis pour m'amuser, pour voir où elle va,

pour savoir si Luis-Maria m'emmène à Budapest,
si on se marie et si je lui demande de m'emmener
à Budapest. Mais il est plus facile de partir à la
recherche de ce pont, de partir à ma recherche et
de me trouver, comme maintenant, car j'ai parcouru la moitié du pont sous les bravos, les
« Albeniz ! », les applaudissements redoublés et
« La Polonaise ! », comme si cela avait un sens
dans les tourbillons de vent et de neige qui
m'entraînent, mains de serviette éponge qui me
prennent par la taille et me poussent jusqu'au
milieu du pont.

(Il est plus commode de parler à présent. Cela
se passait à huit heures, au moment même où
Elsa Piaggio jouait le troisième *bis*, un machin de
Julian Aguirre ou de Carlos Guastavino avec
prairies et petits oiseaux.) Mais je suis devenue
insolente avec le temps, je n'ai plus aucun respect
pour elle. Je me rappelle qu'un jour je pensai :
« Là-bas, on me roue de coups ; là-bas la neige
entre dans mes souliers et je le sais immédiatement, je le sais à l'instant même où ça m'arrive
là-bas. Mais pourquoi à l'instant même ? Peut-
être cela me parvient-il avec du retard, peut-être
n'est-ce pas encore arrivé. Peut-être est-ce dans
quatorze ans qu'on la battra, peut-être est-elle
déjà une croix avec deux dalles au cimetière
Sainte-Ursule », et cela me paraissait joli, possible, tellement idiot. Car derrière ces choses-là, on
retombe toujours dans le temps simultané. Si, en
ce moment, elle arrivait vraiment sur le pont, je

sais que je le sentirais aussitôt de là où je suis.
Je me rappelle que je m'arrêtai pour regarder
le fleuve qui ressemblait à de la mayonnaise
tournée et qui battait contre les piles, fou de
rage, sonnant et fouettant (cela, c'est moi qui
l'imaginais). Cela valait la peine de se pencher
au-dessus du parapet et de sentir dans ses
oreilles le craquement de la glace là-bas dans
le fond. Cela valait la peine de s'arrêter un peu
pour la vue, un peu pour la peur qui montait
en moi — ou était-ce parce que j'étais si peu
vêtue, ou à cause de la violente bourrasque de
neige, ou de mon manteau oublié à l'hôtel ? —
Je suis modeste, c'est entendu, je suis une fille
sans prétentions, mais vous en connaissez
beaucoup, vous, à qui il soit arrivé pareille
aventure, voyager en Hongrie en plein Odéon ?
Ça donnerait froid dans le dos à n'importe qui,
n'est-ce pas ?

Mais maman me tirait par la manche, il n'y
avait presque plus personne à l'orchestre. Je
m'arrête là, je n'ai pas envie de continuer à
me rappeler ce que j'ai pensé. Cela va me faire
mal si je continue à me rappeler. Mais c'est
certain, certain. J'ai pensé une chose étrange.

30 janvier.

Pauvre Luis-Maria, quel idiot de m'épouser.
Il ne sait pas ce qu'il se met sur le dos, ou

dessous comme dit Nora qui pose à l'intellec-
tuelle émancipée.

31 janvier.

Nous irons là-bas. Il était si entièrement d'accord que j'ai failli crier. J'ai eu peur, il m'a
semblé qu'il entrait trop facilement dans le jeu.
Et il ne sait rien, il est comme le petit pion aux
échecs qui gagne la partie sans s'en douter. Petit
pion Luis-Maria à côté de sa reine. De sa reine
et...

7 février.

Il faut guérir. Je n'écrirai pas la fin de ce que
j'ai pensé au concert. Hier soir, je l'ai sentie
souffrir de nouveau. Je sais que là-bas on recommence à me battre. Je ne peux m'empêcher de le
savoir, mais assez de cette histoire. Si encore je
m'étais bornée à noter tout cela par plaisir, pour
me libérer... mais c'était pis, à mesure que je
relisais, un désir de savoir, de trouver une clef
dans chaque mot jeté sur le papier après toutes
ces nuits. Ainsi lorsque j'ai pensé la place, le
fleuve brisé, les bruits et après... Mais ça, je ne
l'écris pas, je ne l'écrirai jamais, à présent.

Aller là-bas et me convaincre que le célibat me
pesait, tout simplement; vingt-sept ans et pas

d'homme. Mais à présent, j'ai mon gros lapin, mon grand bêta, assez pensé, vivons, vivons enfin et que tout soit pour le mieux.

Cependant, puisque je vais fermer ce journal — on se marie ou on écrit son journal, les deux ne vont pas ensemble — je ne veux pas le quitter sans le dire avec la joie de l'espoir, avec l'espoir de la joie. Nous allons là-bas, mais les choses ne se passeront pas comme je l'ai prévu le soir du concert. (J'écris encore cela et fini le journal, pour mon plus grand bien.) Sur le pont je la trouverai et nous nous regarderons. Le soir du concert, je sentais dans mes oreilles le craquement de la glace là-bas dans le fond. Et ce sera la victoire de la reine sur cette adhérence maligne, cette usurpation indue et sourde. Si je suis vraiment moi, elle s'inclinera et fondra dans ma lumière ; il suffira que je m'approche et que je pose ma main sur son épaule.

Alina Reyes et son mari arrivèrent à Budapest le 6 avril et descendirent au Ritz. C'était deux mois avant leur divorce. Le lendemain, dans l'après-midi, Alina sortit faire connaissance avec la ville et le dégel. Comme elle aimait se promener seule — elle marchait vite et elle était curieuse — elle visita bien vingt endroits différents, mais sans s'y attarder, laissant à sa fantaisie le soin de choisir et de s'exprimer en de brusques élans qui la portaient d'un magasin à l'autre, changeant de trottoir comme de vitrine.

Elle atteignit le pont et le traversa jusqu'en son milieu ; elle marchait avec peine à présent, car elle avait la neige contre elle et il monte du Danube un vent hostile qui agrippe et fouette. Elle sentait sa jupe coller à ses cuisses — elle n'était guère vêtue — et soudain cette envie de faire demi-tour, de revenir vers la ville connue. Au milieu du pont désert, une femme en haillons, aux cheveux raides et noirs, attendait, une expression fixe et avide sur son visage sinueux, dans le repli de ses mains à demi fermées mais qui déjà se tendaient. Alina s'approcha d'elle, refaisant — maintenant elle le savait — les gestes et les distances, comme après une répétition générale. Sans peur, libérée enfin — elle le croyait en un sursaut terrible de froid et d'allégresse — elle s'approcha d'elle, tendit les mains elle aussi sans vouloir penser à rien et la femme se serra sur sa poitrine et toutes les deux s'étreignirent, raides et silencieuses au milieu du pont tandis que le fleuve éclaté battait contre les piles. Le fermoir du sac d'Aline, cloué entre ses seins par la force de l'étreinte lui faisait mal, un déchirement doux, supportable. Elle serrait contre elle la femme si mince, elle la sentait tout entière abandonnée dans ses bras, et une joie s'enflait en elle comme un hymne, comme un envol de colombes, comme le chant du fleuve. Dans la fusion totale elle ferma les yeux, étran-

gère aux sensations de l'extérieur, à la lumière du
crépuscule ; très lasse subitement mais sûre de sa
victoire sans qu'elle la célébrât, chose trop
intime et trop attendue.

Il lui sembla que, doucement, l'une des deux
pleurait. Ce devait être elle, car elle sentit ses
joues mouillées et la pommette lui faisait mal
comme si on l'avait frappée. Et le cou aussi lui
faisait mal et soudain ses épaules pliant sous le
poids d'innombrables fatigues. Quand elle rou-
vrit les yeux (peut-être criait-elle déjà), elle vit
qu'elles s'étaient séparées. Alors, oui, elle cria. De
froid parce que la neige entrait dans ses souliers
percés et qu'Alina Reyes, ravissante dans son
tailleur bleu, repartait vers la place, les cheveux
un peu défaits par le vent, repartait sans détour-
ner la tête.

FIN D'UN JEU

Les jours de chaleur Léticia, Holanda et moi on
allait jouer près de la voie ferrée, on attendait
que maman et tante Ruth soient montées faire
leur sieste pour s'échapper par la porte blanche.
Maman et tante Ruth étaient toujours très fati-
guées après avoir fait la vaisselle, surtout quand
c'était Holanda et moi qui essuyions les assiettes,
car alors c'étaient des discussions, des petites
cuillères par terre, des phrases que nous étions
les seules à comprendre, une atmosphère où
l'odeur de la graisse, les miaulements de José,
l'obscurité de la cuisine finissaient d'habitude
dans une mêlée générale, après quoi il ne nous
restait plus qu'à nous trisser. Holanda avait le
chic pour provoquer ce genre de scène ; par
exemple, elle laissait tomber un verre déjà lavé
dans la bassine d'eau sale, ou bien, sans avoir
l'air d'y toucher, elle rappelait que chez les Loza
il y avait deux bonnes. Moi, j'employais une autre
tactique, je préférais faire remarquer à tante

Ruth que ses mains allaient se gercer si elle continuait à frotter les casseroles et qu'elle ferait mieux de s'occuper des verres et des assiettes ; comme c'était précisément ce que maman aimait laver, ça les dressait l'une contre l'autre. Le recours suprême, quand on en avait par-dessus la tête des conseils et des recommandations familiales, c'était de renverser de l'eau bouillante sur le dos du chat. Une belle blague, cette histoire du « chat échaudé », à moins qu'il ne faille prendre au pied de la lettre l'allusion à l'eau froide ; pour ce qui est de la chaude, José avait appris à ne pas la craindre, il semblait même s'offrir, pauvre petite bête, il tendait son dos à la tasse d'eau bouillante — pas tout à fait bouillante sans doute, car il ne perdait jamais ses poils. Enfin Troie était en flammes et nous profitions, Holanda et moi, de la confusion générale couronnée par le splendide *si* bémol de tante Ruth et le galop de maman qui allait chercher le martinet, pour nous perdre dans la galerie couverte vers les pièces vides du fond où Léticia nous attendait en lisant Ponson du Terrail, lecture inexplicable.

En général, maman nous poursuivait pendant un moment, mais ses envies de nous battre comme plâtre passaient rapidement, elle finissait par se lasser — on avait verrouillé la porte et on lui demandait pardon en d'émouvantes tirades — et elle s'en allait en répétant toujours la même phrase :

« Vous finirez à la rue, mauvaise graine. »

Pour le moment on finissait sur les voies du chemin de fer, une fois que le silence était revenu dans la maison et qu'on avait vu le chat aller s'étendre sous le citronnier pour faire lui aussi sa sieste parfumée et bourdonnante de guêpes. On ouvrait doucement la porte blanche et quand on la refermait c'était soudain comme un vent, une liberté qui nous prenait par la main, par la taille et nous poussait en avant. Nous nous mettions à courir, nous prenions notre élan pour escalader d'un trait le petit remblai de la voie ferrée et, perchées sur le sommet du monde, nous contemplions en silence notre royaume.

Notre royaume c'était une grande courbe de la voie ferrée qui finissait juste au bout du jardin. Il n'y avait rien d'autre que le ballast, les traverses, la double ligne des rails ; une herbe stupide et rare poussait entre des pierres — composées de mica et de quartz — qui brillaient comme de vrais diamants sous le soleil de deux heures. Quand nous nous penchions pour toucher les rails (vivement, car il eût été dangereux de rester là longtemps, non pas tant à cause des trains que des parents s'ils nous avaient vues), le feu des pierres nous montait au visage, et quand on se relevait, face au vent du fleuve, c'était une chaleur mouillée qui se collait à nos joues et à nos oreilles. Nous aimions fléchir les genoux et nous baisser, nous relever, nous baisser, passant ainsi d'une zone de chaleur à l'autre en surveillant sur nos visages le degré de transpiration ; en moins de deux nous étions trempées comme des soupes. Tout cela sans un mot, en regardant tantôt le bout de la voie, tantôt le fleuve de l'autre côté, le petit pan de fleuve couleur de café au lait.

Après cette première inspection de notre royaume nous redescendions du remblai et revenions à l'ombre chétive des saules, collées au mur de notre maison où s'ouvrait la porte blanche. C'était là la capitale du royaume, la ville sylvestre, le siège de nos jeux. Léticia ouvrait la séance. C'était la plus heureuse de nous trois, la privilégiée ; elle n'était pas obligée d'essuyer la vaisselle ni de faire les lits, elle pouvait passer toute la journée à lire ou à coller des images, et le soir on lui permettait de veiller plus tard que nous si elle voulait, sans compter une chambre pour elle toute seule, les bouillons de viande et autres avantages. Peu à peu elle avait pris l'habitude d'être favorisée en tout et depuis l'été dernier c'était elle qui dirigeait le jeu, je crois bien même qu'elle dirigeait tout le royaume ; c'était elle en tout cas qui parlait toujours la première ; Holanda et moi nous acceptions ses décisions sans rien dire et cela nous plaisait même assez de lui obéir. Les longues recommandations de maman sur la façon dont nous devions nous conduire envers Léticia devaient avoir porté leurs fruits ou peut-être, tout simplement, l'aimions-nous assez pour accepter qu'elle fût notre chef. Dommage, elle n'avait pas le physique de l'emploi, c'était la plus petite de nous trois et elle était si maigre... Holanda aussi était maigre et je n'ai jamais pesé moi-même plus de cinquante kilos, mais Léticia était la plus maigre et, pour comble de malheur, c'était une de ces maigreurs qui se voient, même habillées, au cou et aux oreilles. C'était peut-être l'ankylose du dos qui la faisait paraître si maigre ; elle pouvait à peine tourner la tête ; on eût dit une planche à repasser, comme celle qu'il y a chez les Loza, recouverte d'un linge blanc. Une planche à repasser debout, la partie la plus large en haut, appuyée contre le mur. Et c'était elle qui nous commandait.

Mon plus grand plaisir était d'imaginer que maman et tante Ruth découvraient un jour le jeu. Si elles venaient à l'apprendre, quelle histoire ça ferait ! Le *si* bémol et les évanouissements, les grandioses protestations, « tant de dévouements et tant de sacrifices si mal récompensés », les évocations interminables de châtiments célèbres, et, pour finir, la prédiction que nous finirions toutes les trois à la rue. Ce dernier trait nous avait toujours laissées perplexes, cela nous paraissait assez normal de finir à la rue.

D'abord, Léticia nous tirait au sort : on cachait des cailloux dans la main, on comptait jusqu'à vingt, ou n'importe quel autre truc. Si on choisissait de compter jusqu'à vingt on inventait deux ou trois filles de plus et on les mettait dans le cercle pour éviter les possibles tricheries. Si le vingt tombait sur l'une d'elles on la faisait sortir du groupe et on recommençait jusqu'à ce qu'il tombât sur l'une de nous trois. Ensuite Holanda et moi on soulevait la pierre et on sortait la boîte aux ornements. Si c'était Holanda qui avait gagné, Léticia et moi, nous choisissions les ornements. Le jeu offrait deux possibilités : les statues et les attitudes. Pour les attitudes on n'avait pas besoin d'ornements mais ça demandait des mimiques très expressives. Pour l'Envie, montrer les dents, crisper les mains et se débrouiller d'avoir l'air jaune. Pour la Charité, l'idéal c'était un visage angélique aux yeux chavirés tandis que les mains offraient quelque chose — un chiffon, une balle, une branche de saule — à un pauvre petit orphelin invisible. La Honte et la Peur, c'était facile à faire. La Rancune et la Jalousie, ça demandait plus de réflexion. Les ornements étaient presque tous réservés aux statues pour lesquelles régnait la plus complète liberté. Pour qu'une statue fût réussie il fallait penser soigneusement à chaque détail du costume. La règle du jeu stipulait que celle qui « sortait » ne pouvait pas prendre part au choix des statues et des attitudes. Les deux qui restaient débattaient l'affaire entre elles et imposaient ensuite à l'autre les ornements. La gagnante devait inventer sa statue à partir des ornements donnés, le jeu était ainsi beaucoup plus compliqué et beaucoup plus excitant, car la victime se voyait parfois affublée d'ornements si disparates qu'elle n'en pouvait tirer aucun parti ; il dépendait alors de son ingéniosité qu'elle réussît ou non sa statue. Quand le jeu disait :

attitude, l'élue s'en tirait généralement bien mais les statues furent parfois des échecs effroyables.

Ce que je raconte avait commencé Dieu sait quand, mais les choses changèrent le jour où le premier petit papier tomba du train. Il va sans dire que les statues avaient d'autres spectateurs que nous, nous nous en serions vite lassées sans cela. La règle stipulait que celle qui « sortait » devait se placer au bas du remblai hors de l'ombre des saules et attendre le passage du train de deux heures huit minutes qui vient de Tigre. A cet endroit de Palermo les trains passent assez vite et nous n'avions pas honte de faire la statue ou l'attitude. On distinguait à peine les voyageurs, mais, le temps et l'habitude aidant, nous savions que certains s'attendaient à nous voir. Un monsieur à cheveux blancs et lunettes d'écaille passait la tête à la portière et nous saluait en agitant son mouchoir. Les garçons qui revenaient du collège assis sur les marchepieds nous criaient des choses au passage mais il y en avait qui nous regardaient avec des yeux graves. La statue, elle, ne voyait rien, elle avait bien assez de mal à rester immobile mais les deux autres sous les saules guettaient l'accueil qu'on lui faisait. C'est un mardi que tomba le papier tout près de Holanda qui ce jour-là faisait la Médisance et il rebondit jusqu'à moi. C'était un bout de papier plié très petit et attaché à un boulon. Il disait — une écriture masculine assez maladroite : « Très jolies les statues, je suis à la troisième portière du deuxième wagon. Ariel B. » Cela nous parut un peu sec, vu le travail que ça représentait d'attacher le papier au boulon et de le lancer, mais nous fûmes ravies. Nous tirâmes au sort pour savoir qui le garderait et je gagnai. Le lendemain, personne ne voulait jouer, on voulait toutes voir comment était Ariel B., mais, de peur qu'il n'interprétât mal cette abstention, nous finîmes par tirer au sort et c'est Léticia qui gagna, cela nous fit bien plaisir pour elle, la pauvre, car elle était très bonne dans les statues. Quand elle ne bougeait pas on ne remarquait pas son infirmité et elle savait prendre des poses d'une incroyable noblesse. Pour les attitudes elle choisissait toujours la générosité, la piété, le sacrifice, le renoncement. Pour les statues c'était plutôt le style de la Vénus du salon que tante Ruth appelle la Vénus de Nino. Nous eûmes soin de lui choisir les meilleurs ornements pour faire bonne impression à Ariel. On lui mit un grand morceau de velours vert en guise de tunique et une couronne de saules dans les cheveux. Comme nous avions des robes sans manches, cela faisait tout à fait grec. Léticia répéta un moment son numéro à l'ombre et nous décidâmes, Holanda et moi, que nous nous montrerions aussi et que nous saluerions Ariel discrètement mais aimablement.

Léticia fut formidable, elle ne bougea pas d'un pouce quand le train arriva. Comme elle ne pouvait pas tourner la tête, elle la rejetait en arrière et gardait les bras si bien plaqués au

corps qu'on aurait juré qu'elle n'en avait pas ; à
part la tunique verte, c'était la Vénus de Nino
tout craché. A la troisième portière nous aper-
çûmes un jeune garçon à boucles blondes, aux
yeux clairs, qui nous fit un grand sourire en
voyant que Holanda et moi l'avions salué. Une
seconde après le train l'avait emporté mais à
quatre heures nous discutions encore pour savoir
si son costume était foncé, s'il portait une cravate
rouge et s'il était odieux ou sympathique. Le
jeudi je fis l'attitude du Découragement et nous
reçûmes un autre petit papier qui disait : « Les
trois me plaisent beaucoup. Ariel. » A présent il
passait la tête et un bras à la portière et nous
saluait en riant. Nous lui donnâmes dix-huit ans
(persuadées qu'il n'en avait pas plus de seize) et
décidâmes qu'il devait revenir chaque jour de
quelque collège anglais. Le plus sûr, dans tout ça,
c'était le collège anglais, nous n'aurions pu tolé-
rer qu'Ariel fût un lycéen quelconque. On voyait
tout de suite que c'était quelqu'un de bien.

Holanda eut la chance incroyable de gagner
trois jours de suite. Elle se surpassa. Elle fit les
attitudes de la Désillusion et du Larcin, et une
statue extrêmement difficile de danseuse qui se
tient en équilibre sur un pied à partir du moment
où le train s'engage dans la courbe. Le lendemain, je gagnai, puis le jour suivant. J'étais en
train de faire l'attitude de l'Horreur quand je
reçus presque sur le nez un billet d'Ariel que tout
d'abord nous ne comprîmes pas : « La plus jolie

c'est la plus flemmarde. » Léticia fut la dernière à comprendre, nous la vîmes s'éloigner en rougissant, et Holanda et moi nous nous regardâmes un peu furieuses. Notre première réaction fut de décréter qu'Ariel était idiot, mais nous ne pouvions pas dire ça à Léticia, pauvre ange, avec sa sensibilité et la croix qu'elle portait. Elle ne dit rien mais elle dut penser que le billet était pour elle et elle le garda. Ce jour-là nous nous en retournâmes en silence et nous ne jouâmes pas ensemble le soir. A table, Léticia fut très gaie, ses yeux brillaient et maman regarda tante Ruth une ou deux fois comme pour la prendre à témoin de cette joie. Léticia venait de suivre un nouveau traitement fortifiant et apparemment il faisait merveille.

Avant de nous endormir, Holanda et moi, nous parlâmes de l'affaire. Le billet d'Ariel, ça nous était égal, pour ce qu'on peut voir d'un train en marche... mais il nous semblait que Léticia profitait un peu trop de la situation. Elle savait qu'on ne lui dirait rien, que dans une famille où quelqu'un a un défaut de conformation et beaucoup d'orgueil, tout le monde, à commencer par le malade, fait semblant de l'ignorer, ou plutôt, on fait ceux qui ne savent pas que l'autre sait. Mais il ne fallait quand même pas exagérer et l'attitude de Léticia à table ou cette façon de garder le billet pour elle, cela passait les bornes. Cette nuit-là je refis mon cauchemar de trains, je marchais au petit matin dans d'immenses gares de triage couvertes de rails et d'aiguillages, je voyais au loin les lumières rouges des locomotives qui avançaient et je me demandais avec angoisse si le train passerait à ma gauche ou à ma droite. En même temps, j'étais menacée par l'arrivée possible d'un rapide derrière moi, ou, ce qui était pire, par un des trains qui, à la dernière minute, pouvait être dévié et me viendrait droit dessus. Mais le matin j'oubliai tout cela, car Léticia se réveilla avec d'affreuses courbatures et il fallut l'aider à s'habiller. Il nous sembla qu'elle regrettait ce qui s'était passé la veille et nous fûmes très bonnes avec elle, nous lui dîmes que ses douleurs venaient de ce qu'elle marchait trop, qu'elle ferait peut-être bien de rester dans sa chambre à lire. Elle ne dit rien mais elle vint à table pour le déjeuner et aux questions de maman elle répondit qu'elle se sentait très bien, que son dos ne lui faisait presque plus mal. Et en disant cela elle nous regardait.

C'est moi qui gagnai cet après-midi-là, mais je ne sais pas ce qui me prit, je dis à Léticia que je lui cédais mon tour, sans lui dire pourquoi, naturellement. Puisque l'autre la préférait, qu'il la regarde tout son soûl. Le jeu disait statue, nous lui choisîmes des choses simples pour qu'elle n'ait pas à se casser la tête et elle inventa une espèce de princesse chinoise à l'air confus, aux yeux baissés, les mains jointes comme font les princesses chinoises. Quand le train passa, Holanda, sous les saules, lui tourna le dos mais

moi je regardai et je vis qu'Ariel n'avait d'yeux
que pour Léticia. Il la suivit du regard jusqu'à ce
que le train eût abordé la courbe et Léticia
immobile ne savait pas qu'il l'avait regardée
ainsi. Mais quand elle revint s'asseoir sous les
saules nous vîmes que si, elle savait, et qu'elle
aurait aimé garder les ornements sur elle tout
l'après-midi, toute la nuit.

Le mercredi nous tirâmes au sort entre
Holanda et moi, car Léticia nous dit qu'il était
juste que ce soit notre tour. Ce fut Holanda qui
gagna avec la veine qu'elle a mais la lettre d'Ariel
tomba à côté de moi. En la ramassant, mon
premier geste fut de la donner à Léticia qui se
taisait, mais je pensais qu'il ne fallait tout de
même pas faire ses quatre volontés et lentement
je l'ouvris. Ariel annonçait qu'il descendrait
demain à la gare la plus proche et qu'il viendrait
par le remblai bavarder un moment avec nous.
C'était terriblement mal écrit mais la dernière
phrase était belle : « Mes sentiments très distin-
gués aux trois statues. » La signature n'était
qu'un gribouillis mais elle dénotait de la personnalité.

Pendant que nous enlevions les ornements à
Holanda, Léticia me regarda une ou deux fois. Je
leur avais lu le message mais personne n'avait
fait de commentaires, ce qui était ennuyeux, car
enfin Ariel allait venir et il fallait penser à cet
événement et décider quelque chose. Si on appre-
nait ça à la maison ou si par malheur il prenait

fantaisie à l'une des filles Loza de nous épier, envieuses comme elles l'étaient, ces naines, sûr et certain que ça ferait du foin. Et puis c'était bien étrange ce silence entre nous, surtout à propos d'une chose pareille. Nous avons rangé les ornements, puis nous sommes rentrées par la porte blanche sans nous regarder une seule fois.

Tante Ruth nous demanda à Holanda et à moi de baigner José et elle emmena Léticia pour lui faire ses piqûres, comme ça nous pûmes nous dire en toute tranquillité ce que nous avions sur le cœur. Nous trouvions merveilleux qu'Ariel vînt, nous n'avions jamais eu d'ami comme lui, notre cousin Tito ça ne comptait pas, une poule mouillée qui collectionnait les images pieuses et qui croyait à la première communion. Nous étions très énervées en pensant à ce qui allait arriver et ce fut José qui trinqua, le pauvre. Holanda fut la plus courageuse et elle aborda le problème Léticia. Moi je ne savais que penser, d'un côté je trouvais horrible qu'Ariel sût à quoi s'en tenir, mais d'autre part il était juste de tirer les choses au clair, il n'y a pas de raison de toujours se sacrifier pour les autres. J'aurais voulu pourtant que Léticia n'en souffrît pas, elle avait déjà assez de sa croix à porter, sans compter maintenant le nouveau traitement et tout le reste.

Dans la soirée maman s'étonna de nous voir aussi silencieuses ; elle dit que c'était surprenant ; avait-on perdu nos langues ? Puis elle

regarda tante Ruth et toutes les deux pensèrent
certainement que nous avions fait quelque grosse
bêtise et que nous n'avions pas la conscience
tranquille. Léticia mangea très peu, elle dit
qu'elle avait mal et qu'elle voulait aller dans sa
chambre lire *Rocambole*. Holanda lui donna le
bras quoique Léticia n'aimât pas beaucoup ça, et
moi je me mis à tricoter, comme toutes les fois
que je suis énervée. A deux reprises je fus sur le
point d'aller jusqu'à la chambre de Léticia, je me
demandais ce qu'elles pouvaient bien faire toutes
les deux seules là-haut, mais Holanda revint avec
un air très important et elle s'assit à côté de moi
sans rien dire jusqu'à ce que maman et tante
Ruth eurent enlevé le couvert. « Elle ne viendra
pas demain. Elle a écrit une lettre et elle m'a dit
de la lui donner s'il posait trop de questions. »
Elle écarta un peu la poche de son tablier et me
fit voir une enveloppe mauve. Après, on nous
appela pour essuyer la vaisselle et ce soir-là nous
nous endormîmes très vite, après toutes ces
émotions et la fatigue d'avoir baigné José.

Le lendemain ce fut mon tour d'aller au
marché et de toute la matinée je ne vis pas
Léticia qui était restée dans sa chambre. Avant
qu'on appelle à table j'allai la voir et je la trouvai
devant la fenêtre avec beaucoup d'oreillers et le
neuvième tome de *Rocambole*. On voyait qu'elle
n'était pas bien mais elle se mit à rire et me parla
d'une abeille qui n'arrivait pas à sortir de la
chambre et d'un rêve drôle qu'elle avait fait. Je

lui dis que c'était dommage qu'elle ne pût pas venir sous les saules mais c'était très difficile de lui dire ça bien. « Si tu veux, nous pouvons expliquer à Ariel que tu étais souffrante », lui proposai-je, mais elle faisait non de la tête et ne répondait rien. J'insistai un peu pour qu'elle vînt et à la fin je pris mon courage à deux mains et je lui dis qu'il ne fallait pas avoir peur, que l'amour véritable ne connaît pas de barrières et autres jolies choses lues dans *Le Trésor de la Jeunesse*, mais cela devenait de plus en plus difficile de lui parler, elle regardait par la fenêtre et on aurait dit qu'elle allait pleurer. Je finis par m'en aller en disant que maman avait besoin de moi. Le déjeuner dura des siècles et Holanda récolta une gifle de tante Ruth pour avoir renversé de la sauce tomate sur la nappe. Je ne me rappelle même pas comment nous avons essuyé la vaisselle, et déjà nous étions sous les saules, et nous nous embrassions, folles de joie et pas du tout jalouses l'une de l'autre. Holanda m'expliqua tout ce qu'il fallait dire sur nos études pour faire bonne impression à Ariel — les garçons du secondaire méprisent les filles qui ne sont allées qu'à l'école primaire et qui après se contentent de suivre des cours de coupe ou de reliure. Quand le train de deux heures huit minutes passa, Ariel, à la portière, agita les bras avec enthousiasme et nous lui fîmes des signaux de bienvenue avec nos mouchoirs imprimés. Quelques minutes plus tard nous le vîmes arriver le long du remblai. Il était plus grand que nous ne pensions et tout habillé de gris.

Je ne me rappelle plus très bien de quoi nous avons parlé au début ; il était très timide malgré les petits billets et la visite, et il ne disait que des choses très sensées. Presque tout de suite il nous fit de grands compliments sur les statues et il nous demanda comment nous nous appelions et pourquoi la troisième n'était pas là. Holanda expliqua que Léticia n'avait pas pu venir et il dit que c'était dommage et que Léticia était un très beau nom. Ensuite il nous raconta des choses sur les « Arts et Métiers » — ce n'était malheureusement pas un collège anglais — et il voulut savoir si nous lui montrerions les ornements. Holanda souleva la pierre et on lui fit voir les « habits ». Il eut l'air très intéressé, de temps en temps il prenait un ornement et disait : « Celui-là, Léticia l'a mis une fois » ou : « Celui-là, c'était celui de la statue orientale » — il voulait dire la princesse chinoise. Nous nous assîmes à l'ombre d'un saule, il était content mais distrait, visiblement il restait là par politesse. Quand la conversation tombait, Holanda me regardait et cela nous faisait mal à toutes deux, il nous prenait des envies de fuir, on aurait préféré qu'Ariel ne fût jamais venu. Il demanda à nouveau si Léticia était malade, Holanda me regarda et je crus qu'elle allait tout dire, mais elle répondit simplement que Léticia n'avait pas pu venir. Ariel dessinait par terre des figures géométriques avec un bout de branche et de temps en temps il regardait la porte blanche et nous devinions à quoi il pensait ; aussi Holanda fit-elle bien de sortir l'enveloppe mauve et de la lui tendre. Il resta tout surpris, l'enveloppe dans la main, puis il rougit très fort quand nous lui expliquâmes que c'était de la part de Léticia et il mit l'enveloppe dans la poche intérieure de sa veste, il ne voulait pas la lire devant nous. Presque aussitôt après il dit qu'il s'était beaucoup plu, qu'il était enchanté d'être venu mais sa poignée de main était molle et antipathique et il valait mieux que la visite finît au plus vite ; pourtant, après, nous n'avons plus pensé qu'à ses yeux gris et à cette façon triste qu'il avait de sourire. Nous nous rappelions aussi la manière dont il avait pris congé : « En toute amitié », une formule que nous n'avions jamais entendue à la maison et qui nous parut divinement poétique. Nous racontâmes tout à Léticia qui nous attendait sous le citronnier de la cour, et moi j'aurais aimé lui demander ce qu'elle disait dans sa lettre mais quelque chose m'arrêtait parce qu'elle avait fermé l'enveloppe avant de la donner à Holanda ; nous lui racontâmes simplement comment était Ariel et combien il l'avait réclamée. Ce n'était pas facile à dire, ça, parce que c'était une chose à la fois bonne et cruelle. Nous nous rendions compte que Léticia était très heureuse mais qu'elle était aussi au bord des larmes. A la fin nous sommes parties en disant que tante Ruth avait besoin de nous et

nous l'avons laissée occupée à contempler les
guêpes du citronnier.

En allant nous coucher, Holanda me dit : « Tu
verras que demain, fini le jeu. » Elle se trompait,
mais de peu ; le lendemain au dessert Léticia
nous fit le signal convenu. Nous allâmes faire la
vaisselle, assez étonnées et un peu furieuses, car
nous trouvions que c'était du toupet de la part de
Léticia, que ce n'était pas bien du tout. Elle nous
attendait à la porte et nous avons failli mourir de
frayeur quand, une fois arrivées sous les saules,
nous la vîmes sortir de sa poche le collier de
perles de maman et toutes les bagues, même la si
belle de tante Ruth avec un rubis. Mais Léticia,
elle n'avait pas peur, elle dit que s'il arrivait
quelque chose elle serait l'unique responsable.
« J'aimerais bien que vous me laissiez votre tour
aujourd'hui », ajouta-t-elle sans nous regarder.
Nous sortîmes tout de suite les ornements, nous
avions tout à coup le désir d'êtres bonnes avec
Léticia, de lui faire plaisir, même si, au fond, on
lui en voulait encore un peu. Comme le jeu
disait : statue, nous lui choisîmes de jolies choses
qui allaient bien avec les bijoux : beaucoup de
plumes de paon pour mettre dans les cheveux,
une fourrure qui ressemblait de loin à un renard
argenté et un voile rose dont elle se fit une espèce
de turban. On voyait qu'elle réfléchissait tout en
essayant diverses poses. Quand le train apparut
dans la courbe elle alla se placer au pied du
remblai et tous les bijoux brillèrent dans le soleil.

Elle leva les bras comme si au lieu de faire une statue elle allait faire une attitude, de ses mains elle montrait le ciel et elle penchait la tête en arrière (c'était tout ce qu'elle pouvait faire, la pauvre) en ployant son corps à faire peur. Elle nous parut merveilleuse, la statue la plus noble qu'elle eût jamais faite, et nous vîmes Ariel qui la regardait ; penché à la portière il ne regardait qu'elle, il la suivait des yeux sans nous voir jusqu'à ce que le train d'un coup l'eût emporté. Je ne sais pourquoi nous nous sommes précipitées toutes les deux en même temps pour soutenir Léticia qui fermait les yeux, de grosses larmes roulaient sur son visage. Elle nous repoussa doucement mais nous l'aidâmes quand même à cacher les bijoux dans sa poche et elle s'en alla seule vers la maison tandis que nous rangions pour la dernière fois les ornements dans leur boîte. Nous savions bien ce qui allait arriver mais malgré tout, le lendemain, nous allâmes toutes les deux sous les saules après que tante Ruth nous eut recommandé le plus grand silence pour ne pas déranger Léticia qui avait mal et qui voulait dormir. Quand le train arriva nous vîmes sans surprise que la troisième portière était vide et nous nous regardâmes en souriant, mi-soulagées, mi-furieuses, imaginant Ariel assis de l'autre côté du compartiment, immobile à sa place, ses yeux gris tournés vers le fleuve.

III

LES FILS DE LA VIERGE

Personne ne saura jamais comment il faudrait raconter cette histoire : à la première ou à la deuxième personne du singulier, ou à la troisième du pluriel, ou en inventant au fur et à mesure des formules nouvelles, mais au fond cela ne servirait à rien. Si l'on pouvait dire : je vîmes monter la lune ; ou : j'ai mal au fond de nos yeux, ou, en particulier : toi, la femme blonde, étaient les nuages qui passent si vite devant mes tes ses notre votre leurs visages. Seulement voilà...

Puisqu'il faut raconter, l'idéal serait que la machine à écrire (j'écris à la machine) puisse continuer à taper toute seule et moi, pendant ce temps, j'irais vider un bock au bistro d'à côté. Et quand je dis que ce serait l'idéal, je sais ce que je dis. En effet, le trou qu'il nous faut raconter est celui d'une autre machine, un Contax 1,2, et il se pourrait bien qu'une machine en sache plus long sur une autre machine que moi, que toi, qu'elle (la femme blonde) et que les nuages. Mais je n'ai

même pas la chance qui sourit aux innocents et je
sais bien que si je m'en vais, cette Remington
restera pétrifiée sur la table avec cet air double-
ment immobile qu'ont les choses mobiles quand
elles ne bougent pas. Donc, je suis bien obligé
d'écrire. Si l'on veut que cette histoire soit
racontée, il faut bien que l'un de nous l'écrive.
Autant que ce soit moi, je suis mort et cela ne
risquera pas de me compromettre. Moi qui ne
vois que les nuages et qui peux penser sans être
dérangé (en voilà un autre qui passe avec un bord
gris), moi qui peux me souvenir sans être
dérangé, moi qui suis mort (et vivant aussi, je ne
prétends tromper personne, on s'en apercevra
bien à la fin), j'ai commencé, puisqu'il fallait bien
que je démarre d'une façon ou d'une autre, par le
bout qui se trouve le plus loin, celui du début ;
tout compte fait, c'est encore le meilleur moyen
quand on veut raconter quelque chose.

Je me demande soudain quel besoin j'ai de
raconter tout ça, mais si l'on commence à se
demander pourquoi l'on fait ce que l'on fait,
pourquoi, par exemple, on accepte une invitation
à dîner (un pigeon vient de passer, et un moineau
aussi, je crois) ou pourquoi, quand on vous a
raconté une bonne histoire, on ressent comme un
chatouillement à l'estomac qui vous pousse dans
le bureau d'à côté pour raconter l'histoire au
voisin ; ça soulage aussitôt, on est satisfait et on
peut retourner à son travail. Personne, que je
sache, n'a encore jamais expliqué ce phénomène ;

passons outre ces sortes de pudeurs, c'est plus simple, et racontons. Après tout, personne n'a honte de respirer ou de mettre des chaussures, ce sont des choses qui se font et quand il arrive quelque chose d'anormal, lorsque, par exemple, on trouve une araignée dans sa chaussure, ou que l'on fait un bruit de verre brisé en respirant, alors il nous faut aller raconter ce qui arrive, le raconter aux copains du bureau, ou au médecin : « Ah ! mon Dieu, docteur, chaque fois que je respire... » Toujours raconter, toujours se délivrer de ce chatouillement désagréable au creux de l'estomac.

Donc, puisque nous allons raconter cette histoire, mettons-y un peu d'ordre, descendons l'escalier de cette maison et débouchons dans ce dimanche 7 novembre, il y a de cela juste un mois. On descend cinq étages et l'on se trouve dans la matinée du dimanche avec un soleil étonnant pour le mois de novembre à Paris, avec une belle envie d'aller de droite et de gauche, de voir des choses, de prendre des photos (parce que nous étions photographes, je suis photographe).

Je sais que le plus difficile va être de trouver la bonne manière de raconter tout ça, mais je n'ai pas peur de me répéter. Cela va être difficile parce qu'on ne sait pas au juste qui raconte, si c'est moi ou bien ce qui est arrivé ou encore ce que je vois (des nuages et de temps en temps un pigeon) ou bien si, tout simplement, je raconte une vérité qui n'est que ma vérité. Mais alors ce ne sera la vérité que pour mon estomac, que

pour cette envie de m'enfuir et d'en finir au plus
vite avec cette histoire.

Nous allons la raconter lentement, on verra
bien ce qui arrivera à mesure que j'écrirai. Si je
suis remplacé dans ma tâche d'écrire ou si je suis
pris de court, si les nuages s'arrêtent, s'il se passe
autre chose (car ce n'est pas possible que cela
consiste à voir passer sans cesse des nuages et, de
temps en temps, un pigeon), si... Et après le si,
qu'est-ce que je vais mettre, comment vais-je
boucler correctement ma phrase ? Mais si je
commence à poser des questions je ne raconterai
jamais rien. Il vaut mieux que je raconte, raconter est peut-être bien une réponse, au moins pour
un de ceux qui lisent.

Roberto Michel, Français-Chilien, traducteur,
et photographe-amateur à ses moments perdus,
sortit du n° 11 de la rue Monsieur-le-Prince le
dimanche 7 novembre de cette année-ci. (Tiens, il
en passe deux autres, plus petits, à bords
argentés.) Depuis trois semaines il peinait sur la
traduction du *Traité des pourvois et recours* de
José Norberto Allende, professeur à l'Université
de Santiago. Il est rare qu'il fasse du vent à Paris
et plus rare encore que ce soit un vent qui
tourbillonne au coin des rues et monte jusqu'aux
fenêtres fouetter les vieilles persiennes derrière
lesquelles des dames étonnées commentent de
diverses façons l'instabilité du temps ces dernières années. Mais le soleil, ami des chats, était
là, lui aussi, à cheval sur le vent, donc rien

ne m'empêchait de faire un tour sur les quais et de prendre quelques photos de la Conciergerie et de la Sainte-Chapelle. Il était à peine 10 heures, vers 11 heures j'aurais une bonne lumière, la meilleure qui soit en automne. Pour perdre du temps je dérivai jusqu'à l'île Saint-Louis et me mis à marcher le long du quai d'Anjou. Je m'arrêtai un instant devant l'hôtel de Lauzun et je me récitai quelques vers d'Apollinaire qui me viennent toujours à l'esprit quand je passe devant l'hôtel de Lauzun (il devrait plutôt me rappeler un autre poète, mais Michel est un entêté) et quand le vent tomba d'un coup et que le soleil devint deux fois plus grand (plus tiède, veux-je dire, mais en fait, cela revient au même), je m'assis sur le parapet et me sentis terriblement heureux dans cette matinée de dimanche.

Une façon, entre mille, de combattre le néant, c'est de prendre des photos. C'est une activité à laquelle on devrait habituer les enfants de bonne heure, car elle exige de la discipline, une éducation esthétique, la main ferme, le coup d'œil rapide. Lorsqu'on se promène avec un appareil photo, on a comme le devoir d'être attentif et de ne pas perdre ce brusque et délicieux ricochet de soleil sur une vieille pierre, ou cette petite fille qui court, tresses au vent, avec une bouteille de lait dans les bras. Michel savait que le photographe doit adapter sa manière personnelle de voir le monde à celle que lui impose insidieusement l'appareil (il passe à présent un grand nuage presque noir) mais cela ne l'inquiétait pas outre mesure, car il lui suffisait de sortir sans son Contax pour retrouver ce ton distrait, la vision sans cadrages, la lumière sans diaphragme. En ce moment même (quel mot : en ce moment, quel stupide mensonge) par exemple, je pouvais rester assis sur le parapet, au-dessus du fleuve, à regarder passer les péniches noires et rouges sans avoir envie de les penser photographiquement ; je me laissais aller dans le laisser-aller des choses, je courais immobile avec le temps. Le vent était tombé.

Puis je suivis le quai Bourbon jusqu'à la pointe de l'île où il y a une petite place intime (intime parce que petite et non parce que secrète, elle est grande ouverte sur le fleuve et sur le ciel) qui me plaît sacrément. Il n'y avait qu'un couple et, bien sûr, des pigeons. Peut-être ceux qui passent maintenant dans ce que je regarde. D'un saut, je m'installai sur le parapet et je laissai le soleil m'envelopper, me ligoter, je lui tendis mon visage, mes oreilles, mes deux mains (j'avais mis mes gants dans ma poche). Je n'avais pas envie de prendre des photos et j'allumai une cigarette pour faire quelque chose. C'est, je crois, au moment où j'approchais l'allumette de la cigarette que je vis le garçon pour la première fois.

Ce que j'avais pris pour un couple ressemblait davantage à une mère et son fils, mais je sentais pourtant que ce n'était pas un garçon avec sa mère, c'était bien un couple dans le sens que nous donnons toujours aux couples quand nous les voyons accoudés aux parapets ou enlacés sur les bancs des places. Comme je n'avais rien de spécial à faire, je pris le temps de me demander pourquoi le jeune garçon avait l'air si nerveux, comme un lièvre ou un poulain. Il enfonçait ses mains dans ses poches, en retirait une aussitôt, puis l'autre, il se passait les doigts dans les cheveux, il changeait de position, mais surtout, pourquoi avait-il peur ? La peur se devinait dans chacun de ses gestes, une peur étouffée par la honte, une envie de se rejeter en arrière, son corps était au bord de la fuite, ce n'était plus qu'un ultime et pitoyable sens des convenances qui le retenait.

Tout cela était si clair, et à cinq mètres de moi, que, sur le moment, la peur du garçon ne me permit pas de bien voir la femme blonde. Mais maintenant, quand j'y pense, je la revois mieux au moment où je lus son visage (elle avait brusquement tourné, comme une girouette en cuivre, et ses yeux, ses yeux étaient là), au moment où je compris indistinctement ce qui se passait et où je me dis que cela valait la peine de rester et de regarder (le vent emportait les paroles, les à peine murmures). Si tant est que je sache faire quelque chose, je crois que je sais regarder. Je sais aussi que tout regard est entaché d'erreur, car c'est la démarche qui nous projette le plus hors de nous-mêmes, et sans la moindre garantie, tandis que l'odorat... (mais Michel s'éloigne facilement de son sujet, il ne faut pas le laisser déclamer à tort et à travers). De toute

façon, on peut, en prenant ses précautions, en se
méfiant des erreurs du regard, on peut regarder
avec moins de risques de se tromper. Il suffit
peut-être de savoir ce que l'on veut : regarder, ou
voir ce qu'on regarde ; savoir dépouiller les
choses de tous ces vêtements étrangers. Et, bien
sûr, cela est assez difficile.

C'est plutôt l'image du gosse que je revois
d'abord, avant son corps véritable (on comprend-
dra par la suite ce que cela veut dire) ; par contre,
je suis sûr, à présent, que je revois beaucoup
mieux le corps de la femme que son image. Elle
était mince et svelte, deux mots injustes pour
dire ce qu'elle était, et elle portait un manteau de
fourrure presque noir, presque vaste, presque
beau. Tout le vent de la matinée (il ne soufflait
presque plus à présent, il ne faisait pas froid)
était passé dans ses cheveux blonds qui enca-
draient un visage pâle et sombre — deux mots
injustes — et l'on se sentait terriblement seul et
démuni quand elle vous regardait de ses yeux
noirs, ses yeux qui fondaient sur les choses comme
deux aigles, deux sauts dans le vide, deux giclées de
fange verte. Je ne décris rien, j'essaie plutôt de
comprendre et j'ai dit deux giclées de fange verte.

Soyons justes, le garçon était assez bien
habillé, il avait même des gants jaunes qui
devaient appartenir à son frère aîné, étudiant en
droit ou en Sciences Sociales, et c'était un peu
comique de voir les doigts des gants sortir de la
poche de sa veste. Pendant un long moment, je ne

vis de son visage qu'un profil assez sensible, oiseau effrayé, ange de Fra Filippo, riz au lait, et un
dos adolescent qui veut jouer les costauds et s'est
battu deux ou trois fois pour une idée ou une
sœur. Quatorze ou quinze ans, nourri et habillé
par ses parents mais sans un sou en poche et
obligé de tenir conseil avec les copains avant de
pouvoir se décider pour un café, un cognac ou un
paquet de cigarettes. Chez lui (une maison respectable, déjeuner servi à midi, paysages roman-
tiques aux murs, vestibule sombre avec porte-
parapluies d'acajou près de la porte) le temps de
l'étude, d'être l'espoir de maman, de ressembler
à papa, d'écrire à la tante d'Avignon, devait
tomber en pluie fine. C'est pour cela que tant
de rues, tout le fleuve pour lui seul (mais sans le
sou) et la ville mystérieuse des quinze ans avec
ses signes sur les portes, ses chats inquiétants, le
cornet de frites, la revue pornographique pliée en
quatre, la solitude comme un vide dans les
poches, les rencontres heureuses, la ferveur pour
tant de choses incomprises mais illuminées d'un
amour total, d'une disponibilité pareille au vent
et aux rues.

   C'était la biographie de ce garçon, ou celle de
n'importe quel autre, mais ce qui distinguait
celui-là, à présent, ce qui le rendait unique à mes
yeux, c'était la présence de la femme blonde qui
continuait à lui parler. (Cela m'ennuie d'y revenir
sans cesse, mais il vient encore de passer deux
longs nuages effilochés, et dire que ce matin-là je

n'ai pas regardé le ciel une seule fois car dès
l'instant où je compris ce qui arrivait au garçon,
je ne pus en détacher mes yeux, les regarder et
attendre, les regarder et...) Pour résumer, le
garçon était nerveux, et l'on pouvait deviner sans
trop de peine ce qui était arrivé quelques minutes
plus tôt, tout au plus une demi-heure. Le
gosse était arrivé sur la petite place, il avait vu la
femme et l'avait trouvée sensationnelle. C'est ce
que la femme attendait. Mais peut-être le garçon
était-il arrivé le premier et la femme l'avait-elle
vu d'un balcon ou d'une voiture et elle était
venue à sa rencontre, elle avait engagé la conversation sous le premier prétexte venu, sachant
bien qu'il aurait peur d'elle et qu'il voudrait
s'échapper, mais qu'il resterait quand même,
timide et fanfaron, feignant l'expérience et le
plaisir de l'aventure. La suite était facile à pré-
voir, cela se passait à cinq mètres de moi et
n'importe qui aurait pu marquer les étapes du
jeu, les passes dérisoires ; le charme de la scène
résidait non pas en ce qui se passait, mais en la
prévision du dénouement. Le garçon finirait par
prétexter un rendez-vous, une obligation quelconque et il s'éloignerait, butant maladroitement
contre les pavés, se voulant une démarche désin-
volte mais se sentant nu sous le regard moqueur
qui le suivrait jusqu'au bout. Ou bien alors il
resterait, fasciné et incapable d'un geste, et la
femme commencerait à lui caresser le visage, à le
dépeigner, elle lui parlerait sans voix et le pren-

drait soudain par le bras pour l'emmener, à moins que lui, avec une audace déjà colorée de désir, de goût de l'aventure, ne se risquât à la prendre par la taille et à l'embrasser. Toutes ces choses étaient possibles, mais rien ne se passait encore, et Michel, perversement, attendait, assis sur le parapet, préparant presque machinalement son appareil pour prendre une photo pittoresque de ce couple peu banal à la pointe de l'île.

Étrange que cette scène (presque rien en fait : un homme et une femme qui ne sont pas du même âge) ait eu comme une aura inquiétante. Je pensais que c'était moi qui y ajoutais mon goût du mystère et que ma photo, si je la prenais, replacerait les choses dans leur sotte vérité. J'aurais aimé savoir ce qu'en pensait l'homme au chapeau gris, assis au volant de la voiture arrêtée sur le quai près de la passerelle et qui lisait un journal ou dormait. Je venais seulement de le découvrir, car les gens qui sont dans une voiture arrêtée disparaissent presque, ils se perdent dans cette cage misérable privée de la beauté que lui confèrent le mouvement et le danger. Et cependant la voiture était là depuis le début, faisant partie (ou défaisant cette partie) de l'île. Une voiture, autant dire un réverbère, un banc. Mais pas le vent ni le soleil, éléments toujours neufs pour la peau et les yeux, ni non plus le garçon et la femme, uniques, placés là pour changer l'île, pour me la montrer sous un jour différent. Il était d'ailleurs fort pos-

sible que l'homme au journal fût attentif, lui
aussi, à ce qui se passait et ressentît comme moi
cet arrière-goût pervers de l'attente. La femme
avait doucement pivoté sur ses talons de façon
que le gosse se trouvât entre elle et le parapet. Je
les voyais presque de profil, lui était plus grand
qu'elle mais pas beaucoup plus, et de toute façon
c'était elle qui le dominait, qui planait au-dessus
de lui (son rire soudain comme un fouet de
plumes); elle l'écrasait par le seul fait d'être là,
de sourire, d'agiter une main. Pourquoi attendre
davantage, à 16 d'ouverture, avec un cadrage où
n'entrera pas cette horrible auto noire, mais oui
cet arbre qui rompra cet espace trop gris...
J'élevai mon appareil à hauteur des yeux, feignant d'étudier un pan de maisons, loin d'eux, et
je restai à l'affût, sûr de pouvoir saisir le geste
révélateur, l'expression qui résume la manœuvre,
la vie que le mouvement rythme mais qu'une
image rigide détruit en sectionnant le temps, si
nous ne choisissons pas l'imperceptible fraction
essentielle. Je n'eus pas à attendre longtemps, la
femme achevait de ligoter doucement le garçon,
de lui enlever fibre à fibre ses derniers restes de
liberté, en une très lente et délicieuse torture.
J'imaginai les dénouements possibles (cette fois,
c'est un petit nuage écumeux qui pointe, seul
dans le ciel), je prévoyais l'arrivée chez elle (un
rez-de-chaussée probablement encombré de
coussins et de chats) et je pressentais l'effroi du
gosse et ses efforts désespérés pour n'en rien

laisser paraître, pour faire comme s'il avait l'habitude. Fermant les yeux, si tant est que je les fermais, j'ordonnais la scène, les baisers moqueurs, la femme repoussant avec douceur les mains qui prétendaient la déshabiller comme dans les romans, sur un lit à édredon mauve, mais l'obligeant par contre, lui, à se laisser déshabiller, comme mère et fils, sous une lumière jaune d'opaline, et pour finir le dénouement habituel. A moins que tout ne se passât différemment, l'initiation de l'adolescent ne dépasserait peut-être pas un long prologue où les maladresses, les caresses exaspérantes, la course des mains se résoudraient en Dieu sait quoi, en un plaisir solitaire, en un refus mêlé à l'art de fatiguer et de déconcerter tant d'innocence blessée. Cela pouvait fort bien se terminer ainsi. Cette femme ne cherchait pas un amant dans ce garçon et pourtant elle s'emparait de lui pour des fins impossibles à comprendre, à moins d'imaginer un jeu cruel, le goût du désir non satisfait, le besoin de s'exciter avant de revenir à un autre, quelqu'un qui ne pouvait en aucune façon être ce garçon.

Michel est coupable de littérature, d'échafaudages invraisemblables. Rien ne lui plaît tant que d'imaginer des exceptions, des individus hors de l'espèce commune, des monstres qui n'ont pas forcément un aspect répugnant. Et cette femme invitait à mille suppositions, elle donnait même peut-être les clefs nécessaires pour deviner la vérité. Avant qu'elle ne s'en allât, et puisqu'elle allait occuper mon esprit pendant plusieurs jours — j'ai tendance à ruminer —, il fallait la saisir. Je mis tout dans le viseur, l'arbre, le parapet, le soleil de 11 heures et j'appuyai sur le déclic... en m'apercevant qu'ils venaient de se rendre compte de mon manège et qu'ils me regardaient, le garçon d'un air surpris et interrogateur, mais elle, irritée, résolument hostile de corps et de visage qui se savaient volés, ignominieusement pris dans une petite image chimique.

Je pourrais vous raconter la suite en détail, mais cela n'en vaut pas la peine. La femme prétendit que personne n'avait le droit de prendre une photo sans permission et elle exigea qu'on lui remît la pellicule. Tout cela d'une voix sèche et claire, à l'accent bien parisien, qui montait de ton et de couleur à chaque phrase. Personnellement, cela m'était bien égal de lui donner la pellicule, mais ceux qui me connaissent savent qu'il faut me demander les choses gentiment. Je me limitai donc à répondre que non seulement il n'est pas défendu de prendre des photos dans les lieux publics, mais que cet art jouit de la plus grande estime officielle et privée. Ce disant, je savourai malicieusement le plaisir de voir le jeune garçon se replier, rester en retrait, simplement en ne bougeant pas. Et soudain, cela semble presque incroyable, il se mit à courir ; il devait sans doute croire, le pauvre, qu'il marchait, mais en réalité il prit ses jambes à son cou, passa à côté de la voiture et se perdit comme un fil de la vierge dans l'air du matin.

Mais les fils de la vierge s'appellent aussi dans mon pays la bave du diable et Michel dut supporter de minutieuses invectives, s'entendre appeler sans-gêne et imbécile, à quoi il se contentait de sourire et de décliner par de simples mouvements de tête des envois si bon marché. Je commençais à me lasser quand j'entendis se refermer la portière d'une voiture. L'homme au chapeau gris était devant nous et nous regardait. C'est alors seulement que je compris qu'il jouait un rôle dans cette comédie.

Il s'avança vers nous, tenant à la main le journal qu'il prétendait lire. Ce dont je me souviens le mieux, c'est de la moue qui tordait sa bouche et couvrait son visage de rides. Sa bouche tremblait et la grimace glissait d'un côté à l'autre des lèvres comme une chose indépendante et vivante, étrangère à la volonté. Mais tout le reste du visage était immobile, clown enfariné, homme exsangue, à la peau sèche et éteinte, aux yeux profondément enfoncés ; et les trous de son nez étaient noirs et visibles, plus noirs que les sourcils, que les cheveux, que la cravate noire. Il marchait avec précaution comme si les pavés lui faisaient mal aux pieds ; il portait des souliers vernis à semelle si fine qu'il devait sentir toutes les aspérités de la chaussée. Je ne sais pas pourquoi je descendis du parapet ni pourquoi je décidai de ne pas leur donner la photo, d'opposer un refus à leur prétention où je devinais de la peur et de la lâcheté. Le clown et la femme se consultaient du regard, nous formions un triangle parfait, insoutenable, une figure qui allait se rompre en un éclatement. Je leur ris au nez et je m'en allai, un peu plus lentement que le garçon, j'espère. A la hauteur des dernières maisons, du côté de la passerelle en fer, je me retournai pour les regarder. Ils ne bougeaient pas, mais l'homme avait laissé tomber son journal ; il me sembla que la femme, adossée au parapet, passait sa main sur la pierre avec ce geste classique de la personne traquée qui cherche à s'échapper.

La suite s'est passée ici, il y a à peine un instant, dans une chambre au cinquième étage. Plusieurs jours s'écoulèrent avant que Michel ne développât les photos du dimanche ; la Conciergerie et la Sainte-Chapelle étaient ce qu'elles devaient être. Il trouva en plus dans le rouleau deux ou trois sujets qu'il avait oubliés, la tentative maladroite d'immortaliser un chat dangereusement perché sur le toit d'une vespasienne et enfin la femme blonde et l'adolescent. Le négatif était si bon qu'il en tira tout de suite un agrandissement ; l'agrandissement était si bon qu'il en tira un autre, presque aussi grand qu'une affiche. Il ne pensa pas un instant, et maintenant cette idée l'obsède, que seules les photos de la Conciergerie auraient mérité tant de soin. De toute la série, seule la photo de la pointe de l'île l'intéres-

sait. Il fixa l'agrandissement sur un mur de la
chambre et passa un bon moment, le premier
jour, à le contempler et à se souvenir, tout occupé
par cette opération comparative et mélancolique
du souvenir face à la réalité perdue ; souvenir
pétrifié comme la photo elle-même où rien ne
manquait, pas même ni surtout le néant, le vrai
fixateur, en fait, de cette scène. Il y avait la
femme, il y avait le garçon, l'arbre rigide au-
dessus de leurs têtes, le ciel aussi immobile que
les pierres du parapet, pierres et nuages confon-
dus en une seule matière inséparable (il en passe
un à présent à bords effilochés, il court comme
s'il pressentait l'orage). Les deux premiers jours
j'acceptai ce que j'avais fait, depuis le geste de
prendre la photo jusqu'à l'agrandissement fixé
au mur, et je ne me demandais même pas
pourquoi j'interrompais à tout moment la traduction du traité de Norberto Allende pour
retrouver le visage de la femme, les taches som-
bres sur le parapet. J'eus une première surprise
stupide : il ne m'était jamais venu à l'idée jusque-
là que lorsque nous regardons une photo de face,
les yeux répètent exactement la position et la
vision de l'objectif. Ce sont des choses établies
une fois pour toutes et que personne ne pense à
considérer. De mon bureau, la machine à écrire
devant moi, je regardais la photo qui était à trois
mètres de là et je me rendis compte brusquement
que je m'étais installé exactement au point de
mire de l'objectif. C'était parfait ainsi, sûrement

la meilleure façon de regarder une photo, bien
qu'un examen en diagonale eût pu avoir son
charme et même ses surprises. A tout moment
— quand par exemple je ne trouvais pas la façon
de dire en bon français ce que Norberto Allende
disait en excellent espagnol — je levais les yeux
et je regardais la photo. Parfois c'était la femme
qui m'attirait et parfois le garçon, parfois le pavé
où une feuille morte était tombée à point pour
donner du relief à un plan. Je me délassais un
moment de mon travail et je me replongeais à
nouveau avec plaisir dans cette matinée qui
imprégnait la photo, je me rappelais avec amuse-
ment l'air furieux de la femme quand elle avait
exigé la photo, la fuite ridicule et pathétique du
jeune garçon, l'entrée en scène de l'homme au
visage blanc. Au fond, j'étais assez content de
moi ; et pourtant mon départ n'avait pas été des
plus brillants. Puisqu'il a été donné aux Français
le don de la repartie, je ne voyais pas pourquoi
j'avais pris la fuite sans avoir auparavant fait une
démonstration en règle des privilèges, préroga-
tives et droits du citoyen. L'important, vraiment
important, cela avait été d'aider le garçon à
s'échapper à temps (ceci au cas où mes suppositions auraient été justes, ce qui n'était pas encore
prouvé, encore que la fuite fût en elle-même une
preuve). En me mêlant de ce qui ne me regardait
pas, je lui avais donné la possibilité d'employer
enfin sa peur à quelque chose d'utile ; à l'heure
qu'il était, il devait être contrit, humilié, peu fier

de lui. Mais cela valait mieux que la compagnie d'une femme qui était capable de le regarder comme elle le regardait dans l'île. Michel est parfois assez puritain, il pense qu'on ne doit pas employer la force pour corrompre. Au fond, cette photo avait été une bonne action.

Mais ce n'était pas la pensée de cette bonne action qui me faisait interrompre mon travail toutes les cinq minutes. En ce moment même, je ne savais pas pourquoi je regardais la photo ni pourquoi j'avais fixé cet agrandissement au mur : c'est peut-être ainsi qu'arrivent les choses inévitables et c'est peut-être cela la condition de leur accomplissement. Je ne pense pas que, sur le moment, le tremblement presque furtif des feuilles de l'arbre m'ait inquiété, puisque j'ai continué et achevé une phrase commencée. Les habitudes sont comme de grands herbiers ; tout compte fait, un agrandissement de 60 × 80 ressemble à un écran sur lequel on projette des images mobiles et où, à la pointe d'une île, une femme parle avec un garçon, tandis qu'un arbre agite ses feuilles mortes au-dessus d'eux.

Mais les mains, c'en était trop. Je venais d'écrire : « Donc, la seconde clé réside dans la nature des difficultés que les sociétés ont à... » lorsque je vis la main de la femme se refermer lentement doigt après doigt. Il n'est rien resté de moi, une phrase en français qui ne sera jamais finie, une machine à écrire qui tombe par terre, une chaise qui grince et tremble, un nuage. Le

garçon avait penché la tête comme un boxeur qui
n'en peut plus et qui attend le coup de grâce, il
avait relevé le col de son pardessus, il ressemblait
plus que jamais à un prisonnier, la parfaite
victime qui attire la catastrophe. La femme, à
présent, lui parlait à l'oreille, sans se presser, et
sa main s'ouvrait de nouveau pour se poser sur la
joue de l'enfant, pour le caresser interminablement, le brûler sans hâte. Le garçon semblait
plus méfiant qu'effrayé ; il lança un ou deux
coups d'œil par-dessus l'épaule de la femme qui
continuait à lui parler, à lui expliquer quelque
chose, et le garçon regardait sans cesse vers
l'endroit où Michel savait fort bien que se trouvait la voiture avec l'homme au chapeau gris ; la
voiture qu'il avait soigneusement laissée de côté
sur la photo mais qui se reflétait dans les yeux du
garçon et (on ne pouvait plus en douter) dans les
paroles, dans les mains, dans la présence interpo-
sée de la femme. Quand je vis approcher
l'homme, quand je le vis s'arrêter près d'eux et
les regarder, les mains dans les poches, d'un air à
la fois las et impérieux, le maître qui s'apprête à
siffler son chien après l'avoir laissé gambader un
moment sur la place, je compris, si cela pouvait
s'appeler comprendre, ce qui allait arriver, ce qui
avait dû arriver, ce qui aurait dû arriver si je
n'étais pas venu bousculer innocemment le plan
de ces gens-là, si je n'étais pas venu me mêler à ce
qui n'avait pu se produire mais qui allait se
produire cette fois, qui allait cette fois s'accom-

plir. Ce que j'avais pu imaginer auparavant était
bien moins horrible que la réalité. Cette femme
n'était pas là pour son plaisir, elle n'encourageait
pas, ne caressait pas pour s'emparer de l'ange
dépeigné et s'amuser ensuite de sa terreur, de sa
grâce haletante. Le maître véritable attendait,
souriant, sûr de son affaire ; il n'était pas le
premier à envoyer une femme en avant-garde
pour lui ramener des prisonniers ligotés de
fleurs. Et la suite était si simple, la voiture, le
premier rez-de-chaussée venu, les boissons, les
gravures excitantes, les larmes trop tard, le réveil
en enfer. Et je ne pouvais rien faire, cette fois je
ne pouvais absolument rien faire. Mon arme
avait été alors une photo, cette photo où ils se
vengeaient de moi à présent en me montrant
ouvertement ce qui allait arriver. La photo avait
été prise, le temps avait passé ; nous étions si loin
les uns des autres, la corruption avait déjà fait
son œuvre, les larmes versées et tout le reste
n'était plus que conjecture et tristesse. L'ordre
des choses se trouvait soudain renversé, c'était
eux qui étaient vivants, qui décidaient, qui
allaient à leur futur ; et moi, de ce côté-ci,
prisonnier d'un autre temps, d'une chambre au
cinquième étage, prisonnier de ne pas savoir qui
étaient cet homme, cette femme et cet enfant, de
n'être rien d'autre que la lentille de mon appareil
photographique. Ils se moquaient ouvertement
de moi, et de la façon la plus terrible, profitant de
mon impuissance pour faire ce qu'ils voulaient ;

et je voyais que le garçon, après avoir regardé une dernière fois le clown enfariné, allait accepter ; on lui promettait de l'argent ou on le trompait, je ne pouvais pas lui crier de fuir, ou simplement faciliter de nouveau sa fuite en prenant une autre photo, pauvre et humble intervention qui aurait pourtant démoli l'échafaudage de baves et de sourires. Tout allait être consommé, ici même et en cet instant ; il régnait comme un immense silence, bien au-delà du silence physique. Un silence qui se tendait, s'armait. Je crois que j'ai crié, un cri terrible, et j'ai senti aussitôt que je m'avançais vers eux, un pas, puis un autre, l'arbre balançait ses branches en cadence au premier plan, un bord du parapet se perdait hors du cadre, le visage de la femme tourné vers moi avec un air surpris grandissait ; alors je me suis un peu détourné — je veux dire que l'appareil a un peu tourné — et que, sans perdre la femme de vue, il s'est approché de l'homme qui me regardait avec ces trous noirs qu'il avait à la place des yeux, il me regardait surpris et furieux, comme s'il avait voulu me clouer contre l'air et, à cet instant, je vis comme un grand oiseau hors champ qui passait devant l'image d'un coup d'aile, et je me suis appuyé contre le mur de ma chambre et je me suis senti heureux parce que le garçon venait de s'échapper ; je le voyais courir, à nouveau dans le champ visuel, s'enfuyant tous cheveux au vent, volant par-dessus l'île, atteignant la passerelle, s'en retournant vers la ville.

Il leur échappait pour la deuxième fois et pour la deuxième fois c'est moi qui l'aidais à s'enfuir, à retrouver son paradis précaire. Je restai face à eux, haletant ; plus besoin d'avancer, le jeu était joué. On ne voyait plus de la femme qu'une épaule et une mèche de cheveux brutalement coupée par le bord de la photo ; mais face à moi était l'homme, la bouche entrouverte, et je voyais trembler sa langue noire et il élevait lentement ses mains, les tendait au premier plan, image nette l'espace d'une seconde, puis il ne fut plus qu'une grande masse noire qui effaça l'île, l'arbre et je fermai les yeux et je ne voulus plus regarder et je me cachai le visage dans mes mains et me mis à pleurer comme un imbécile.

Il passe maintenant un grand nuage blanc, comme il en est passé ces jours-ci, comme il en passera tout au long de ce temps incomptable. Ce qui me reste encore à dire, c'est un nuage, encore un nuage, ou de longues heures de ciel parfaitement limpide, rectangle d'une pureté parfaite, fixé par des épingles au mur de ma chambre. C'est ce que j'ai vu quand j'ai rouvert les yeux, après les avoir essuyés d'un revers de main : le ciel limpide, puis un nuage qui arrivait sur la gauche, promenait un moment sa grâce lente et se perdait vers la droite. Puis un autre, mais parfois cependant tout devient gris, tout n'est plus qu'un énorme nuage, et soudain jaillissent les éclaboussures de la pluie ; pendant un long moment il pleut sur l'image, comme des pleurs renversés, comme il pourrait pleuvoir sur le viseur d'un Contax tombé sur le trottoir ; puis, peu à peu, l'image s'éclaircit, le soleil reparaît sans doute, et, à nouveau, les nuages entrent en scène, deux par deux, trois par trois. Et les pigeons aussi, et parfois un moineau.

BONS ET LOYAUX SERVICES

J'ai du mal depuis un certain temps à allumer
le feu. Les allumettes ne sont plus ce qu'elles
étaient, maintenant il faut que je les mette tête en
bas pour les faire prendre ; le bois, on me l'apporte tout humide et j'ai beau recommander à
Frédéric de me choisir des bûches bien sèches,
elles sentent toujours le mouillé et prennent mal.
Il faut dire que depuis que mes mains tremblent,
tout m'est devenu plus difficile. Avant, je vous
faisais un lit en deux secondes et l'on aurait dit
que les draps étaient repassés de frais. Maintenant, tourne que tu tourneras, je n'en finis pas, et
Mme Beauchamp se fâche et dit qu'elle ne me paie
pas pour passer mon temps à lisser un drap. Tout
ça parce que mes mains tremblent et aussi parce
que les draps de maintenant ne sont pas comme
ceux d'autrefois, bien épais et bien solides. Le
Dr Lebrun m'a dit que ce n'était rien, qu'il fallait
seulement faire attention, ne pas prendre froid et
me coucher tôt. « Et ce petit verre de vin que
nous buvons de temps en temps, hein, Madame

Francinet ? Il vaudrait mieux le supprimer ainsi que le Pernod de midi. » Le Dr Lebrun est un docteur jeune avec des idées qui sont sûrement très bien pour les jeunes. De mon temps, personne n'aurait cru qu'un verre de vin ça puisse faire mal. Surtout que je ne bois pas ce qui s'appelle boire, comme la Germaine par exemple, celle du troisième, ou comme cet ivrogne de Félix, le menuisier. Je ne sais pas pourquoi ça me fait penser à ce pauvre M. Bébé, le soir où il m'a fait boire un verre de whisky. Ah, ce M. Bébé ! C'était dans la cuisine de Mme Rosay, le soir de la fête. Je sortais beaucoup à cette époque-là, on m'engageait souvent comme extra. Chez M. Renfeld, chez les demoiselles qui enseignaient le piano et le violon, et tant d'autres, tous des gens très bien. Maintenant, c'est à peine si je peux aller chez Mme Beauchamp trois fois par semaine et j'ai comme l'impression que ça ne durera pas longtemps. C'est que mes mains tremblent tellement, Mme Beauchamp se fâche. C'est pas maintenant qu'elle me recommanderait à Mme Rosay, ni que Mme Rosay viendrait me chercher ni que M. Bébé m'inviterait à prendre un verre dans la cuisine.

Le soir où Mme Rosay est venue chez moi, il était déjà tard et elle n'est restée qu'un instant. Chez moi, en réalité, c'est une seule pièce, mais comme j'y ai la cuisine et tout ce qui me reste des meubles qu'il m'a fallu vendre à la mort de

Georges, il me semble que j'ai le droit de l'appeler mon chez-moi. Et il y a tout de même trois chaises. Mme Rosay a quitté ses gants, s'est assise, et a dit que la pièce était petite mais sympathique. Je n'étais pas du tout impressionnée par la visite de Mme Rosay, mais j'aurais aimé tout de même être mieux habillée. Elle était arrivée à l'improviste et j'avais sur moi la jupe verte que m'avaient donnée les demoiselles. Heureusement, Mme Rosay ne regardait rien ou plutôt si, elle regardait mais détournait tout de suite son regard comme pour le détacher de ce qu'elle avait vu. Elle fronçait un peu le nez aussi ; peut-être que l'odeur d'oignon la gênait (j'aime beaucoup les oignons) ou le pipi de la pauvre Minouche. Mais moi j'étais quand même bien contente que Mme Rosay fût venue, et je le lui ai dit.

— Bien sûr, Madame Francinet. Moi aussi je suis contente de vous avoir trouvée, parce que je suis si occupée... — Elle fronçait le nez comme si ses occupations sentaient mauvais.

— Je voudrais que vous... C'est-à-dire, Mme Beauchamp a pensé que vous seriez peut-être libre dimanche soir.

— Mais naturellement, ai-je répondu. Qu'ai-je à faire le dimanche après être allée à la messe ? Je rentre un moment chez Gustave et...

— Bien sûr, dit Mme Rosay. Si vous êtes libre dimanche, voulez-vous venir m'aider ? Nous donnons une soirée.

— Une soirée ? Mes félicitations, Madame Rosay.

Mais cela parut déplaire à Mme Rosay qui se leva brusquement.

— Vous aiderez à la cuisine, il y aura beaucoup à faire. Si vous pouvez arriver dès sept heures, mon maître d'hôtel vous mettra au courant.

— Mais bien sûr, Madame Rosay.

— Voici mon adresse, dit Mme Rosay en me tendant un petit carton crème. Treize cents francs, cela vous paraît-il bien ?

— Treize cents francs.

— Disons quatorze cents. Vous pourrez partir à minuit et vous aurez le temps d'attraper le dernier métro. Mme Beauchamp m'a dit que vous étiez quelqu'un de confiance.

— Oh ! Madame Rosay !

Après son départ j'ai eu envie de rire en pensant que j'avais failli lui offrir une tasse de café (pour ça, il aurait d'abord fallu que j'en trouve une pas ébréchée). J'oublie parfois à qui je parle. Ce n'est que lorsque je vais dans une maison bourgeoise que je me tiens et que je parle comme une bonne. Chez moi je ne me sens la bonne de personne, ça doit être parce que je me crois encore dans notre petit pavillon de trois pièces, quand Georges et moi on travaillait à l'usine et qu'on n'était pas encore dans le besoin... Et puis aussi, peut-être, à force de gronder la pauvre Minouche qui fait pipi sous la cuisinière, je me prends pour une patronne, comme Mme Rosay.

Au moment où j'arrivais devant la porte de l'appartement j'ai failli avoir le hoquet. J'ai dit aussitôt : « J'ai le hoquet, Dieu me l'a fait. Vive Jésus, je ne l'ai plus. » Et j'ai sonné.

Un monsieur à favoris gris, comme au théâtre, est venu m'ouvrir et m'a dit d'entrer. C'était un appartement immense qui sentait bon la cire. Le monsieur à favoris c'était le maître d'hôtel et lui, il sentait le benjoin.

— Enfin ! a-t-il dit et il s'est empressé de m'emmener dans un long couloir qui menait à l'office. La prochaine fois, vous sonnerez à la porte de gauche.

— Mme Rosay ne m'avait rien dit.

— Madame a bien le loisir de penser à ces choses-là ! Alice, voici Mme Francinet. Vous lui donnerez un de vos tabliers.

Alice me conduisit à sa chambre, derrière la cuisine (et quelle cuisine !) et me donna un tablier trop grand. Mme Rosay l'avait chargée de m'expliquer ce que j'avais à faire mais au début je ne compris rien à cette histoire de chiens et je regardai Alice, la verrue qu'Alice a sous le nez, en écarquillant les yeux. Tout ce que j'avais vu en traversant la cuisine était si magnifique, si reluisant que la seule idée de passer ma soirée là à nettoyer des choses en cristal et à préparer les plateaux avec toutes les bonnes choses qui se

mangent dans ces maisons me plaisait bien plus
que d'aller à la campagne ou au théâtre. C'est
peut-être pour ça que je n'ai pas tout de suite
compris cette histoire de chiens et que j'ai
regardé Alice d'un air idiot.

— Dame oui, a répété Alice qui était breton-
ne (et ça se voyait). C'est ce que Madame a dit.

— Mais comment ? Et le monsieur à favoris,
il ne peut pas s'occuper des chiens, lui ?

— M. Rodolos est le maître d'hôtel, a dit
Alice de son air le plus respectueux.

— Eh bien, s'il ne peut pas, quelqu'un d'autre, alors. Je ne vois pas pourquoi ce serait
moi.

Alice a répliqué avec insolence :

— Et pourquoi pas, Madame... ?

— Francinet, pour vous servir.

— Et pourquoi pas, Madame Francinet ? Ce
n'est pas un travail difficile. A part Fido qui est
insupportable parce que Mlle Lucienne l'a très
mal élevé...

Elle était douce à nouveau comme de la
gélatine.

— Vous n'avez qu'à le bourrer de sucres et à
le tenir sur vos genoux. M. Bébé le gâte beaucoup aussi quand il vient, alors ça ne l'arrange
pas, vous comprenez bien... Mais Médor est
très gentil et Fifine ne bougera pas de son
coin.

— Mais alors, dis-je — et je n'en revenais
pas — il y a plusieurs chiens !

— Eh oui, il y en a plusieurs.

— Dans un appartement! — dis-je sans pouvoir dissimuler mon indignation. Je ne sais pas ce que vous en pensez, Madame...

— Mademoiselle.

— Oh pardon, mais de mon temps, Mademoiselle, les chiens vivaient dans leur niche et je le sais bien puisque nous avions, mon défunt mari et moi, un petit pavillon à côté de la villa de monsieur... Mais Alice ne me laissa pas le temps de lui expliquer. Ce n'est pas qu'elle fît une réflexion, non, mais on voyait qu'elle était impatiente et ça, moi, je le sens tout de suite chez les gens. Alors je me suis tue et elle a commencé à me dire que Mme Rosay adorait les chiens et que Monsieur lui passait toutes ses fantaisies. Et puis il y avait aussi Mlle Lucienne qui avait hérité des goûts de sa mère.

— Mademoiselle est folle de Fido et elle achètera sûrement une chienne de même race pour avoir des chiots. Il n'y en a que six en tout : Médor, Fifine, Fido, la Petite, Chow et Hannibal. Le pire, de loin, c'est Fido ; Mlle Lucienne l'a si mal élevé. Vous n'entendez pas ? Il est en train d'aboyer tant qu'il peut dans le hall.

— Et où vais-je m'occuper d'eux ? ai-je demandé de mon air le plus naturel. Je n'aurais pas voulu qu'Alice crût que j'étais vexée.

— M. Rodolos vous montrera la chambre des chiens.

— Ah, tiens, les chiens ont une chambre... ai-je

repris, toujours de mon air le plus naturel. Ce
n'était pas la faute d'Alice, au fond, mais je lui
aurais quand même donné deux gifles avec plaisir.

— Naturellement qu'ils ont leur chambre, a
répondu Alice. Madame veut que chaque chien
dorme sur son matelas et elle leur a fait arranger
une pièce exprès pour eux. On vous y apportera
une chaise pour que vous puissiez les surveiller
sans vous fatiguer.

Je mis le tablier en l'arrangeant de mon mieux
et nous revînmes à la cuisine. Juste à ce moment-
là une autre porte s'ouvrit et Mme Rosay apparut.
Elle avait une robe de chambre bleue bordée de
fourrure blanche et plein de crème sur le visage.
Elle avait l'air d'un gâteau, soit dit sans offenser
personne. Mais elle s'est montrée très aimable ;
on voyait que mon arrivée la soulageait d'un
grand poids.

— Ah ! Madame Francinet. Alice vous a sans
doute expliqué ce dont il s'agissait. Peut-être, à la
fin de la soirée, vous demandera-t-on d'aider
aussi à certaines petites choses, essuyer des
verres ou je ne sais quoi d'autre, mais votre tâche
principale consistera à bien surveiller mes chers
trésors. Ils sont adorables mais ils ne peuvent ni
rester seuls ni être ensemble ; ils se disputent tout
de suite et je ne peux pas *supporter* l'idée que Fido
morde Chow ou que Médor... Elle baissa la voix
et s'approcha un peu : Il vous faudra surveiller
tout spécialement la Petite ; c'est une loulou de

Poméranie qui a des yeux admirables. J'ai
l'impression... que cela va bientôt être le
moment... et je ne voudrais pas que Médor ou
Fido... vous me comprenez ? Je la ferai emmener
demain à notre maison de campagne mais jus-
que-là je tiens à ce qu'elle soit surveillée, et je ne
peux la mettre ailleurs, ce soir. Pauvre trésor, elle
est si affectueuse ! Elle voudrait ne pas me quitter
un instant de toute la soirée. Et vous verrez, ils ne
vous donneront aucun souci. Au contraire, cela
vous amusera beaucoup, ils sont si intelligents.
Je viendrai une ou deux fois pour voir si tout va
bien.

Je compris que ce n'était pas là une amabilité
mais plutôt un avertissement, bien que Mme Rosay continuât à sourire sous sa crème qui sentait
les fleurs.

— Ma fille Lucienne viendra les voir aussi,
naturellement. Elle ne peut pas se passer de son
Fido. Elle dort même avec lui, rendez-vous
compte...

Mais ça, Mme Rosay devait le dire à quelqu'un
d'imaginaire, car elle se retourna et disparut.
Alice, appuyée contre la table, me regardait d'un
air idiot. Ce n'est pas que j'aie l'habitude de dire
du mal des gens mais elle me regardait d'un air
idiot.

— A quelle heure commence la fête ? demandai-je. Sans le vouloir, je m'étais mise à parler
comme Mme Rosay, de cette façon qu'elle a de
poser les questions un peu à côté de la personne,

6

comme si elle s'adressait à un porte-manteau ou à une porte.

— Cela va bientôt commencer, dit Alice. Et M. Rodolos qui entrait à ce moment-là ajouta d'un air important :

— Oui, ils ne vont pas tarder — et il fit signe à Alice de s'occuper des beaux plateaux d'argent. M. Bébé et M. Fréjus sont déjà arrivés et ils veulent des cocktails.

— Ces deux-là ils arrivent toujours en avance. Comme ça ils boivent un peu plus que tout le monde... Bien, Madame Francinet, je crois vous avoir tout expliqué. Je vais vous conduire maintenant à la chambre des chiens. Monsieur et M. Bébé sont en train de jouer avec eux en ce moment.

Et c'est ainsi que je me suis retrouvée assise sur une vieille chaise Louis XV, au beau milieu d'une immense chambre pleine de matelas posés par terre ; dans un coin il y avait aussi une petite hutte à toit de paille, comme celle des nègres ; un caprice de Mlle Lucienne pour son Fido, m'expliqua M. Rodolos. Le long d'un mur, une rangée d'écuelles remplies d'eau et de nourriture. L'unique ampoule électrique pendait juste au-dessus de ma tête et éclairait bien peu.

Je dis à M. Rodolos qu'avec un pareil éclairage je risquais de m'endormir.

— Oh ! vous ne vous endormirez pas, Madame Francinet ! me répondit-il. Les chiens sont très gentils mais très mal élevés et il vous faudra vous occuper d'eux sans arrêt. Attendez-moi un petit moment.

Quand il eut refermé la porte et que je me retrouvai seule, assise au milieu de cette pièce si étrange qui sentait le chien (le chien propre, il faut bien dire) je me sentis un peu mal à l'aise ; il me semblait rêver, surtout avec cette lumière jaune au-dessus de moi, et le silence. Il est vrai que le temps passerait vite et que ce ne serait pas si désagréable que ça, après tout, mais il me semblait tout de même que quelque chose n'allait pas. Ce n'était pas précisément de m'avoir fait venir pour ce travail sans me prévenir mais peut-être parce que c'était un travail étrange ou, au fond, tout simplement, parce que je pensais que ce n'était pas bien. Le parquet brillait, un vrai miroir ; les chiens devaient faire leurs besoins ailleurs, car ça ne sentait pas (à part l'odeur de chien, bien entendu, mais je finissais par m'y habituer). Non, le pire c'était d'être là, seule, et d'attendre, si bien que j'accueillis Mlle Lucienne presque avec plaisir ; elle tenait Fido dans ses bras, un pékinois horrible (je ne peux pas souffrir les pékinois) et M. Rodolos la suivait en appelant à grands cris tous les autres chiens. Mlle Lucienne était bien jolie, toute en blanc avec des cheveux platinés qui lui tombaient sur les épaules. Elle embrassa et caressa Fido longuement sans s'occuper des autres chiens qui s'étaient mis à boire ou à jouer, à peine entrés dans la pièce, puis elle s'approcha de moi et me regarda pour la première fois.

— C'est vous qui allez vous en occuper ? dit-elle. Elle avait une voix un peu criarde, mais elle était jolie, on ne pouvait pas dire le contraire.

— Madame Francinet, pour vous servir, dis-je en inclinant la tête.

— Fido est très délicat. Prenez-le. Oui, dans vos bras. Il ne vous salira pas, je le baigne moi-même tous les matins. Comme je vous le disais, il est très délicat. Je ne veux pas qu'il se mêle à *ceux-là*. Et faites-le boire de temps en temps.

Le chien se roula bien tranquillement en boule sur mes genoux, mais quand même, ça me dégoûtait un peu. Un énorme danois plein de taches noires s'approcha de lui et se mit à le renifler comme font les chiens ; alors Mlle Lucienne poussa un cri et lui donna un coup de pied.

M. Rodolos restait dans son coin, raide comme la justice, on voyait qu'il avait l'habitude.

— Vous voyez, vous voyez ! criait Mlle Lucienne. C'est ce qu'il faut empêcher à tout prix. Maman vous a bien expliqué, n'est-ce pas ? Il vous faut garder Fido sur vos genoux jusqu'à la fin de la soirée et ne jamais quitter la pièce. Si Fido se sentait malheureux et se mettait à pleurer, frappez à la porte, *celui-là* viendrait me prévenir.

Elle partit sans me regarder mais après avoir repris une dernière fois le pékinois dans ses bras et l'avoir embrassé jusqu'à le faire gémir.

— Les chiens sont fort gentils, Madame Francinet, vous verrez. De toute façon, si quelque chose n'allait pas, frappez à la porte et je viendrai, me dit le maître d'hôtel. « Et ne vous faites pas de souci », ajouta-t-il comme si cette idée lui était venue au dernier moment. Il referma la porte derrière lui avec mille précautions. Je me suis même demandé un moment s'il ne l'avait pas fermée à clef mais j'ai résisté à l'envie d'aller voir parce que je me serais sentie plus mal après.

Ce ne fut pas bien difficile au fond de s'occuper de ces chiens. Ils ne se disputaient pas et ce que Mme Rosay avait dit de la Petite n'était pas vrai du tout. Naturellement, à peine la porte refermée, j'ai lâché l'affreux pékinois et je l'ai laissé se vautrer à son aise avec les autres. C'était le pire de tous, toujours en train de chercher noise ; heureusement les autres étaient patients et l'on voyait même qu'ils l'invitaient à jouer. De temps en temps, ils buvaient, ou mangeaient la bonne viande qui était dans les écuelles. Je ne devrais pas le dire, mais ça me donnait presque faim de voir cette belle viande dans les écuelles.

Parfois on entendait rire quelqu'un, très loin ; il me sembla aussi entendre un piano mais ça venait peut-être d'un appartement voisin. Je trouvais le temps long, surtout à cause de cette ampoule qui pendait du plafond et qui éclairait si peu. Quatre des chiens s'endormirent vite et Fido et Fifine (je ne sais pas au fond si c'était Fifine mais il me semble bien que c'était elle) jouèrent un moment à se mordiller les oreilles puis burent ensemble un plein bol d'eau et se couchèrent l'un contre l'autre sur un matelas. Il me semblait parfois entendre des bruits de pas dans le couloir et je me précipitais reprendre Fido dans mes bras, de peur que ce ne fût Mlle Lucienne. Mais il ne vint personne et je finis par m'endormir à moitié sur ma chaise, j'avais même presque envie d'éteindre la lumière et de dormir pour de bon sur un des matelas.

Je fus bien contente quand même quand Alice vint me chercher. Elle était très rouge et l'on voyait qu'elle était très excitée par la fête et par tout ce qu'ils avaient dû raconter à la cuisine.

— Madame Francinet, vous êtes une pure merveille, dit-elle. Madame va être enchantée et elle fera appel à vous pour toutes ses soirées. La personne qui était venue la dernière fois n'avait pas réussi à les faire tenir tranquilles et Mlle Lucienne avait dû se déranger deux fois pour les calmer. Regardez comme ils dorment bien !

— Les invités sont déjà partis ? demandai-je un peu honteuse de tous ces compliments.

— Les invités, oui, mais il y en a qui sont comme de la maison et qui restent encore. Tout le monde a pas mal bu, ce soir, vous pouvez me croire. Même Monsieur, qui d'habitude ne boit jamais chez lui, est venu tout content à la cuisine, nous a beaucoup plaisantées, Ginette et moi, et nous a donné cinq cents francs à chacune. Je crois qu'on vous donnera quelque chose à vous aussi.

Mlle Lucienne est encore en train de danser avec son fiancé et M. Bébé et ses amis jouent à se déguiser.

— Faut-il que je reste encore, alors ?

— Non, Madame a dit qu'on pouvait lâcher les chiens quand le député et les autres seraient partis. Ils adorent jouer avec eux au salon. Je vais emmener Fido, vous pouvez me suivre.

Je la suivis ; je tenais à peine debout de fatigue et de sommeil mais j'avais envie de voir quelque chose de la fête même si ce n'était que les verres et les assiettes à la cuisine. Et j'en vis des verres et des assiettes, il y en avait des montagnes empilés dans tous les coins, et des bouteilles de champagne et de whisky dont certaines n'étaient pas complètement vides. Il y avait des tubes de lumière bleue au plafond, et cette lumière sur tous ces placards blancs et ces étagères où brillaient les couverts et les casseroles, ça m'éblouissait. La Ginette était une petite rouquine, très excitée, elle aussi, et qui avait l'air passablement dévergondée comme la plupart des filles de maintenant.

— Ça continue ? demanda Alice avec un geste du menton vers la porte.

— Oui ! répondit Ginette en se tordant. C'est cette dame qui a gardé les chiens ?

J'avais soif et sommeil mais on ne m'offrait rien, même pas une chaise pour m'asseoir. Elles étaient trop occupées par tout ce qu'elles avaient vu en servant à table ou en prenant les manteaux au vestiaire. Une sonnerie retentit et Alice, qui tenait toujours le pékinois dans ses bras, partit en courant. M. Rodolos passa sans me regarder, suivi des cinq chiens qui lui faisaient fête parce qu'il avait des morceaux de sucre dans la main. Je m'appuyai contre la grande table en essayant de ne pas regarder Ginette qui, à peine Alice revenue, s'était mise à parler de M. Bébé et des déguisements, de M. Fréjus, de la pianiste qui avait l'air d'être tuberculeuse, de Mlle Lucienne qui s'était disputée avec son père. Alice saisit une bouteille encore à moitié pleine et la porta à ses lèvres d'un geste si grossier que je n'en revenais pas et que je ne savais plus où regarder. Et le pire c'est qu'elle la passa ensuite à la rouquine qui la vida comme si de rien n'était. Elles riaient toutes les deux comme si elles étaient à moitié ivres. C'est sans doute pour ça qu'elles ne pensaient pas que je pouvais avoir faim et surtout soif. Elles s'en seraient sûrement rendu compte si elles avaient eu tout leur bon sens. Les gens ne sont pas méchants, au fond, et toutes ces impolitesses qu'ils commettent c'est parce qu'ils pensent à autre chose ; c'est pareil dans l'autobus, dans les magasins et au bureau.

La sonnerie retentit de nouveau et les deux filles partirent en courant. On entendait de grands éclats de rire et le piano de temps en temps. Je ne comprenais pas pourquoi on me faisait attendre comme ça ; on n'avait qu'à me payer et me laisser partir au plus vite. Je m'assis

sur une chaise et appuyai les coudes sur la table.
Je ne pouvais plus tenir les yeux ouverts et je
n'entendis même pas quelqu'un entrer dans la
cuisine. C'est un bruit de verre et un petit
sifflement très doux qui me fit me retourner.

— Oh pardon, monsieur, dis-je en me levant.
Je ne savais pas que vous étiez là.

— Je n'y suis pas, je n'y suis pas, dit le
monsieur qui était très jeune. Loulou! viens
voir.

Il titubait un peu et s'appuyait contre les
étagères. Il avait rempli un verre d'une boisson
blanche et le regardait à la lumière comme s'il
se méfiait. Loulou n'apparaissant pas, le jeune
monsieur s'approcha de moi et me dit de m'asseoir. Il était blond, très pâle et tout habillé de
blanc. Quand je me rendis compte qu'il était
tout habillé de blanc en plein hiver, je me
demandai si je ne rêvais pas. Et ce n'est pas une
façon de parler; quand je vois quelque chose
d'étrange je me demande toujours si je ne suis
pas réellement en train de rêver. Ça se pourrait
bien, après tout, puisque parfois je rêve des
choses si bizarres. Mais ce monsieur était bien
là, en face de moi et il souriait d'un air fatigué et
un peu dégoûté. Ça me faisait de la peine de le
voir si pâle.

— C'est sans doute vous qui vous êtes occupée
des chiens, dit-il, et il se mit à boire.

— Madame Francinet, pour vous servir, lui
dis-je. Il était si sympathique qu'il ne m'impres-

sionnait pas du tout. Au contraire, j'avais envie
de lui être utile, d'avoir des attentions envers lui.
Il se tourna de nouveau vers la porte entrebâillée.

— Loulou ! Tu viens ? Il y a de la vodka ici.
Vous avez pleuré, Madame Francinet ?

— Oh non, monsieur. J'ai simplement dû bâil-
ler avant que vous n'arriviez. Je suis un peu
fatiguée, la lumière dans la pièce des... dans
l'autre pièce, n'était pas très bonne. Et quand on
bâille...

— On a les yeux qui pleurent, dit-il. Il avait
des dents parfaites et les mains les plus blanches
que j'aie jamais vues chez un homme. Il se leva
d'un bond et alla au-devant d'un autre jeune
homme qui entrait en titubant.

— C'est cette dame, lui expliqua-t-il, qui nous
a délivrés des affreuses bestioles. Dis bonsoir à la
dame, Loulou.

Je me levai de nouveau et fis un autre salut.
Mais le monsieur qu'on appelait Loulou ne me
regardait pas. Il avait trouvé une bouteille de
champagne dans le frigidaire et il essayait de
faire sauter le bouchon. Le jeune homme en blanc
vint à son aide et tous deux se mirent à rire en
tiraillant la bouteille dans tous les sens. Mais
quand on rit on perd ses forces et aucun des deux
ne put déboucher la bouteille. Alors ils voulurent
essayer tous les deux ensemble, et après s'être
bien démenés ils finirent par s'abattre l'un contre
l'autre, morts de rire et toujours sans avoir
ouvert la bouteille. M. Loulou disait : « Bébé,

Bébé, je t'en prie, partons maintenant », mais
M. Bébé riait de plus en plus fort et repoussait
l'autre en riant ; soudain la bouteille s'est ouverte
et un grand flot d'écume a inondé le visage de
M. Loulou qui a lâché un gros mot et s'est mis à
tourner en rond en se frottant les yeux.

— Mon pauvre chéri, tu es trop ivre, disait
M. Bébé en le poussant dans le dos pour le faire
sortir. « Va tenir compagnie à la pauvre Nina qui
est si triste... » Et il riait, mais d'un rire forcé,
cette fois.

Il se retourna vers moi et je le trouvai plus
sympathique que jamais. Il avait un tic qui lui
faisait hausser légèrement un sourcil. Il releva
son sourcil trois fois de suite en me regardant.

— Pauvre Madame Francinet, dit-il en me
passant doucement sa main sur la tête. On vous a
laissée seule et on a sûrement oublié de vous
donner à boire.

— On va sans doute bientôt venir me dire que
je peux rentrer chez moi, monsieur, ai-je
répondu. Ça ne m'ennuyait pas du tout qu'il ait
pris la liberté de me caresser les cheveux.

— Que vous pouvez rentrer, que vous pouvez
rentrer... Qu'avez-vous besoin d'attendre une
permission pour faire ce que vous voulez ? dit
M. Bébé en s'asseyant en face de moi. Il leva son
verre mais il le reposa aussitôt et alla en chercher
un propre qu'il remplit d'une boisson couleur de
thé.

— Madame Francinet, nous allons boire

ensemble, dit-il en me tendant le verre. Vous aimez le whisky, bien sûr.

— Mon Dieu, monsieur, ai-je dit, tout interdite, à part le vin et un petit pernod le samedi chez Gustave, je ne sais pas ce que c'est que boire.

— Vous n'avez jamais bu de whisky, vraiment ? dit M. Bébé très étonné. Essayez une gorgée, une seule. Vous verrez, c'est très bon. Allons, Madame Francinet, courage. Il n'y a que la première gorgée qui coûte... Et il se mit à déclamer un poème que je ne me rappelle pas et qui parlait de navigateurs je ne sais plus trop où. Je bus une gorgée de whisky et je le trouvai si parfumé que j'en bus une autre et puis encore une autre. M. Bébé dégustait sa vodka et me regardait, l'air ravi.

— C'est un plaisir de boire avec vous, Madame Francinet. Quelle chance que vous ne soyez pas jeune, on peut être votre ami : il n'y a qu'à vous regarder pour deviner que vous êtes bonne, comme une tante de province, comme quelqu'un que l'on peut gâter et qui peut vous gâter, mais sans danger, sans danger... Tenez, Nina, par exemple, elle a une tante dans le Poitou qui lui envoie des poulets, des cageots de légumes et même du miel... N'est-ce pas admirable ?

— Si, en effet, monsieur, répondis-je en le laissant me resservir puisque ça lui faisait plaisir. C'est toujours bien agréable d'avoir quelqu'un qui veille sur vous, surtout quand on est aussi jeune. Quand on est vieux, on est bien

obligé de penser soi-même à soi, parce que les
autres...

— Buvez encore un peu, Madame Francinet.
La tante de Nina est loin et elle se borne à
envoyer des poulets. Il ne risque pas d'y avoir des
histoires de famille...

La tête me tournait tellement que cela m'était
bien égal à présent de penser que M. Rodolos
pouvait entrer dans la cuisine et me trouver en
train de parler avec un invité. Ça me ravissait de
regarder M. Bébé, d'écouter son rire si aigu, sans
doute parce qu'il était ivre. Et lui, il aimait que je
le regarde, bien qu'au début il ait eu l'air un peu
méfiant, mais après, il ne fit plus que sourire et
boire en me regardant. Je savais qu'il était
terriblement soûl, Alice m'avait dit qu'il n'avait
pas arrêté de boire, et puis il n'y avait qu'à voir la
façon dont brillaient ses yeux. S'il n'avait pas été
complètement soûl il ne serait pas venu dans la
cuisine parler à une vieille comme moi ! Mais les
autres aussi étaient ivres et pourtant M. Bébé
était le seul à s'être soucié de moi, le seul à
m'avoir donné à boire et à m'avoir caressé les
cheveux, bien que ça, ce ne soit pas bien. C'est
pour cela que je me sentais si contente près de lui
et que je le regardais encore et encore, et lui, il
aimait qu'on le regarde ; une ou deux fois il se mit
de profil, et il avait un nez de toute beauté,
comme une statue. C'était une statue des pieds à
la tête, d'ailleurs, surtout avec ce costume blanc.
Même ce qu'il buvait était blanc et il était si pâle

qu'il me faisait un peu peur. On voyait bien qu'il
passait sa vie enfermé dans des appartements
comme tant de jeunes à présent. J'aurais aimé le
lui dire mais qui étais-je, moi, pour donner des
conseils à un monsieur comme lui, et puis je n'en
eus pas le temps, on entendit un grand coup dans
la porte et M. Loulou entra, traîné par le danois
qu'il avait attaché avec un rideau tordu comme
une corde. Il était encore beaucoup plus ivre que
M. Bébé et il faillit tomber quand le danois se
retourna et lui passa le rideau autour des jambes.
On entendait des bruits de voix dans le couloir et
un monsieur à cheveux gris qui devait être
M. Rosay entra, suivi de Mme Rosay et d'un jeune
homme grand et mince avec des cheveux noirs
comme je n'en avais jamais vu. Ils essayaient de
délivrer M. Loulou de plus en plus entortillé dans
son rideau, en poussant de grands cris et de
grands rires. Personne ne faisait plus attention à
moi, mais soudain Mme Rosay m'aperçut et reprit
son sérieux d'un coup. Je ne pus pas entendre ce
qu'elle disait au monsieur à cheveux gris mais il
regarda mon verre (vide mais la bouteille était à
côté), puis M. Bébé en faisant un geste indigné,
M. Bébé lui répondit par un clin d'œil et se
renversa sur sa chaise en riant aux éclats. Moi,
j'étais très confuse, et je crus bien faire de me
lever et de les saluer tous avec une inclinaison de
tête avant de m'effacer dans un coin. Mme Rosay
avait quitté la cuisine, et Alice et M. Rodolos
apparurent bientôt et me dirent de les suivre. Je

resaluai de nouveau tout le monde mais je crois
que personne ne le vit, car ils étaient très occupés
à calmer M. Loulou qui s'était soudain mis à
pleurer et disait des choses incompréhensibles en
montrant M. Bébé du doigt. La dernière chose
que je me rappelle c'est le rire de M. Bébé
renversé sur sa chaise.

Alice attendit que j'eusse enlevé mon tablier et
M. Rodolos me donna quatorze cents francs.
Dehors il neigeait et le dernier métro était passé
depuis longtemps. Il me fallut marcher plus
d'une heure pour arriver chez moi mais le whisky
me tenait chaud et aussi le souvenir de cette
soirée, de ce bon moment que j'avais passé à la
cuisine avec M. Bébé.

On ne voit pas passer le temps, comme dit
Gustave. On croit qu'il est lundi et c'est déjà
jeudi. L'automne tire à sa fin et c'est soudain le
plein été. Chaque fois que Robert vient me
demander si ma cheminée n'a pas besoin d'être
ramonée (il est bien aimable, Robert, il me prend
toujours moitié moins cher qu'aux autres loca-
taires), je pense : l'hiver n'est pas loin. Tout ça
pour dire que je ne me rappelle pas au juste
combien de temps s'était passé depuis la fête
quand je vis arriver un soir M. Rosay. Il vint à la
tombée de la nuit, presque à la même heure que
Mme Rosay, la première fois. Et lui aussi il
commença par me dire qu'il venait sur la recom-
mandation de Mme Beauchamp, après quoi il

s'assit d'un air gêné. Personne ne se sent à l'aise
chez moi, même pas moi quand je reçois des gens
que je ne connais pas bien. Je me frotte les mains
comme si elles étaient sales, puis je pense que les
autres vont croire qu'elles sont réellement sales
et je ne sais plus où me mettre. Heureusement,
M. Rosay était aussi gêné que moi, bien qu'il le
cachât mieux. Il frappait de temps en temps un
petit coup sur le parquet avec sa canne — ça
faisait une peur bleue à Minouche — et son
regard s'arrêtait un peu partout mais jamais sur
moi. Je ne savais plus à quel saint me vouer,
c'était la première fois que je voyais un monsieur
se troubler pareillement devant moi et je ne
savais pas du tout ce qu'il fallait faire en ces cas-
là, lui offrir une tasse de thé, peut-être...

— Non, non, merci, dit-il, avec impatience. Ma
femme m'a chargé... Vous vous souvenez de moi,
certainement.

— Et comment donc, Monsieur Rosay ! Cette
soirée chez vous, si réussie, avec tant de monde...

— Oui, cette soirée. Justement... Je veux dire,
cela n'a rien à voir avec cette soirée mais vous
nous avez rendu grand service ce soir-là,
madame...

— Francinet, pour vous servir.

— Madame Francinet, c'est cela. Ma femme a
pensé... Enfin, c'est une affaire assez délicate qui
m'amène. Mais je veux avant tout vous tranquilliser. Ce que je vais vous proposer n'est pas...
comment dire... illégal.

— Illégal, Monsieur Rosay ?

— Oh ! vous savez, à l'époque où nous vivons...
Mais je vous le répète, il s'agit d'une affaire
délicate mais parfaitement correcte. Ma femme
est au courant de nos décisions et elle a donné son
consentement. Je vous dis cela pour vous rassu-
rer tout à fait.

— Si Mme Rosay est d'accord, alors je suis bien
tranquille, dis-je, uniquement pour le mettre à
l'aise — au fond, je ne connaissais pas cette
Mme Rosay et elle m'était plutôt antipathique.

— Bref, la situation est la suivante, Madame...
Francinet, c'est cela, Madame Francinet. Un de
nos amis... une de nos connaissances plutôt, est
mort dans des circonstances très spéciales.

— Oh ! Monsieur Rosay, toutes mes condoléances.

— Merci, dit M. Rosay, et il fit une étrange
grimace, on eût dit qu'il allait crier de rage ou se
mettre à pleurer. Une vraie grimace de fou, je
n'étais pas rassurée. La porte, heureusement,
était entrouverte et l'atelier de Fresnay est à côté.

— Ce monsieur, donc... il s'agit d'un couturier
très connu... vivait seul. Il n'avait personne en
dehors de ses amis ; les clients, vous comprenez
bien, cela ne compte pas en ces cas-là. Bien, pour
toutes sortes de raisons qu'il serait trop long
d'expliquer, nous, ses amis, avons pensé qu'il
serait préférable, au moment de l'inhumation...

Comme il parlait bien ! Il choisissait chaque
mot et le ponctuait d'un petit coup de canne, sans

jamais me regarder. Il me semblait entendre le
speaker de la radio, mais M. Rosay, lui, parlait
plus lentement et puis on pouvait voir qu'il ne
lisait pas ce qu'il disait. Il n'en avait que plus de
mérite. J'étais si pleine d'admiration que, du
coup, j'ai oublié ma gêne et j'ai rapproché un peu
ma chaise. Ça me faisait comme chaud à l'estomac de penser qu'un monsieur aussi important
venait me demander un service, quel qu'il fût.
J'étais morte de peur et je me frottais les mains
sans m'en rendre compte.

— Il nous a semblé, disait M. Rosay, qu'une
cérémonie où n'assisteraient que des amis, serait
quelque peu... bref, que cela n'aurait pas l'importance et la gravité requises en pareil cas ni même
ne traduirait bien la consternation générale (ce
sont ses propres paroles) qu'a causée sa perte...
Vous me comprenez? Nous avons pensé que si
vous faisiez acte de présence à la veillée mortuaire, et à l'enterrement, naturellement, en qualité de... disons de proche parente du défunt...
vous voyez ce que je veux dire? Une très proche
parente... disons une tante... et pourquoi pas,
même, il faudrait l'oser...

— Oui, Monsieur Rosay? dis-je, au comble de
l'émerveillement.

— Tout cela dépend de vous, évidemment...
Mais si vous receviez une récompense appro-
priée... car il n'est pas question, bien entendu,
que vous vous dérangiez pour rien. Au cas, n'est-
ce pas, Madame Francinet, où la rétribution vous

conviendrait (et nous allons en parler dans un instant), il nous a semblé que vous pourriez assister à l'enterrement en qualité de, disons la mère du défunt, vous me comprenez. Laissez-moi bien vous expliquer... La mère qu'on vient d'avertir du décès et qui arrive de Normandie pour accompagner son fils à sa dernière demeure. Non, non, ne me répondez pas tout de suite... Ma femme a pensé que vous accepteriez peut-être de nous aider, par amitié... et j'ai pensé, de mon côté, vous offrir vingt mille... serait-ce bien ainsi, Madame Francinet ? Vingt mille francs pour vous dédommager... Six mille francs dès à présent et le reste à la sortie du cimetière, lorsque...

J'ouvris la bouche — ou plutôt elle s'ouvrit toute seule — mais M. Rosay ne me laissa pas le temps de parler. Il était très rouge et il parlait très vite comme s'il eût voulu en finir au plus vite.

— Si vous acceptez, Madame Francinet... ce que j'espère, puisque vous voulez bien nous aider et que nous ne vous demandons rien d'illégal, en somme... En ce cas-là, ma femme et sa femme de chambre seront chez vous dans une demi-heure avec les vêtements convenables... et une voiture, naturellement, pour vous emmener chez... Évidemment, il faudrait, comment vous dire, vous faire à l'idée que vous êtes la mère du défunt... D'ailleurs, ma femme vous dira tout ce que vous aurez à faire et vous, bien sûr, une fois là-bas, il vous faudra donner l'impression... de la douleur, du désespoir, comprenez-vous. Surtout pour les clients, ajouta-t-il. Devant nous, il vous suffira de garder le silence.

Une liasse de billets tout neufs était apparue dans sa main, je me demande encore comment, et je veux être pendue si je sais de quelle façon elle s'est trouvée tout à coup dans ma main. M. Rosay s'était levé et il s'en allait en marmonnant et en oubliant de fermer la porte, comme tous ceux qui viennent chez moi.

Dieu me pardonnera tout ça et bien d'autres choses encore, je le sais. Ce n'était pas bien, mais M. Rosay m'avait assuré que ce n'était pas illégal et que je pouvais leur être d'un précieux secours (je crois que ce sont ses propres paroles). Ce n'était pas bien que je me fasse passer pour la mère de ce monsieur qui était mort et qui était couturier ; ce sont des choses qui ne se font pas, on ne doit pas tromper les gens. Mais il fallait penser aux clients et si la mère n'assistait pas à cet enterrement, la cérémonie n'aurait pas toute la gravité voulue. C'est ce que venait de dire M. Rosay et il en savait plus long que moi. Ce n'était pas bien de faire ça, mais Dieu m'est témoin que je gagne à peine six mille francs par mois en m'échinant chez M\u1d50ᵉ Beauchamp, et là j'allais avoir vingt mille francs rien que pour pleurer un peu et pour regretter la disparition de ce monsieur qui allait être mon fils jusqu'à ce qu'on l'enterre.

La maison était près de Saint-Cloud, on m'y emmena dans une voiture comme je n'en avais jamais vu, si ce n'est du dehors. Mme Rosay et la femme de chambre m'avaient habillée en un tournemain et je savais que le défunt s'appelait M. Linard, Octave Linard, et qu'il était le fils unique d'une vieille mère qui vivait en Normandie et qui venait d'arriver au train de cinq heures. La vieille mère c'était moi mais j'étais si troublée et ahurie que je n'entendis pas grand-chose de ce que me recommandait Mme Rosay. Je me rappelle qu'elle m'a plusieurs fois suppliée (supplié, je dis bien — elle avait beaucoup changé depuis le soir de la fête) de ne pas exagérer mes « marques de douleur » mais de donner plutôt l'impression d'être terriblement fatiguée, au bord de l'évanouissement.

— Je ne pourrai malheureusement pas rester avec vous, ajouta-t-elle au moment où nous arrivions. Mais faites ce que je vous ai dit et d'ailleurs mon époux sera là, qui veillera à tout. Surtout, je vous en prie, *je vous en prie*, Madame Francinet, quand vous verrez les journalistes et les clientes, surtout les journalistes...

— Vous ne serez pas là, Madame Rosay? demandai-je, très étonnée.

— Non. Vous ne pouvez pas comprendre, ce serait trop long à vous expliquer. Mon mari sera là, lui, il avait des intérêts dans l'affaire de M. Linard... Il sera là uniquement par bienséance... un impératif commercial et humain à la

fois. Mais moi je n'entrerai pas, il ne convient pas
que... Mais ne vous préoccupez pas de tout cela.

Sur le pas de la porte j'aperçus M. Rosay et
plusieurs autres messieurs. Mme Rosay se rejeta
vivement en arrière et M. Rosay vint ouvrir la
portière pour m'aider à descendre. Je pleurais à
grand bruit et M. Rosay me fit entrer dans la
maison en me soutenant. Je ne pus pas en voir
grand-chose, car je tenais devant mes yeux un
mouchoir qui me cachait la moitié du visage
mais, à l'épaisseur des tapis et aussi à l'odeur, je
devinais que c'était luxueux. M. Rosay me mur-
murait des phrases de consolation, d'une voix
pleine de larmes, on aurait dit. Dans un immense
salon avec des lustres à pendeloques, nous croi-
sâmes d'autres messieurs qui me regardèrent
d'un air apitoyé et qui seraient sûrement venus
me consoler si M. Rosay ne m'avait pas entraînée
plus loin, un bras passé autour de mes épaules. Il
ouvrit une porte et me poussa dans la chambre
où il y avait le mort et je vis le mort qui était mon
fils, je vis le profil de M. Bébé plus blond et plus
pâle que jamais, maintenant qu'il était mort.

Je crois que je me suis agrippée au bord du lit,
M. Rosay a sursauté et d'autres messieurs sont
accourus pour me soutenir tandis que je regardais le si beau visage de M. Bébé mort, ses longs
cils noirs, son nez de cire ; je ne pouvais croire
que c'était M. Linard, ce monsieur qui était
couturier et qui venait de mourir, je ne pouvais
me persuader que ce mort-là, devant moi, c'était

M. Bébé. Je m'étais mise à pleurer pour de bon,
sans m'en rendre compte, je vous jure, agrippée
au montant de ce grand lit luxueux en chêne
massif, et je me rappelai la manière dont M. Bébé
m'avait caressé les cheveux le soir de la fête et
m'avait rempli un verre de whisky, comment il
m'avait parlé, s'était occupé de moi pendant que
les autres s'amusaient. Et quand M. Rosay me
murmura : « Dites-lui : mon fils, mon fils... » je
n'eus pas de mal à mentir et même, ça me faisait
du bien de pleurer pour lui. Plus rien ne me
semblait étrange, à présent, et quand je relevai
les yeux et vis M. Loulou de l'autre côté du lit, les
yeux rouges et les lèvres tremblantes, je me mis à
pleurer à grands sanglots en le regardant bien en
face, et lui aussi il pleurait, malgré sa surprise, il
pleurait parce que je pleurais, et il était surpris
de voir que je pleurais pour de vrai, comme lui,
parce que j'aimais M. Bébé, comme lui. On se
défiait du regard tous les deux, d'un bord à
l'autre du lit, mais M. Bébé ne pouvait plus rire et
se moquer comme le soir dans la cuisine, quand il
était assis sur la table et se moquait de nous tous.

On me ramena dans le grand salon aux lustres
et on me fit asseoir sur un sofa. Une dame qui
était là sortit de son sac un flacon de sels et un
valet de chambre poussa à côté de moi une table
roulante avec du café brûlant et un verre d'eau.
M. Rosay avait l'air plus tranquille à présent, il
avait vu que j'étais capable de faire ce qu'on
m'avait demandé. Je le compris bien quand je le

vis s'éloigner pour aller parler à d'autres messieurs. Sur le sofa d'en face était assis un jeune
homme que j'avais déjà vu en entrant et qui
pleurait, la tête entre les mains. De temps en
temps, il sortait son mouchoir et se mouchait.
M. Loulou apparut sur le pas de la porte et le
regarda un moment avant de venir s'asseoir près
de lui. Ils me faisaient de la peine tous les deux,
on voyait qu'ils avaient été très amis de M. Bébé
et ils étaient si jeunes et ils souffraient tant.
M. Rosay aussi les regardait, du coin de la pièce
où il était avec deux dames ; et les minutes
passaient ; soudain voilà que M. Loulou pousse
un cri aigu et s'écarte de l'autre jeune homme en
disant : « Toi, Nina, tu te fiches de tout au fond »
et je me souvins d'une personne qui s'appelait
Nina et qui avait une tante dans le Poitou qui lui
envoyait des poulets et des légumes. M. Loulou
haussa les épaules et répéta que M. Nina était un
menteur, puis il se leva en faisant des grimaces et
des grands gestes. Alors M. Nina se leva lui aussi
et tous les deux partirent presque en courant vers
la chambre où reposait M. Bébé. On les entendit
un instant discuter à haute voix mais M. Rosay
alla les faire taire et je n'entendis plus rien. Au
bout d'un moment, M. Loulou revint vers le sofa,
un mouchoir trempé dans ses mains. Derrière son
sofa, il y avait une fenêtre qui donnait sur une
cour intérieure ; de tout ce qu'il y avait dans cette
pièce, c'est la fenêtre dont je me souviens le
mieux (et aussi des lustres, si magnifiques), car à

la fin de la nuit je la vis changer de couleur petit à petit, devenir de plus en plus grise, puis rose. Et moi, pendant tout ce temps j'ai pensé à M. Bébé et parfois je ne pouvais plus me contenir et je pleurais, bien qu'il n'y eût plus dans la pièce que M. Rosay et M. Loulou. M. Nina avait disparu. C'est ainsi que se passa la nuit, et parfois je ne pouvais plus me contenir en pensant à M. Bébé, si jeune, et je me mettais à pleurer, bien que ce fût aussi un peu par fatigue. Alors M. Rosay venait s'asseoir près de moi avec une drôle de tête et il me disait que ce n'était plus la peine de feindre maintenant, qu'il valait mieux que je me réserve pour tout à l'heure, lorsque viendraient les journalistes ou qu'on serait au cimetière. Mais il est difficile parfois de savoir pourquoi l'on pleure. J'ai demandé à M. Rosay de me laisser revenir un moment près de M. Bébé ; il avait l'air très étonné que je ne veuille pas aller dormir.

Je pensais trouver M. Bébé seul mais M. Nina était là, au pied du lit, le regard fixe. Comme nous ne nous connaissions pas, nous nous sommes regardés, avec méfiance, mais il n'osa rien dire quand je m'approchai tout près de M. Bébé. Nous restâmes ainsi un long moment et moi je voyais les larmes couler le long de ses joues et elles avaient fait comme un sillon près du nez.

— Vous étiez là, vous aussi, le soir de la fête, lui dis-je, voulant le distraire. M. Bébé... M. Linard a dit que vous étiez très triste et il a demandé à M. Loulou d'aller vous tenir compagnie.

M. Nina me regardait sans comprendre. Il secouait la tête et je lui souris pour le distraire.

— Le soir de la fête chez M. Rosay, repris-je. M. Linard était venu à la cuisine et m'avait offert du whisky.

— Du whisky ?

— Oui. C'était le seul qui avait pensé à moi... Et M. Loulou avait voulu ouvrir une bouteille de champagne et M. Linard lui avait fait partir le bouchon en pleine figure, alors...

— Oh ! taisez-vous, taisez-vous ! Ne parlez pas de ce... Bébé avait perdu la tête, complètement perdu la tête...

— Et c'est pour ça que vous étiez triste ? demandai-je pour dire quelque chose. Mais il ne m'entendait plus, il regardait M. Bébé et lui demandait quelque chose mais sans parler, juste en remuant les lèvres ; il répétait toujours la même question et moi, au bout d'un moment, je n'ai plus pu le regarder. J'aurais bien voulu consoler M. Nina, si malheureux, mais juste à ce moment-là M. Rosay est entré dans la pièce et m'a fait signe de venir.

— Il va faire jour, Madame Francinet, m'a-t-il dit (il était vert, le pauvre). Vous devriez prendre quelque repos, sinon vous serez morte de fatigue quand les gens arriveront : l'enterrement est à neuf heures et demie.

Je tombais de fatigue et je me laissai entraîner

par M. Rosay. En passant dans le salon aux lustres de cristal je vis que la fenêtre était devenue rose vif et j'eus froid malgré le feu allumé dans la cheminée.

Soudain voilà M. Rosay qui me lâche et reste à regarder la porte qui donnait sur le hall. Un homme venait d'entrer, il avait une écharpe autour du cou et j'eus peur un moment qu'on nous ait découverts (quoiqu'il y ait rien eu d'illégal) et que l'homme à l'écharpe soit le frère de M. Bébé ou quelque chose comme ça. Mais ça n'était pas possible, il avait l'air trop paysan, comme si Pierre ou Gustave avaient pu être les frères de quelqu'un d'aussi fin que M. Bébé. Derrière l'homme à l'écharpe j'aperçus M. Loulou qui avait un drôle d'air, comme s'il avait peur mais aussi comme s'il était content de ce qui allait arriver. Alors M. Rosay me fit signe de ne pas bouger et il fit quelques pas vers l'homme à l'écharpe mais ça n'avait pas l'air de l'enchanter, on aurait dit.

— Vous venez... commença-t-il, de cette voix qu'il prenait avec moi et qui, au fond, n'était pas du tout aimable.

— Où est Bébé ? demanda l'homme, d'une voix comme s'il avait bu ou crié.

M. Rosay fit un geste comme pour lui barrer le passage mais l'homme s'avança et le tint en respect rien qu'en le regardant. Ça m'étonnait beaucoup une attitude aussi grossière dans un moment aussi triste mais M. Loulou qui était resté à la porte (je crois que c'est lui qui avait laissé entrer cet homme) se mit à rire aux éclats, alors M. Rosay s'est approché de lui et lui a donné deux gifles comme à un gosse, exactement comme à un gosse. Je n'ai pas bien entendu ce qu'ils se disaient mais M. Loulou avait l'air content et il disait quelque chose comme : « Ça lui apprendra... ça lui apprendra à cette putain... » quoique ce ne soit pas bien que je répète ses paroles, et il l'a même dit plusieurs fois de suite et puis tout à coup il s'est mis à pleurer et il s'est caché le visage dans ses mains et M. Rosay l'a tiré et poussé jusqu'au canapé où il est resté à pleurer et à crier, avec ça que tout le monde m'avait oubliée, moi, comme d'habitude.

M. Rosay avait l'air très nerveux et il ne se décidait pas à entrer dans la chambre mortuaire mais au bout d'un moment on a entendu la voix de M. Nina qui protestait, ça a décidé M. Rosay et il a couru vers la porte juste au moment où M. Nina sortait et j'aurais juré que c'était l'homme à l'écharpe qui l'avait presque jeté dehors. M. Rosay recula en regardant M. Nina et tous les deux se mirent à parler à voix très basse mais c'était quand même une voix criarde et M. Nina pleurait de contrariété et il faisait des grimaces, tellement même qu'il me faisait pitié. Il finit par se calmer un peu et M. Rosay le conduisit vers le canapé où était M. Loulou qui maintenant riait (c'est comme ça, aussi vite ils se mettaient à rire qu'ils se mettaient à pleurer)

mais M. Nina a fait une moue de mépris et est
allé s'asseoir sur un autre canapé près de la
cheminée. Moi j'étais dans mon coin à attendre
l'arrivée des dames et des journalistes comme
Mme Rosay me l'avait ordonné, enfin le soleil
atteignit la fenêtre et un valet de chambre en
livrée fit entrer deux messieurs très élégants et
une dame qui regarda d'abord M. Nina, le
croyant sans doute de la famille, puis moi qui
tenais ma tête dans mes mains mais qui la voyais
entre mes doigts. D'autres messieurs entrèrent ;
ils allaient d'abord voir M. Bébé, puis revenaient
dans le salon. Certains s'approchaient de moi,
accompagnés par M. Rosay et ils m'offraient
leurs condoléances en me serrant longuement la
main. Les dames aussi étaient très aimables,
l'une d'elles surtout, très jeune et très jolie, qui
s'assit un moment à côté de moi et me dit que
M. Linard avait été un grand artiste et que sa
mort était une perte irréparable. Je disais oui à
tout et je pleurais pour de bon, bien que ce fût de
la comédie tout ça pour moi, mais ça me faisait
mal de penser à M. Bébé, là-bas sur son lit, si
beau et si bon et au grand artiste qu'il avait été.
La jeune dame me caressa plusieurs fois les
mains et me dit que personne n'oublierait jamais
M. Linard et qu'elle était sûre que M. Rosay
prendrait la succession de la maison de couture.

   C'est alors que M. Rosay vint me dire à voix
basse que c'était le moment de dire adieu à mon
fils, car on allait fermer le cercueil. J'eus brus-

quement une peur horrible en pensant que c'était
la scène la plus difficile que j'avais à jouer mais
M. Rosay me soutint et m'aida à aller jusqu'à la
chambre. Là, je n'y tins plus, je m'approchai de
M. Bébé et me mis à pleurer à grands cris ;
j'aurais même voulu l'embrasser, il fallut que
M. Rosay me retînt ; je voulais embrasser
M. Bébé, le seul qui ait été bon avec moi, mais
M. Rosay ne me laissait pas faire, il me suppliait
de me calmer et, à la fin, il m'a amenée dans le
salon tout en me consolant et en me serrant le
bras à me faire mal, mais ça, les autres ne
pouvaient pas s'en apercevoir et moi cela m'était
bien égal. Quand il m'eut installée sur le sofa, le
valet de chambre apporta un verre d'eau et les
dames me firent de l'air avec leurs mouchoirs ; il
y eut un grand remue-ménage dans la chambre
de M. Bébé, plusieurs autres personnes entrèrent
et m'entourèrent, si bien que je ne pus voir
grand-chose de ce qui se passait ; j'aperçus M. le
curé parmi les nouveaux venus et ça me fit bien
plaisir pour M. Bébé. Ce serait bientôt l'heure de
partir au cimetière et j'étais contente que M. le
curé vînt avec nous, avec la mère et les amis de
M. Bébé ; ses amis aussi devaient être contents de
le savoir avec nous, surtout M. Rosay qui s'était
donné tant de mal pour que tout se passât bien,
pour que les gens pussent constater que l'enterrement était bien comme il faut et que tout le
monde aimait M. Bébé.

LES ARMES SECRÈTES

C'est drôle, les gens croient que faire un lit,
c'est toujours faire un lit ; que donner la main,
c'est toujours donner la main ; qu'ouvrir une
boîte de sardines, c'est ouvrir indéfiniment la
même boîte de sardines. « Tout est exceptionnel
au contraire », pense Pierre en tirant maladroitement sur le vieux couvre-lit bleu. « Hier il pleuvait, aujourd'hui il fait soleil ; hier j'étais triste,
aujourd'hui Michèle vient. La seule chose qui ne
change pas, c'est que je n'arriverai jamais à
donner à ce lit un aspect présentable. » Mais cela
ne fait rien, les femmes aiment le désordre d'une
chambre de garçon, elles peuvent sourire — la
mère en elles montre alors toutes ses dents — et
arranger les rideaux, changer de place un vase ou
une chaise, dire : Il n'y a que toi pour avoir l'idée
de mettre cette table-là, dans un coin sans
lumière. Michèle dira des choses de ce genre,
prendra des livres, déplacera les lampes, et lui,
étendu sur le lit, il la laissera faire sans la quitter

des yeux, la regardant à travers la fumée d'une
gauloise et la désirant.

« Six heures, l'heure grave », pense Pierre.
L'heure dorée où tout le quartier Saint-Sulpice
commence à changer, à se préparer pour la nuit.
Les dactylos vont bientôt sortir de l'étude du
notaire, le mari de Mme Lenôtre traînera sa jambe
dans l'escalier, on entendra la voix des sœurs du
sixième étage, bruits inséparables de l'heure où
l'on achète le pain et le journal. Michèle ne va pas
tarder maintenant, à moins qu'elle ne se soit
perdue, ou qu'elle ne flâne dans les rues, avec sa
manie de s'arrêter net devant n'importe quelle
vitrine et de se mettre à voyager dans ces mondes
en miniature. Après elle lui racontera : un ours en
ficelle, un disque de Couperin, une chaîne de
bronze avec une pierre bleue, les œuvres com-
plètes de Stendhal, la mode d'été. Raisons on ne
peut plus valables pour arriver en retard. Une
autre gauloise alors, un autre verre de cognac. Il
a envie d'écouter des chansons de Mac Orlan, il
cherche d'une main distraite dans des piles de
revues et de cahiers. C'est Roland ou Babette qui
a dû emporter ce disque ; ils pourraient tout de
même prévenir quand ils emportent quelque
chose. Pourquoi Michèle n'arrive-t-elle pas ? Il
s'assied sur le bord du lit ; ça y est, le couvre-pied
est froissé ; il va encore falloir le tirer d'un côté et
de l'autre et le bord de ce maudit traversin va
obstinément reparaître. Ça sent terriblement le
tabac et Michèle va froncer le nez et dire que ça

sent terriblement le tabac. Des centaines et des centaines de gauloises fumées au long de centaines et de centaines de jours, un diplôme, quelques amies, deux crises de foie, des romans, l'ennui. Des centaines et des centaines de gauloises. Ça l'étonne toujours de se surprendre penché sur les petites choses, tellement attaché aux détails. Il se rappelle les vieilles cravates qu'il a jetées il y a dix ans, la couleur d'un timbre du Congo Belge, orgueil d'une enfance philatéliste. Comme si au fond de sa mémoire il savait exactement le nombre de cigarettes qu'il a fumées dans sa vie, le goût de chacune d'elles, le moment où il les a allumées, l'endroit où il a jeté leur mégot. Les chiffres absurdes qui apparaissent parfois dans ses rêves sont peut-être un reflet de cette implacable comptabilité. « Mais alors, Dieu existe », pense Pierre. La glace de l'armoire lui renvoie son sourire et l'oblige une fois de plus à se recomposer un visage, à rejeter en arrière la mèche de cheveux noirs que Michèle menace de couper. Pourquoi Michèle n'arrive-t-elle pas ? « Parce qu'elle ne veut pas venir dans ma chambre », pense Pierre. Il faudra bien qu'elle vienne dans sa chambre et qu'elle couche avec lui si elle veut couper cette mèche de cheveux. Dalila a payé le prix fort, on ne touche pas à moins aux cheveux d'un homme. Pierre se dit qu'il est stupide de penser que Michèle ne veut pas monter chez lui. Il l'a pensé sourdement, comme de loin. Il lui semble parfois que sa pensée doit se frayer un chemin à travers d'innombrables barrières avant d'arriver à lui.

C'est idiot de penser que Michèle ne veut pas monter chez lui. Si elle n'arrive pas c'est qu'elle est absorbée dans la contemplation d'une vitrine de quincaillerie, ou qu'un petit phoque de fourrure ou une lithographie de Zao-Wu-Ki l'enthousiasme. Il lui semble la voir, et au même moment il s'aperçoit qu'il est en train de penser à un fusil de chasse, à l'instant même où il avale la fumée de sa cigarette et se sent comme pardonné de sa sottise. Un fusil de chasse cela n'a rien d'étrange en soi, mais que peut bien faire l'image d'un fusil de chasse dans sa chambre en ce moment, et cette sensation d'étrangeté qu'il a. Il n'aime pas cette heure où tout vire au gris. Il étend paresseusement le bras pour allumer la lampe de la table. Pourquoi Michèle n'arrive-t-elle pas ? Elle ne viendra plus maintenant, ce n'est plus la peine d'attendre. Il va lui falloir admettre qu'elle ne veut vraiment pas venir dans sa chambre. Enfin, enfin. Ce n'est pas la peine d'en faire un drame. Il n'y a aucune raison pour qu'elle ne veuille pas monter dans sa chambre. Il est vrai qu'il n'y a aucune raison de penser à un fusil de chasse, ou de décider soudain qu'il vaut mieux lire Michaux que Graham Greene. Le choix instantané a toujours beaucoup préoccupé Pierre. Il n'est pas possible que tout soit gratuit, qu'un simple hasard décide de Greene contre Michaux, de Michaux contre Enghien, contre Greene plutôt.

C'est comme ce lapsus, confondre Greene et Enghien. « Il n'est pas possible que ce soit aussi absurde », pense Pierre en jetant sa cigarette. « Et si elle ne vient pas c'est qu'il lui est arrivé quelque chose ; quelque chose qui n'a rien à voir avec nous deux. »

Il descend dans la rue, il attend un moment sur le pas de la porte. Il voit s'allumer les lumières de la place. Il n'y a presque personne chez Léon, il s'assied à une table, dehors, et commande un demi. Il peut voir, d'où il est, la porte de la maison ; comme ça si... Léon parle du tour de France. Nicole arrive avec son amie la fleuriste à la voix rauque. La bière est glacée, ça lui donne envie de commander des saucisses. Sur le pas de la porte, le petit de la concierge joue à sauter sur un pied ; quand il est fatigué il saute sur l'autre, sans bouger de place.

*

— Mais que tu es stupide, dit Michèle. Pourquoi n'aurais-je pas voulu venir chez toi puisque c'était décidé ?

Edmond leur apporte le café de onze heures du matin. Il n'y a presque personne à cette heure-ci et Edmond s'arrête un moment près de leur table pour commenter le tour de France. Puis Michèle explique, ce qui était plausible, cé à quoi Pierre aurait dû penser : les évanouissements fréquents de sa mère, son père qui s'affole et téléphone au bureau, il faut sauter dans un taxi et tout cela pour rien, pour une simple nausée. Ce n'est pas la première fois que cela arrive et il n'y a que Pierre pour...

— Je suis content qu'elle aille mieux, dit Pierre bêtement.

Il met une main sur la main de Michèle. Michèle pose son autre main sur celle de Pierre. Pierre pose son autre main sur celle de Michèle. Michèle retire sa main d'en dessous et la pose par-dessus. Pierre retire sa main d'en dessous et la pose par-dessus. Michèle retire sa main d'en dessous et appuie sa paume contre le nez de Pierre.

— Froid comme celui d'un jeune chien.

Pierre reconnaît que la température de son nez est une énigme insondable.

— Cher stupide, dit Michèle en manière de conclusion.

Pierre l'embrasse sur le front, sur les cheveux. Comme elle penche la tête il lui prend le menton et l'oblige à le regarder avant de l'embrasser sur la bouche. Il l'embrasse une fois, deux fois. Il sent une odeur fraîche, l'ombre sous les arbres, *In wunderschönen Monat Mai*. Il entend le chant très nettement. Cela l'étonne un peu de se rappeler si bien des paroles qui n'ont vraiment de sens pour lui que traduites. Mais il aime ce chant et les paroles s'accordent si bien avec les cheveux de Michèle, avec sa bouche humide. *In wunderschö-nen Monat Mai als...*

La main de Michèle se crispe sur son épaule.

— Tu me fais mal, dit-elle en le repoussant et en passant ses doigts sur ses lèvres. Il caresse sa joue et l'embrasse doucement. Elle est fâchée, Michèle ? Non, elle n'est pas fâchée. Quand, quand, quand vont-ils se retrouver seuls ? Il a du mal à comprendre ; les explications de Michèle paraissent concerner autre chose. Obsédé par l'idée de la voir entrer un jour dans sa chambre il ne comprend pas que la situation vient soudain de s'éclaircir : les parents de Michèle vont aller quinze jours à la campagne. Bon voyage, comme ça Michèle... Soudain il se rend compte et la regarde fixement. Michèle rit.

— Tu vas être seule chez toi pendant quinze jours ?

— Que tu es bête, dit Michèle. Elle allonge un doigt et trace sur la table d'invisibles étoiles, de vagues losanges.

Sa mère compte évidemment sur la fidèle Babette pour lui tenir compagnie ; il y a eu tant de vols et d'attaques à main armée ces derniers temps dans la banlieue. Mais Babette restera à Paris tout le temps qu'ils voudront.

Pierre ne connaît pas la villa mais il l'a si souvent imaginée que c'est comme s'il y était déjà ; il entre avec Michèle dans un petit salon surchargé de meubles désuets ; il monte un escalier après avoir effleuré de ses doigts la boule de verre qui est au bas de la rampe. La maison ne lui plaît pas, il ne saurait dire pourquoi ; il a envie de sortir dans le jardin bien qu'il soit difficile d'imaginer qu'un aussi petit pavillon puisse avoir un jardin.

Il fait un effort pour chasser ces images et il découvre qu'il est heureux, que la maison ne ressemblera pas à ce qu'il a imaginé, qu'elle n'aura pas cette atmosphère étouffante avec tous ses vieux meubles et ses tapis râpés. « Il faut que je demande à Xavier de me prêter sa moto », pense Pierre. Il ira attendre Michèle et ils seront à Clamart en moins d'une demi-heure ; ils auront deux week-ends pour partir en balade ; il faudra acheter un thermos et du Nescafé.

— Y a-t-il une boule de verre au bas de la rampe chez toi ?

— Non, dit Michèle, tu confonds avec...

Elle se tait brusquement comme si quelque chose lui serrait soudain la gorge. Enfoncée dans la banquette, la tête appuyée contre la grande glace avec laquelle Léon prétend multiplier les tables du café, Pierre se dit vaguement que Michèle ressemble à une chatte ou à un portrait anonyme. Il la connaît depuis si peu de temps, peut-être a-t-elle du mal à le comprendre lui aussi, parfois.

Il est certain que s'aimer cela n'explique jamais rien, pas plus que d'avoir des amis communs ou de partager les mêmes opinions politiques. On commence toujours par croire qu'il n'y a de mystère en personne ; il est si facile d'accumuler les références : Michèle Duvernois, vingt-quatre ans, cheveux châtains, yeux gris, employée de bureau. Elle, de son côté, sait que : Pierre Jolivet, vingt-trois ans, cheveux blonds. Mais demain il ira chez elle et en moins d'une demi-heure ils seront à Enghien. « Encore Enghien », pense Pierre qui chasse ce nom comme une mouche. Ils vont pouvoir passer quinze jours ensemble et il y a un jardin derrière la maison, très différent sans doute de celui qu'il imagine ; il faudra qu'il demande à Michèle comment est le jardin ; mais Michèle appelle Léon, il est plus de onze heures et le patron fronce les sourcils s'il la voit arriver en retard.

— Attends encore un peu, dit Pierre, voilà Roland et Babette. C'est incroyable, on n'arrivera jamais à être tous les deux seuls dans ce café.

— Comment, seuls ? dit Michèle. Mais nous venons justement ici pour les retrouver.

— Je sais, mais quand même.

Michèle hausse les épaules mais Pierre sait qu'elle le comprend et qu'elle regrette, elle aussi, au fond, que les amis soient si fidèles aux rendez-vous. Babette et Roland arrivent avec leur air habituel de tranquille bonheur qui cette fois irrite Pierre et l'impatiente. Ils sont de l'autre côté, eux, protégés par le brise-lame du temps ; leurs colères et leurs insatisfactions appartiennent au monde, à la politique, à l'art, jamais à eux-mêmes, à leur inquiétude profonde. Sauvés par l'habitude, par les gestes mécaniques. Tout, bien lissé, bien repassé, plié, étiqueté. Des petits cochons bien contents, pauvres vieux, de si bons amis. Il a failli ne pas serrer la main que lui tendait Roland. Il avale sa salive, le regarde dans les yeux, puis lui serre les doigts à les briser Roland rit et s'assoit en face d'eux. Il parle d'un ciné-club où il faudra aller sans doute lundi. « Des petits cochons contents », mâchonne Pierre. C'est idiot, c'est injuste. Mais tout de même ils auraient pu trouver quelque chose de plus nouveau qu'un film de Pudovkin.

— Plus nouveau, plus nouveau, se moque Babette. Ce que tu es vieux, Pierre.

Il n'y avait aucune raison de ne pas vouloir serrer la main de Roland.

— Et elle avait mis un chemisier orange qui lui allait merveilleusement bien, raconte Michèle.

Roland offre des gauloises et demande des cafés. Aucune raison de ne pas vouloir serrer la main de Roland.

— Oui, c'est une fille intelligente, dit Babette. Roland regarde Pierre et cligne de l'œil. Tranquille. Sans problèmes. Absolument sans problèmes. Un petit cochon bien tranquille. Cela écœure Pierre, cette tranquillité, et Michèle qui peut parler d'un chemisier orange, si loin de lui, comme toujours. Il n'a rien de commun avec eux, il est entré le dernier dans le groupe, on le tolère à peine.

Tout en parlant — chaussures à présent — Michèle se passe un doigt sur le bord de la lèvre.

Il n'est même pas capable de bien l'embrasser, il
lui a fait mal et Michèle s'en souvient. Et tout le
monde lui fait mal, à lui aussi, on lui fait des clins
d'yeux, on lui sourit, on l'aime beaucoup. C'est
comme un poids sur la poitrine, le besoin de s'en
aller, d'être seul dans sa chambre à se demander
pourquoi Michèle n'est pas venue, pourquoi
Babette et Roland ont pris un disque sans le lui
dire.

Michèle regarde sa montre et sursaute. Ils
décident d'un soir au ciné-club. Pierre paie les
cafés. Il se sent mieux, il voudrait parler un peu
plus longuement avec Roland et Babette, il leur
serre chaleureusement la main. Bons petits
cochons et bons amis de Michèle.

Roland regarde Pierre et Michèle s'éloigner,
traverser la rue sous le soleil. Il boit lentement
son café.

— Je me demande... dit Roland.

— Moi aussi, dit Babette.

— Pourquoi pas, après tout.

— Pourquoi pas, bien sûr. Mais ce serait la
première fois depuis...

— Il est temps que Michèle fasse quelque
chose de sa vie, dit Roland. Et si tu veux mon
avis, elle est très amoureuse.

— Ils sont tous les deux très amoureux.

Roland reste pensif.

Il a donné rendez-vous à Xavier dans un café de
la place Saint-Michel. Mais il arrive trop tôt. Il

commande une bière et feuillette un journal. Il ne
se rappelle pas bien ce qu'il a fait depuis qu'il a
quitté Michèle à la porte du bureau. Les derniers
mois sont aussi confus que cette matinée qui
n'est pas finie et qui est déjà un mélange de faux
souvenirs, d'erreurs. Dans cette vie qu'il mène, et
qui lui est comme étrangère, la seule certitude
c'est qu'il a été très près de Michèle ; il attend et il
se rend compte que cela ne suffit pas, que tout est
vaguement bizarre, qu'il ne sait rien de Michèle,
absolument rien au fond ; elle a des yeux gris,
cinq doigts à chaque main, elle est célibataire et
se coiffe comme une petite fille ; absolument rien
au fond. Et alors, quand on ne sait rien de
Michèle, il suffit de ne plus la voir pendant un
certain temps pour que le vide se change en
broussaille épaisse et amère. Tu lui fais peur, tu
lui fais horreur, parfois elle te repousse au plus
profond d'un baiser, elle ne veut pas coucher avec
toi, il y a quelque chose qui la dégoûte, ce matin
même elle t'a repoussé violemment, qu'elle était
adorable après et comme elle s'est serrée contre
toi au moment de te quitter. Comme elle a tout
arrangé pour te retrouver et partir ensemble à
Enghien. Et toi, tu as laissé la marque de tes
dents sur sa bouche, tu l'embrassais et tu l'as
mordue, elle s'est plainte, sans se fâcher, un peu
étonnée seulement, *als alle Knospen sprangen*, tu
chantais du Schumann en toi-même, tu chantais
pendant que tu la mordais aux lèvres, sombre
brute, et, tu te rappelles ? en même temps tu

montais un escalier, tu te rappelles à présent ?
oui, tu montais un escalier, ta main effleurait au
passage la boule de verre au bas de la rampe,
mais Michèle t'a dit après qu'il n'y avait pas de
boule de verre chez elle.

Piere glisse sur la banquette, cherche des cigarettes. Michèle non plus ne sait pas grand-chose
sur lui, elle n'est pas du tout curieuse, bien
qu'elle ait cette façon attentive et grave d'écouter
les confidences, cette aptitude à partager avec
vous un moment de la vie — n'importe lequel —
un chat sous une porte cochère, un orage sur la
Cité, une feuille de trèfle, un disque de Gerry
Mulligan. Attentive, enthousiaste et grave à la fois,
sachant pareillement écouter et se faire écouter.

C'est ainsi que de rencontre en rencontre, de
conversation en conversation, ils ont dérivé vers
la solitude du couple au milieu de la foule, un peu
de politique, des romans, le cinéma, des baisers
chaque fois plus profonds, sa main qui descend le
long de son cou, effleure ses seins, répète l'interminable question sans réponse. Il pleut, il faut se
réfugier sous une porte cochère, le soleil est trop
fort, entrons dans cette librairie, demain je te
présenterai à Babette, c'est une vieille amie, elle
te plaira. Puis il se trouve que l'ami de Babette
est un ancien camarade de Xavier qui est lui-
même le meilleur ami de Pierre, et le cercle se
referme peu à peu, parfois chez Babette et
Roland, parfois dans le bureau de Xavier ou dans
les cafés du Quartier Latin, le soir. Pierre appré-

cie beaucoup l'amitié que Babette et Roland portent à Michèle, l'impression qu'ils donnent de la protéger discrètement. Et pourtant Michèle n'a pas besoin d'être protégée. On ne parle pas beaucoup des autres dans leur groupe, on préfère les grands thèmes, la politique ou les procès, et surtout se regarder d'un air satisfait, échanger des cigarettes, s'asseoir dans les cafés et vivre en se sentant entouré de camarades. Il a eu de la chance qu'on l'accepte et qu'on lui fasse une place dans le groupe. Ils ne sont pas faciles ces quatre-là, ils connaissent des méthodes infaillibles pour décourager les importuns. « Ils me plaisent », se dit Pierre, en buvant le reste de bière. Ils croient peut-être qu'il est déjà l'amant de Michèle, Xavier du moins doit le croire, il ne pourrait pas comprendre que Michèle se soit refusée à lui si longtemps sans raison précise. Elle refusait tout simplement, mais elle le revoyait, sortait avec lui, le laisait parler et parlait à son tour. On s'habitue à tout, même à l'étrange ; on arrive à croire que le mystère trouve son explication en lui-même et on finit par le vivre de l'intérieur, en acceptant l'inacceptable, en se disant au revoir au coin des rues ou dans les cafés alors que tout pourrait être si simple, un escalier avec une boule de verre en bas de la rampe qui mène à la rencontre, la vraie. Mais Michèle a dit qu'il n'y avait pas de boule de verre chez elle.

Grand et maigre, Xavier a sa tête des jours de

travail. Il parle d'expériences, de la biologie comme d'une raison de scepticisme. Il regarde un de ses doigts jaunis.

— Cela t'arrive-t-il de penser soudain à des choses qui n'ont rien à voir avec ce que tu étais en train de penser ? demande Pierre.

— Qui n'ont rien à voir, c'est une hypothèse de travail, sans plus, dit Xavier.

— Je me sens drôle ces jours-ci. Tu devrais me donner quelque chose, un « objectivant ».

— Un « objectivant » ? Ça n'existe pas, vieux.

— Je pense trop à moi, dit Pierre, c'est idiot.

— Et Michèle, ça ne t' « objective » pas ?

— Justement, hier, il m'est arrivé de penser que...

Il s'entend parler, il voit Xavier qui le voit, il voit l'image de Xavier dans un miroir, la nuque de Xavier ; il se voit, lui, qui parle pour Xavier (mais pourquoi faut-il toujours que je pense qu'il y a une boule de verre en bas de la rampe). Et de temps en temps, il enregistre le mouvement de tête de Xavier, le geste professionnel si ridicule quand on n'est pas en consultation et que le médecin n'a pas cette blouse blanche qui le situe sur un autre plan et lui confère d'autres pouvoirs.

— Enghien, dit Xavier. Ne te tourmente pas pour ça. Moi je confonds toujours Le Mans et Menton. C'est certainement la faute de quelque institutrice, dans ma lointaine enfance.

In wunderschönen Monat Mai, chantonne la mémoire de Pierre.

— Si tu ne dors pas bien, viens me trouver, je te donnerai quelque chose, dit Xavier. De toute façon ces quinze jours en paradis vont suffire à te remettre d'aplomb, j'en suis sûr. Il n'y a rien de tel que de partager un oreiller. Ça vous éclaircit les idées. Parfois même ça les supprime carrément, comme ça on est tranquille.

Peut-être que s'il travaillait plus, s'il se fatiguait plus, s'il peignait sa chambre ou s'il faisait à pied le chemin jusqu'à la Faculté au lieu de prendre l'autobus, s'il lui fallait gagner les soixante mille francs que ses parents lui envoient chaque mois. Appuyé au parapet du Pont Neuf, il regarde passer les péniches et il sent le soleil d'été sur son cou et sur ses épaules. Un groupe de jeunes filles passe en riant, on entend le trot d'un cheval, un cycliste roux siffle longuement en croisant les jeunes filles qui rient plus fort et c'est soudain comme si une volée de feuilles mortes lui sautait au visage et le dévorait d'une seule morsure horrible et noire.

Pierre se frotte les yeux, se redresse lentement. Cela n'a pas été une vision, pas davantage des mots, quelque chose entre les deux, une image décomposée en autant de mots qu'il y a de feuilles mortes par terre. Les feuilles mortes qui se sont soulevées pour le frapper en plein visage. Il voit sa main qui tremble sur le parapet. Il serre le poing et lutte pour dominer le tremblement. Xavier doit être déjà loin, inutile de courir après lui, d'ajouter une nouvelle anecdote à cet inventaire insensé.

« Des feuilles mortes, dirait Xavier, mais il n'y a pas de feuilles mortes sur le Pont Neuf. » Comme si Pierre ne savait pas aussi bien que lui qu'il n'y a pas de feuilles mortes sur le Pont Neuf, que les feuilles mortes sont à Enghien.

Maintenant je vais penser à toi, ma chérie, à toi seulement et toute la nuit. Je ne veux penser qu'à toi. C'est la seule façon de me sentir moi-même, te garder au milieu de moi comme un arbre, puis me détacher peu à peu du tronc qui me soutient et me guide, flotter autour de toi prudemment en éprouvant l'air de chacune de mes feuilles. Sans m'éloigner de toi, sans permettre à cette chose de se glisser entre toi et moi, de me distraire de toi, de me priver une seule seconde de savoir que cette nuit vire peu à peu au matin et que là-bas, de l'autre côté, là où tu vis, là où tu es en train de dormir, il sera nuit de nouveau quand nous arriverons ensemble, quand nous entrerons dans ta maison, quand nous monterons les marches du perron, quand nous allumerons les lumières, quand nous caresserons ton chien, quand nous boirons du café, quand nous nous regarderons longtemps avant que je t'embrasse (t'avoir au milieu de moi comme un arbre), avant que je t'entraîne vers l'escalier, quand nous commencerons à monter, la porte est fermée mais j'ai la clef dans ma poche...

Pierre saute du lit et va se mettre la tête sous le robinet du lavabo. Ne penser qu'à toi, mais les autres pensées sont comme un désir sourd et obscur où Michèle n'est plus Michèle (t'avoir au centre de moi comme un arbre), où il n'arrive plus à la sentir peser dans ses bras en montant l'escalier, car à peine a-t-il posé le pied sur la première marche qu'il voit la boule de verre, et il est seul, il monte l'escalier tout seul et Michèle est en haut, enfermée dans sa chambre, elle est derrière cette porte et elle ne sait pas qu'il a une autre clef dans sa poche et qu'il monte l'escalier.

Il s'essuie la figure, ouvre grande la fenêtre sur la fraîcheur du matin. Un ivrogne monologue amicalement dans la rue et se balance comme s'il flottait dans une eau épaisse. Il chantonne, va et vient, accomplissant une espèce de danse suspendue et cérémonieuse dans la grisaille qui mord peu à peu les pavés de la rue, les portails fermés. *Als alle Knospen sprangen*, les mots se dessinent sur les lèvres sèches de Pierre et se mêlent au chantonnement d'en bas qui n'a rien à voir avec tout ça, mais les paroles de Heine non plus n'ont rien à voir avec quoi que ce soit, elles affleurent à son esprit comme le reste, se collent un moment au rythme de la vie et puis laissent une espèce d'angoisse pleine de rancune, des trous qui se retournent d'où sortent des lambeaux qui s'accrochent à la première réalité venue, un fusil de chasse, un tas de feuilles mortes, l'ivrogne qui danse en cadence une étrange pavane avec des révérences qui se déploient en manches déchirées, en faux pas et en vagues paroles.

La moto ronronne dans la rue d'Alésia. Pierre sent les doigts de Michèle serrer un peu plus sa taille quand ils frôlent un autobus ou qu'ils prennent un tournant. Quand les feux rouges les arrêtent, Pierre renverse la tête en arrière et attend une caresse, un baiser sur les cheveux.

— Je n'ai pas peur, dit Michèle. Tu conduis très bien. Maintenant il faut tourner à droite.

La villa est perdue entre des dizaines de maisons pareilles sur une colline au-dessus de Clamart. Pour Pierre le mot pavillon veut dire refuge, certitude d'un coin tranquille et isolé, d'un jardin avec des fauteuils en rotin et peut-être un ver luisant, la nuit.

— Il y a des vers luisants dans ton jardin ?

— Je ne crois pas. Tu en as de drôles d'idées !

Il est difficile de se parler quand on est en moto, la circulation vous oblige à faire attention, et puis Pierre est fatigué, il n'a dormi que deux heures cette nuit. Il faut qu'il pense à prendre les comprimés que lui a donnés Xavier mais il oubliera, bien sûr, et puis, après tout, il n'en aura pas besoin.

Il renverse la tête en arrière et grogne parce que Michèle ne l'embrasse pas tout de suite. Michèle rit et passe une main dans ses cheveux. Feu vert. « Oublie toutes ces sottises », a dit

Xavier visiblement déconcerté. Cela va certainement passer, deux comprimés avant de s'endormir, un verre d'eau. Comment Michèle dort-elle ?

— Michèle, comment dors-tu ?

— Très bien, dit Michèle, j'ai quelquefois des
cauchemars, comme tout le monde.

Bien sûr, comme tout le monde, mais quand
elle se réveille, elle, elle sait qu'elle laisse son
rêve derrière elle, qu'il ne se mêlera pas aux
bruits de la rue, aux visages des amis, qu'il n'est
pas cette chose qui se glisse dans les occupations
les plus innocentes de la journée. Mais Xavier a
dit qu'avec deux cachets tout irait bien, elle
dormira la tête enfoncée dans l'oreiller, les
genoux un peu repliés, en respirant légèrement, il
va bientôt la voir étendue, il va bientôt la serrer
contre lui, endormie, il l'écoutera respirer, et elle
sera nue et sans défense quand il la maintiendra
d'une main par les cheveux, feu orange, feu
rouge, stop.

Il freine si violemment que Michèle crie, puis
se tait et reste immobile comme si elle avait
honte de son cri. Un pied par terre, Pierre tourne
la tête, sourit à quelque chose qui n'est pas
Michèle et reste là, le regard perdu dans le vague,
souriant toujours. Il sait que le feu va passer au
vert, derrière la moto il y a un camion et une
auto, quelqu'un corne, deux fois, trois fois.

— Qu'est-ce qui t'arrive ? dit Michèle.

Le type de l'auto l'insulte au passage et Pierre
démarre lentement. Il en était au moment où il

allait la voir telle qu'elle est, nue et sans défense.
Il a pensé ça, il en est arrivé exactement au
moment où il la voyait dormir nue et sans
défense, et il n'y avait aucune raison de supposer,
même une seconde, qu'il serait nécessaire... Oui,
j'ai entendu, d'abord à gauche, puis encore à
gauche. C'est ce toit d'ardoise? Il y a des pins,
que c'est beau, qu'elle est jolie ta maison, un
jardin avec des pins et tes parents qui sont partis
à la campagne, c'est à peine croyable, Michèle,
c'est à peine croyable une chose pareille.

Boby qui les a reçus à grand renfort d'aboiements vient renifler minutieusement les pantalons de Pierre pour sauver les apparences. Pierre
pousse la moto sous le porche. Michèle est déjà
dans la maison, elle ouvre les volets et revient
dans le vestibule pour recevoir Pierre qui regarde
autour de lui et s'aperçoit que cela ne ressemble
en rien à ce qu'il avait imaginé.

— Il devrait y avoir trois marches, là, dit
Pierre. Et ce salon devrait, mais bien sûr... Ne fais
pas attention, on imagine toujours les choses
différemment. Cela ne t'arrive-t-il pas à toi?

— Si, parfois, dit Michèle. Pierre, j'ai faim.
Non, Pierre, écoute, sois gentil, aide-moi, il va
falloir préparer quelque chose à manger.

— Chérie, dit Pierre.

— Ouvre cette fenêtre, que le soleil entre. Sois
sage, Boby va croire que...

— Michèle... dit Pierre.

— Non, laisse-moi monter me changer, enlève

ta veste si tu veux, tu trouveras des bouteilles dans le placard, moi je n'y connais rien.

Il la voit s'échapper, monter l'escalier en courant, disparaître sur le palier. Il y a des bouteilles dans le placard, elle n'y connaît rien. Le salon est profond et sombre, la main de Pierre caresse le bas de la rampe. Michèle le lui avait pourtant dit, mais c'est quand même comme une sourde désillusion, il n'y a pas de boule de verre, alors.

Michèle revient, vêtue d'un vieux pantalon et d'un chemisier invraisemblable.

— Tu as l'air d'un champignon, dit Pierre avec la tendresse qu'éprouve tout homme devant une femme qui a des vêtements trop grands. Tu ne me montres pas la maison ?

— Si tu veux, dit Michèle. Tu n'as pas trouvé les boissons ? Attends, tu n'es bon à rien.

Ils portent les verres dans le salon et s'asseyent sur le sofa en face de la fenêtre ouverte. Boby vient leur faire fête, se couche sur le tapis et les regarde.

— Il t'a tout de suite adopté, dit Michèle en léchant le bord de son verre. Elle te plaît, ma maison ?

— Non, dit Pierre. Elle est sombre, bourgeoise à mourir, et pleine de meubles abominables. Mais tu es là, toi, avec cet horrible pantalon.

Il lui caresse le cou, l'attire contre lui, l'embrasse sur la bouche. Ils s'embrassent sur la bouche, la chaleur de la main de Michèle se dessine sur la taille de Pierre, ils s'embrassent sur la bouche, glissent un peu, mais Michèle gémit et cherche à s'échapper, elle murmure quelque chose qu'il ne comprend pas. Il pense confusément que le plus difficile c'est de lui fermer la bouche, il ne veut pas qu'elle s'évanouisse. Il la lâche brusquement et regarde ses mains comme si elles n'étaient pas à lui, il entend la respiration précipitée de Michèle, le sourd grognement de Boby sur le tapis.

— Tu me rendras fou, dit Pierre, et le ridicule de la phrase est bien moins pénible que ce qu'il vient d'éprouver. Comme un ordre, un désir irrésistible de lui fermer la bouche, mais surtout qu'elle ne s'évanouisse pas. Il étend la main, caresse de loin la joue de Michèle, dit oui à tout, on fera un repas improvisé, il choisira le vin, il fait vraiment très chaud près de cette fenêtre.

Michèle mange à sa manière, en mélangeant le fromage aux anchois, la salade aux morceaux d'écrevisse. Pierre boit du vin blanc, la regarde et lui sourit. S'il l'épousait, il boirait tous les jours du vin blanc à cette table, la regarderait et lui sourirait.

— C'est drôle, dit Pierre, nous n'avons jamais parlé des années de guerre.

— Moins on en parle, dit Michèle en sauçant le plat.

— Je sais mais les souvenirs reviennent parfois. Pour moi ce ne fut pas une mauvaise période, après tout nous n'étions encore que des enfants, j'ai le souvenir de vacances intermina-

bles, un sentiment d'absurde total, presque amusant.

— Pour moi, il n'y a pas eu de vacances, dit
Michèle. Il pleuvait tout le temps.

— Il pleuvait ?

— Là, dit-elle en touchant son front. Devant
mes yeux, derrière mes yeux, tout était mouillé,
trempé de sueur et mouillé.

— Tu habitais ici ?

— Au début, oui. Après, pendant l'occupation,
on m'a envoyée chez mon oncle à Enghien.

Pierre oublie qu'il tient une allumette enflam-
mée, il ouvre la bouche, secoue la main et jure.
Michèle sourit, contente de pouvoir parler d'autre chose. Quand elle se lève pour aller chercher
les fruits, Pierre allume sa cigarette et avale la
fumée comme s'il étouffait, mais c'est passé, tout
a une explication si on la cherche, combien de
fois Michèle aura-t-elle parlé d'Enghien pendant
leurs réunions au café, ces phrases qui paraissent
insignifiantes et négligeables jusqu'au moment
où elles deviennent le thème central d'un rêve ou
d'une rêverie. Une pêche, oui, mais pelée. Ah ! il
regrette mais les femmes ont toujours pelé ses
pêches et il ne voit pas pourquoi Michèle ferait
exception.

— Les femmes, dit Michèle, si elles pelaient tes
pêches, c'était des imbéciles, comme moi. Tu
ferais mieux de moudre le café.

— Alors, tu vivais à Enghien ? dit Pierre en
regardant les mains de Michèle avec le léger

dégoût qu'il éprouve toujours à voir peler des fruits. Qu'est-ce qu'il faisait ton père pendant la guerre ?

— Oh ! pas grand-chose. Nous vivions dans l'attente que ce soit fini.

— Les Allemands ne l'ont jamais inquiété ?

— Non, dit Michèle en faisant tourner la pêche entre ses doigts mouillés.

— C'est la première fois que tu me dis que vous avez habité à Enghien.

— Je n'aime pas parler de ce temps-là, dit Michèle.

— Mais tu as sûrement dû m'en parler, au moins une fois, dit Pierre en se contredisant. Je ne sais pas comment, mais je savais que tu avais habité Enghien.

La pêche tombe dans l'assiette et des morceaux de peau se collent à la chair. Michèle nettoie la pêche avec un couteau et Pierre sent la légère nausée revenir, il fait tourner la poignée du moulin de toutes ses forces. Pourquoi Michèle ne lui dit-elle rien ? On dirait qu'elle souffre tandis qu'elle s'applique à nettoyer l'horrible pêche visqueuse. Pourquoi ne parle-t-elle pas ? Elle déborde de paroles, il n'y a qu'à regarder ses mains, et le battement nerveux de ses paupières qui finit parfois en une espèce de tic, tout un côté du visage qui se soulève un peu, puis retombe. Il a déjà remarqué ce tic, une fois, sur un banc au Luxembourg, et cela correspond toujours à une contrariété ou à un silence.

Michèle prépare le café, le dos tourné à Pierre qui allume une autre cigarette avec son mégot. Ils reviennent au salon avec les tasses de porcelaine à raies bleues. L'odeur du café leur fait du bien. Ils se regardent étonnés de cette trêve et de tout ce qui a précédé. Ils échangent quelques mots par-ci par-là et ils boivent leur café distraitement comme on boit les philtres qui vous unissent à jamais. Michèle a fermé à demi les persiennes, il vient du jardin une lumière chaude, un peu verte, qui les baigne comme la fumée des cigarettes et le cognac que Pierre savoure, perdu dans un tiède abandon. Boby dort sur le tapis, secoué de frissons et de soupirs.

— Il rêve tout le temps, dit Michèle. Parfois il gémit, se réveille en sursaut et nous regarde comme s'il venait de traverser une immense douleur. Et ce n'est encore qu'un chiot...

Délice d'être là, de se sentir si bien en cet instant, de fermer les yeux, de soupirer comme Boby, de se passer la main dans les cheveux, une fois, deux fois, sentir sa main qui passe dans ses cheveux comme si elle n'était pas à lui, le léger frisson quand on arrive à la nuque, le repos. Il ouvre les yeux et voit Michèle, la bouche entrouverte, si pâle qu'on dirait qu'il ne lui reste plus une goutte de sang. Il la regarde sans comprendre, le verre de cognac roule sur le tapis. Pierre est debout devant la glace et ça lui donne presque envie de rire de voir qu'il a les cheveux partagés par le milieu comme les jeunes premiers du cinéma muet. Pourquoi donc Michèle pleure-t-elle ? Elle ne pleure pas, mais un visage caché dans les mains, c'est toujours quelqu'un qui pleure. Il écarte brusquement les mains, l'embrasse dans le cou, cherche sa bouche. Les paroles naissent, les siennes, les leurs, comme des petites bêtes tièdes qui se cherchent, une rencontre qui s'attarde en caresses, et cette odeur de sieste, de maison seule, d'escalier qui attend avec sa boule de verre en bas de la rampe. Pierre voudrait emporter Michèle dans ses bras, monter l'escalier en courant, il a la clef dans sa poche, il entrera dans la chambre, s'étendra contre elle, la sentira trembler, il commencera à chercher maladroitement des boutons, mais il n'y a pas de boule de verre au bas de la rampe, tout est horrible et lointain, Michèle, là, tout près de lui, est si loin et elle pleure, son visage qui pleure entre ses doigts mouillés, son corps qui respire, qui a peur et qui le repousse.

Il s'agenouille et appuie sa tête sur les genoux de Michèle. Des heures passent, une ou deux minutes passent, le temps est un battement plein de bave et de coups de fouet. Les doigts de Michèle caressent les cheveux de Pierre et il voit son visage à nouveau, une ombre de sourire, Michèle le peigne avec ses doigts, lui fait mal presque à force de rejeter ses cheveux en arrière, puis elle se penche, l'embrasse et sourit.

— Tu m'as fait peur, à un moment tu as

ressemblé à... Que je suis bête, mais tu avais
tellement changé !

— Qui as-tu vu ?

— Personne, dit Michèle.

Pierre se blottit contre elle, il sent qu'une porte
bouge, qu'elle va s'ouvrir. Michèle respire avec
bruit, elle ressemble au nageur qui attend le coup
de sifflet du départ.

— J'ai eu peur parce que... Je ne sais pas, tu
m'as fait penser à...

Elle bouge, la porte bouge, la nageuse attend le
signal pour plonger. Le temps s'étire comme un
ruban de caoutchouc ; alors Pierre tend les bras
et enlace Michèle, il se dresse jusqu'à sa bouche
et l'embrasse profond, il cherche ses seins sous le
chemisier, il l'entend gémir et il gémit lui aussi
en l'embrassant ; viens, viens maintenant, et il
essaie de la soulever dans ses bras (il y a quinze
marches et une porte à droite) ; il entend la
plainte de Michèle, sa protestation inutile ; il se
redresse en la portant dans ses bras, incapable
d'attendre plus longtemps ; c'est maintenant, à
l'instant même, elle aura beau s'accrocher à la
boule de verre (mais il n'y a pas de boule de verre
au bas de la rampe), il la portera jusqu'en haut
envers et contre tout, et alors, comme à une
chienne, il n'est plus qu'un nœud de muscles,
comme à la chienne que tu es, ça t'apprendra,
oh ! Michèle, oh ! mon amour, ne pleure pas
comme ça, ne sois pas triste, mon amour, ne me
laisse pas retomber dans ce puits noir, comment

ai-je pu penser une chose pareille, ne pleure pas, Michèle.

— Laisse-moi, dit Michèle à voix basse, er se débattant pour se dégager. Elle le repousse, le regarde un instant comme si ce n'était pas lui, si elle ne le reconnaissait pas, et s'enfuit, elle ferme la porte de la cuisine, on entend tourner une clef, Boby aboie dans le jardin.

La glace renvoie à Pierre un visage l'sse, inexpressif, des bras qui pendent comme des chiffons, un pan de la chemise sorti du pantalon. D'un geste mécanique il rentre la chemise en se regardant toujours dans la glace. Il a la gorge si serrée que le cognac lui brûle la bouche et refuse de descendre, il doit se faire violence et continuer à boire à la bouteille une gorgée interminable. Boby a cessé d'aboyer, il y a un silence de sieste, la lumière dans la maison est de plus en plus verdâtre. Pierre sort sous le porche, une cigarette entre ses lèvres sèches ; il descend les marches, passe devant la moto et se dirige vers le fond du jardin. Ça sent le bourdonnement d'abeilles et le matelas d'aiguilles de pin ; soudain Boby se met à aboyer entre les arbres et ses aboiements s'adressent à Pierre ; il s'est soudain mis à grogner et à aboyer sans s'approcher mais avec hargre.

La pierre l'atteint au milieu du dos, Boby hurle et s'échappe et recommence à aboyer un peu plus loin. Pierre vise avec soin et atteint une patte. Boby se cache derrière les massifs. « Il faut que je trouve un endroit où je puisse penser », se dit

Pierre. « Il faut que je trouve tout de suite un endroit où je puisse me cacher et penser. » Son dos glisse contre le tronc d'un pin, il se laisse tomber sur l'herbe. Michèle le regarde par la fenêtre de la cuisine. Elle m'a certainement vu lancer une pierre au chien, elle me regarde comme si elle ne me voyait pas, elle me regarde et ne pleure pas, elle ne dit rien, elle est si seule à la fenêtre, il faut que je m'approche et que je sois bon avec elle, je veux être bon, je veux prendre sa main et baiser ses doigts, chaque doigt l'un après l'autre, sa peau si douce.

— A quoi jouons-nous, Michèle ?

— J'espère que tu ne lui as pas fait mal.

— Je lui ai lancé une pierre pour lui faire peur. On aurait dit qu'il ne me reconnaissait pas, comme toi.

— Ne dis pas de bêtises.

— Et toi, ne ferme pas les portes à clef.

Michèle le laisse entrer, accepte sans résistance le bras qui entoure sa taille. Le salon est plus sombre, on ne voit presque plus le bas de l'escalier.

— Pardonne-moi, dit Pierre, je ne peux pas t'expliquer. C'est tellement insensé.

Michèle relève le verre tombé et referme la bouteille de cognac. Il fait de plus en plus chaud, on dirait que la maison respire avec peine par leur bouche. Un mouchoir qui sent la mousse essuie la sueur du front de Pierre. Oh Michèle, comment pouvons-nous continuer ainsi, sans nous parler, sans vouloir essayer de comprendre cette chose qui nous déchire juste au moment où... oui, ma chérie, je vais m'asseoir à côté de toi et je serai calme, je t'embrasserai, je me perdrai dans tes cheveux, dans ton cou, et il faut que tu comprennes qu'il n'y a aucune raison pour que... oui, il faut que tu comprennes que lorsque je veux te prendre dans mes bras et t'emmener avec moi, monter dans ta chambre sans te faire de mal, ta tête contre mon épaule...

— Non, Pierre, non. Pas aujourd'hui, mon chéri, je t'en supplie.

— Michèle, Michèle.

— Je t'en supplie.

— Pourquoi ? Dis-moi pourquoi.

— Je ne sais pas, pardonne-moi. Ne te reproche rien. Tout est de ma faute. Mais nous avons le temps, tout le temps.

— N'attendons pas davantage, Michèle. Maintenant.

— Non, Pierre, pas aujourd'hui.

— Mais tu m'avais promis, dit Pierre stupidement. Nous sommes venus ici. Il y a si longtemps, si longtemps que j'attends que tu m'aimes un peu. Je ne sais pas ce que je dis, les mots salissent tout.

— Si tu pouvais me pardonner, si je...

— Comment puis-je te pardonner si tu ne parles pas, si je te connais à peine ? Qu'est-ce que j'ai à te pardonner ?

Boby grogne sous le porche. La chaleur colle à

leur peau, leurs vêtements, le tic-tac de la pendule, elle colle les cheveux sur le front de
Michèle.

— Moi non plus je ne te connais pas beaucoup
mais ce n'est pas ça... Tu vas croire que je suis
folle.

Boby grogne de nouveau.

— Il y a des années de cela, dit Michèle et elle
ferme les yeux. Nous habitions Enghien, je te l'ai
déjà dit. Je crois que je t'ai déjà dit que nous
habitions Enghien. Ne me regarde pas comme ça.

— Je ne te regarde pas, dit Pierre.

— Si, tu me fais mal.

Mais ce n'est pas vrai, ce n'est pas possible
qu'il lui fasse mal, simplement parce qu'il attend
ses paroles, parce qu'il attend immobile qu'elle
continue, en regardant ses lèvres qui bougent à
peine et c'est maintenant que cela va arriver, elle
va joindre les mains et supplier, une fleur de
délice s'ouvre tandis qu'elle supplie, se débat et
pleure entre ses bras, une fleur humide qui
s'ouvre, le plaisir de la sentir se débattre en
vain... Boby entre en traînant la patte et va
s'étendre dans un coin. « Ne me regarde pas
ainsi », a dit Michèle et Pierre a répondu : « Je ne
te regarde pas », mais elle a dit que si, que cela
lui faisait mal de se sentir regardée ainsi, alors
que Pierre brusquement se redresse, regarde
Boby, se regarde dans la glace, passe une main
sur son visage, respire avec un long gémissement,
un sifflement qui n'en finit pas et tombe soudain

à genoux devant le sofa ; il enfouit son visage
dans ses mains, convulsé, haletant, essayant d'ar-
racher les images qui se collent à son visage
comme une toile d'araignée, comme des feuilles
mortes, qui se collent à son visage inondé de
sueur.

— Oh ! Pierre, dit Michèle d'une voix faible.

Les sanglots qu'il ne peut pas retenir passent
entre ses doigts, remplissent l'air d'une subs-
tance maladroite, renaissent obstinément et se
poursuivent.

— Pierre, Pierre, dit Michèle. Pourquoi, mon
chéri, pourquoi ?

Elle caresse lentement ses cheveux et lui tend
son mouchoir qui sent la mousse.

— Je suis un pauvre imbécile, pardonne-moi.
Tu me... tu me di... sais...

Il se redresse, se laisse tomber à l'autre bout du
canapé. Il ne voit pas que Michèle s'est brusquement repliée sur elle-même, qu'elle le regarde à
nouveau comme la fois où elle s'est enfuie. Il
répète : « tu me... tu me disais », avec effort. Il a
la gorge nouée, mais qu'est-ce que cela veut dire ?
Boby se remet à grogner, Michèle debout se
recule, recule sans cesser de le regarder, qu'est-ce
que cela veut dire, pourquoi cette réaction à
présent, pourquoi s'en va-t-elle, pourquoi ? Le
bruit de la porte qui claque le laisse indifférent. Il
sourit, il voit son sourire dans la glace, il sourit
encore, *als alle Knospen sprangen*, chantonne-t-il,
lèvres serrées, il y a un silence, puis le déclic du

téléphone qu'on décroche, une lettre, deux, trois lettres, le premier chiffre. Pierre vacille, il se dit vaguement qu'il devrait aller s'expliquer avec Michèle mais il est déjà dehors à côté de la moto. Boby grogne sous le porche, la maison renvoie violemment le bruit du démarrage, première, remonter la rue, seconde, sous le soleil.

— C'était la même voix, Babette, et c'est alors que je me suis rendu compte que...

— Stupide, coupe Babette. Je crois que si j'étais près de toi je te donnerais une bonne fessée.

— Babette, est-ce que tu ne pourrais pas...

— Mais pourquoi ? dit Babette. Bien sûr, je vais venir mais c'est idiot.

— Il bégayait, Babette, je te jure... Ce n'est pas une hallucination, je t'ai dit qu'avant... ce fut comme si de nouveau... Viens vite, je ne peux pas t'expliquer par téléphone... je viens d'entendre la moto, il est parti, j'ai tellement de peine pour lui, comment peut-il comprendre ce qui m'arrive, mais lui aussi il était comme fou, que c'est étrange, Babette !

— Je te croyais guérie de tout cela, dit Babette d'une voix trop détachée. Enfin, Pierre n'est pas stupide, il comprendra. Je croyais qu'il était au courant depuis longtemps.

— J'allais le lui dire, je voulais le lui dire et c'est à ce moment-là... Babette, je te jure qu'il s'est mis à bégayer et avant, avant...

— Tu me l'as déjà dit. Roland aussi parfois change de coiffure mais cela ne t'empêche pas de le reconnaître, que diable.

— Et maintenant il est parti, répète Michèle d'une voix monotone.

— Il reviendra, dit Babette. Bon, prépare quelque chose à manger pour Roland qui est de plus en plus affamé.

— Tu me calomnies, dit Roland de la porte. Qu'arrive-t-il à Michèle ?

— Partons, dit Babette, partons tout de suite.

On mène le monde avec un cylindre de caoutchouc qui tient dans la main ; si on tourne un peu vers la droite, tous les arbres ne sont plus qu'un seul arbre tendu au long du chemin ; et si on tourne un peu à gauche, alors le géant vert se défait en centaines de peupliers qui courent à votre rencontre, les pylônes de haute tension avancent lentement un à un, la course est une cadence heureuse où peuvent enfin entrer les mots, des lambeaux d'images qui ne sont pas celles de la route, le cylindre de caoutchouc tourne à droite, le bruit monte, et monte, la corde du bruit se tend insupportablement, mais on ne pense plus, tout n'est que machine, corps collé à la machine et vent sur le visage comme un oubli, Corbeil, Arpajon, Linas, Montlhéry, les peupliers à nouveau, la guérite de l'agent, la lumière de plus en plus violette, un air frais qui remplit la bouche entrouverte, ralentir, ralentir, à ce carre-

four prendre à droite, Paris à huit kilomètres,
Cinzano, Paris à dix-sept kilomètres. « Et je ne
me suis pas tué », pense Pierre en prenant lentement la route de gauche. « C'est incroyable que je
ne me sois pas tué. » La fatigue pèse comme un
passager derrière lui, une chose de plus en plus
douce et nécessaire. Je crois qu'elle me pardonnera, pense Pierre. Nous sommes tellement
absurdes tous les deux, il faut qu'elle comprenne,
qu'elle comprenne, qu'elle comprenne, on ne sait
rien véritablement avant de s'être aimés, je veux
ses cheveux dans mes mains, son corps, je le
veux, je le veux... Le bois se dresse au bord de la
route, les feuilles mortes envahissent la route,
poussées par le vent. Pierre regarde les feuilles
mortes que la moto dévore et agite devant elle, le
cylindre de caoutchouc recommence à tourner
vers la droite, de plus en plus. Et c'est soudain
une boule de verre qui brille faiblement au bas de
la rampe. Ce n'est pas la peine de laisser la moto
loin de la villa, mais Boby va aboyer, alors il vaut
mieux cacher la moto derrière les arbres. Il arrive
à pied, aux dernières lueurs du jour, il entre dans
le salon mais Michèle n'est pas assise sur le sofa,
il n'y a que la bouteille de cognac et les verres, la
porte de la cuisine est restée ouverte, il vient par
là une lumière rougeâtre, le soleil qui se couche
au fond du jardin, partout le silence, le mieux
c'est de revenir vers l'escalier, guidé par la boule
de verre qui brille, mais non ce sont les yeux de
Boby couché sur la première marche, Boby le

poil hérissé, grognant tout bas, passer par-dessus Boby, monter doucement pour ne pas faire craquer les marches, pour ne pas effrayer Michèle, la porte est entrebâillée, comment se fait-il que la porte soit entrebâillée et qu'il n'ait pas la clef dans sa poche, mais si la porte est entrebâillée il n'a pas besoin de clef, véritable plaisir que de se passer la main dans les cheveux tout en avançant vers la porte, on entre en la poussant légèrement du pied droit, en poussant à peine la porte qui s'ouvre sans bruit et Michèle assise au bord du lit relève les yeux et le regarde, elle porte les mains à sa bouche, on dirait qu'elle va crier, mais pourquoi n'a-t-elle pas les cheveux défaits, pourquoi n'a-t-elle pas une chemise de nuit bleue, elle porte des pantalons et elle a l'air plus vieille, soudain elle sourit, soupire, se lève en lui tendant les bras et dit « Pierre, Pierre ». Au lieu de joindre les mains, de supplier, de se débattre, elle dit son nom et l'attend, elle le regarde et tremble légèrement, de bonheur ou de honte, comme la chienne qu'elle est, il la voit bien malgré l'épaisseur de feuilles mortes qui lui saute encore au visage et qu'il arrache des deux mains tandis que Michèle recule, trébuche contre le bord du lit, regarde désespérément derrière elle et crie, le plaisir qui monte et le baigne, elle crie, tiens, ses cheveux entre ses doigts, tiens, tu as beau supplier, tiens, et maintenant, chienne, tiens.

— Mon Dieu, mais c'est une histoire classée depuis longtemps, dit Roland en prenant un virage à la corde.

— C'est ce que je croyais et puis voilà que ça ressort, et juste maintenant.

— Cela n'a rien d'étonnant. Moi-même... Je repense parfois à tout cela depuis quelque temps. La façon dont on a tué ce type, ça ne s'oublie pas facilement. Enfin, on ne pouvait pas faire autrement à ce moment-là, dit Roland en appuyant à fond sur l'accélérateur.

— Elle n'a rien su, dit Babette. Simplement qu'on l'avait tué peu de temps après. Il fallait bien lui dire au moins ça, ce n'était que justice.

— Sans doute. Mais, lui, ça ne lui a pas paru juste du tout. Je me rappelle sa tête quand nous l'avons sorti de l'auto en plein bois... Il a tout de suite compris qu'il était fichu. Il était courageux, ça oui.

— C'est toujours plus facile d'être courageux que d'être un homme, dit Babette. Abuser d'une enfant... Quand je pense à ce qu'il m'a fallu faire pour que Michèle ne se tue pas... Ces premières nuits... Ça ne m'étonne pas qu'elle redevienne ce qu'elle était, c'est presque normal...

La voiture débouche à toute vitesse dans la rue du pavillon.

— Oui, c'était un salaud. Le pur aryen comme ils disaient alors. Il a demandé une cigarette, naturellement, la cérémonie complète. Il a voulu savoir aussi pourquoi on le liquidait, et on le lui a expliqué, tu parles si on le lui a expliqué. Quand je rêve de lui, c'est surtout à ce moment-là que je le revois, son air de dédaigneuse surprise, sa façon presque élégante de bégayer. Je me rappelle la façon dont il est tombé, le visage en mille morceaux parmi les feuilles mortes.

— Je t'en prie, cela suffit.

— Il l'avait bien mérité et puis nous n'avions pas d'autres armes. Une cartouche de chasse, si tu vises bien... C'est à gauche, là-bas au fond ?

— Oui, à gauche.

— J'espère qu'il y aura du cognac, dit Roland en commençant à freiner.

L'HOMME A L'AFFUT

In memoriam Ch. P.

Sois fidèle jusqu'à la mort.
Apocalypse, II, 10.

O make me a mask.
Dylan Thomas.

Dédée m'a téléphoné dans l'après-midi pour me dire que Johnny n'allait pas bien et je suis tout de suite passé le voir. Johnny et Dédée vivent depuis quelque temps dans un hôtel de la rue Lagrange, une chambre au quatrième étage. Rien qu'à voir la porte de la chambre, je devine que Johnny est dans la pire misère, la fenêtre donne sur une cour noire et, à une heure de l'après-midi, il faut allumer si l'on veut lire le journal ou voir à qui l'on parle.

Il ne fait pas froid mais je trouve Johnny enveloppé dans une couverture et calé au fond d'un fauteuil galeux qui perd de tous côtés de grands morceaux d'étoupe jaune. Dédée a vieilli et cette robe rouge lui va très mal, c'est une robe de travail faite pour les lumières de la scène ; dans cette chambre d'hôtel ça devient une espèce de caillot répugnant.

— L'ami Bruno est fidèle comme la mauvaise haleine, a dit Johnny en guise de salut et en remontant ses genoux jusqu'au menton. Dédée m'a approché une chaise et moi j'ai sorti un paquet de gauloises. J'avais bien un flacon de rhum dans ma poche mais je ne voulais pas le montrer avant de savoir un peu où ils en étaient. Ce qui me gênait le plus, je crois, c'était l'ampoule qui pendait du plafond au bout d'un fil noir de chiures de mouches, comme un œil arraché. Après l'avoir regardée une ou deux fois en mettant ma main en écran devant mes yeux, j'ai demandé à Dédée si l'on ne pouvait pas éteindre, si le jour venant de la fenêtre n'était pas suffisant. Johnny suivait mes mots et mes gestes avec une grande attention distraite, comme un chat qui vous regarde fixement mais qui pense visiblement à autre chose, qui est autre chose. Dédée a fini par se lever et par éteindre. Dans ce qui est resté de jour, un mélange de gris et de noir, nous nous sommes mieux reconnus. Johnny a sorti une de ses longues mains maigres de sous la couverture et j'ai senti la tiédeur flasque de sa peau. Alors Dédée a dit qu'elle allait préparer des nescafés. Cela m'a fait plaisir de voir qu'ils

avaient au moins une boîte de nescafé. Quand on
a une boîte de nescafé, on n'est pas tout à fait
dans la misère, on a encore de quoi tenir.

— Cela fait un moment qu'on ne s'est plus vu,
ai-je dit à Johnny. Un mois au moins.

— Tout ce que tu sais faire, toi, c'est de
mesurer le temps, m'a-t-il répondu avec mauvaise humeur. Le premier, le deux, le trois, le
vingt et un : tu mets un chiffre sur tout, toi. Et
l'autre, là-bas, elle est bien pareille. Tu sais
pourquoi elle est furieuse ? Parce que j'ai perdu le
saxo. Elle a raison, remarque.

— Mais comment as-tu fait pour le perdre ? ai-
je demandé, tout en sachant que c'était précisément la question à ne pas poser.

— Dans le métro, a répondu Johnny. Pour plus
de sûreté, je l'avais mis sous mon siège. C'était
formidable de voyager en le sachant là sous mes
jambes, bien en sécurité.

— Il s'est rendu compte qu'il ne l'avait plus en
montant l'escalier de l'hôtel, a dit Dédée d'une
voix un peu rauque. Et moi j'ai dû repartir
comme une folle prévenir la police.

Au silence qui a suivi, j'ai compris qu'ils ne
l'avaient pas retrouvé. Mais Johnny s'est mis à
rire comme lui seul sait le faire, d'un rire bien au-
delà des dents et des lèvres.

— Il y a en ce moment un pauvre malheureux
qui doit essayer d'en tirer quelque chose, a-t-il
dit. C'était un des plus mauvais saxos que j'ai
jamais eus. Cela se voyait que Doc Rodriguez s'en

était servi, il était complètement déformé du côté de l'âme. En tant que mécanisme, il n'était pas mauvais mais Rodriguez est capable de fiche en l'air un Stradivarius rien qu'en l'accordant.

— Et tu ne peux pas t'en procurer un autre ?

— C'est ce qu'on est en train de voir, a dit Dédée. Il paraît que Rory Friend en a un. L'ennui c'est qu'avec le contrat de Johnny...

— Le contrat... a interrompu Johnny en l'imitant. Le contrat ! Tu parles ! Il faut jouer, un point c'est tout et je n'ai ni saxo ni argent pour en acheter un et les copains sont tous dans le même pétrin que moi.

Ça, ce n'était pas vrai et nous le savions bien tous les trois. Seulement, personne ne se risque plus à prêter un instrument à Johnny : ou bien il le perd, ou bien il l'esquinte en moins de deux. Il a perdu le saxo de Louis Rolling à Bordeaux, il a cassé et piétiné le saxo que Dédée lui avait acheté au moment de sa tournée en Angleterre. Personne ne sait combien d'instruments il a déjà perdus, cassés ou mis au clou. Mais de tous il jouait comme seul un dieu pourrait jouer du saxo-alto, en supposant qu'il ait renoncé aux lyres et aux flûtes.

— Quand commences-tu, Johnny ?

— Je ne sais pas. Aujourd'hui je crois, hein Dé ?

— Non, après-demain.

— Tout le monde sait les dates sauf moi, a bougonné Johnny en remontant la couverture jusqu'aux oreilles. J'aurais juré que c'était ce soir et qu'il fallait aller répéter cet après-midi.

— Cela revient au même, a dit Dédée. Ce qui compte c'est que tu n'as pas de saxo.

— Comment, ça revient au même ? Ça change tout, au contraire. Après-demain c'est après-demain et demain c'est pas mal de temps après aujourd'hui. Et aujourd'hui, même, c'est après maintenant, maintenant où nous bavardons avec l'ami Bruno, et je me sentirais beaucoup mieux si je pouvais oublier le temps et boire quelque chose de chaud.

— L'eau va bouillir, attends un peu.

— Je ne parlais pas de la chaleur par ébullition, a dit Johnny.

Alors j'ai sorti le flacon de rhum et ça a été soudain comme si l'on avait allumé la lumière ; Johnny a ouvert sa bouche toute grande, émerveillé, et ses dents se sont mises à briller et Dédée elle-même n'a pu s'empêcher de sourire en le voyant si étonné et si content. Le rhum et le nescafé, ça n'allait pas mal ensemble, et nous nous sommes sentis beaucoup mieux tous les trois après une cigarette et un petit verre. C'est à ce moment-là que Johnny a commencé à se retirer en lui-même tout en continuant à faire des allusions au temps. C'est un sujet qui le préoccupe depuis toujours. J'ai connu peu d'hommes aussi hantés que lui par tout ce qui touche au temps. C'est une manie, la pire de ses manies et Dieu sait s'il en a, mais il l'explique et il la justifie

avec une telle drôlerie que personne n'y résiste. Il
m'a rappelé une répétition avant un enregistrement, à Cincinnati. C'était en 49 ou 50, bien
avant qu'il ne revienne à Paris. Il était alors dans
une très grande forme et j'étais allé à la séance
d'enregistrement rien que pour le plaisir de
l'entendre, lui, et Miles Davis. Ils avaient tous
envie de jouer, ils étaient tous contents, bien
habillés (je me souviens de cela sans doute par
contraste, Johnny est tellement sale et dépenaillé
à présent), ils jouaient avec plaisir, sans impatience, et l'ingénieur du son faisait des signes
approbateurs derrière sa vitre comme ur
babouin satisfait. Et d'un coup, au moment où
Johnny semblait perdu dans sa joie, le voilà qui
s'arrête et donne un coup de poing à Miles en
disant : « Ça, je suis en train de le jouer demain. »
Les gars se sont arrêtés net, eux aussi (deux ou
trois ont continué de jouer pendant quelques
mesures, comme un train qui freine avant de
s'immobiliser). Johnny se frappait le front et
répétait : « Ça, je l'ai déjà joué demain, c'est
horrible, Miles, ça, je l'ai déjà joué demain. » On
ne pouvait pas le sortir de là. La séance était
fichue. Johnny se remit à jouer sans entrain, il
avait envie de s'en aller (se droguer, dit l'ingénieur du son, mort de rage) et quand je le vis
partir, vacillant, le visage cendreux, je me
demandais si cela pourrait continuer encore
longtemps.

— Je crois que je vais appeler le Dr Bernard, a

dit Dédée en regardant du coin de l'œil Johnny qui boit son rhum à petites gorgées. Tu as de la fièvre et tu ne manges rien.

— Le Dr Bernard n'est qu'un imbécile, a dit Johnny en léchant son verre. Il va m'ordonner des aspirines et après il dira qu'il aime beaucoup le jazz, Ray Noble par exemple. Tu te rends compte, Bruno. Si j'avais un saxo je le recevrais avec une de ces musiques qui lui ferait redescendre l'escalier sur le cul, en rebondissant à chaque marche.

— De toute façon, cela ne te ferait pas de mal de prendre un peu d'aspirine, ai-je dit en lançant un coup d'œil à Dédée. Si tu veux, je lui téléphonerai au médecin en partant, comme ça Dédée n'aura pas besoin de descendre. Mais dis-moi, et ce contrat ?... Si tu commences après-demain, je crois qu'on pourra faire quelque chose. Je peux essayer de me faire prêter un saxo par Rory Friend et en mettant les choses au pire... Seulement, ce qu'il faudrait aussi, c'est que tu te soignes.

— Pas aujourd'hui, a dit Johnny en regardant le flacon de rhum. Demain, quand j'aurai le saxo. Donc, pas la peine de parler de ça aujourd'hui. Bruno, je m'aperçois de plus en plus que le temps... je crois que la musique aide à comprendre un peu mieux ce truc-là. Enfin, pas vraiment à comprendre, car au fond je n'y comprends rien. Tout ce que je peux faire c'est m'apercevoir qu'il y a quelque chose. Comme ces rêves, tu sais, où l'on sent que ça va mal tourner et où l'on a un peu peur à l'avance ; mais comme, après tout, on n'est sûr de rien, le rêve peut tout aussi bien se retourner comme une crêpe et on peut se retrouver au pieu avec une fille formidable et croire qu'on tient le bon Dieu par les pieds.

Dédée est en train de laver les tasses et les verres dans un coin de la chambre. Ils n'ont même pas l'eau courante ; je vois une cuvette à fleurs roses et un broc qui me fait penser à un animal embaumé. Et Johnny continue de parler, la bouche à moitié couverte par la couverture. Lui aussi, il a l'air d'être embaumé avec ses genoux remontés jusqu'au menton et son visage noir et lisse que le rhum et la fièvre font luire.

— J'ai lu des tas de choses là-dessus, Bruno ; c'est très étrange et tellement difficile... je crois que la musique vous aide un peu, tu sais. Pas à comprendre, car, en réalité, je ne comprends rien.

Il s'est frappé la tête de son poing fermé et sa tête a sonné comme une noix de coco vide.

— Il n'y a rien là-dedans, Bruno, ce qui s'appelle rien. Ça ne pense pas et ça ne comprend rien. A dire vrai, cela ne m'a jamais beaucoup manqué. Moi, je commence à comprendre à partir des yeux et plus ça descend, mieux je comprends. Quoiqu'on ne puisse pas vraiment appeler ça comprendre.

— Tu vas faire monter la fièvre, a protesté Dédée du fond de la pièce.

— Oh ! ça va !... C'est vrai, Bruno, je n'ai jamais pensé, ce qui s'appelle penser. Je n'entrevois les choses que par éclairs. Mais ça ne sert à rien, pas vrai ? A quoi cela pourrait-il servir de savoir qu'on a pensé quelque chose ? C'est comme si quelqu'un pensait à ta place. Moi, ce n'est pas moi. Je tire parti de ce que je pense mais toujours après coup et c'est ça qui me fiche en rogne. Ah ! c'est difficile, si difficile... Il n'en reste pas une goutte ?

Je lui ai donné les dernières gouttes de rhum juste au moment où Dédée a rallumé la lumière. On n'y voyait presque plus dans la pièce. Johnny sue mais il reste enveloppé dans la couverture. De temps en temps un frisson le secoue et fait grincer le fauteuil.

— J'ai pris conscience de ces trucs-là quand j'étais tout gosse, dès que je me suis mis à jouer du saxo. Il y avait toujours un boucan de tous les diables à la maison, on ne faisait que parler de dettes, d'hypothèques. Tu sais ce que c'est une hypothèque ? Ce doit être quelque chose de terrible, la vieille s'arrachait les cheveux quand le vieux en parlait et ça finissait toujours par des coups. Moi, j'avais treize ans à l'époque... mais tu connais déjà l'histoire.

Je te crois que je la connais et que j'ai essayé de la raconter de mon mieux dans ma biographie sur Johnny.

— C'est pour ça que le temps n'en finissait pas à la maison. On allait de dispute en dispute, sans presque jamais manger. Et par-dessus le marché, la religion ; ah, ça, tu ne peux pas savoir. Quand le maître m'a donné un saxo, un saxo que tu serais mort de rire si tu l'avais vu, je crois que j'ai compris tout de suite. La musique me sortait du temps ; enfin, c'est une façon de parler, si tu veux savoir ce que je sentais réellement, je crois plutôt que la musique me mettait dans le temps. Mais un temps alors qui n'a rien à voir avec... bon, avec nous, si tu veux.

Comme ce n'est pas la première fois que Johnny me raconte ses hallucinations, j'écoute d'un air attentif mais sans trop me préoccuper de ce qu'il dit. Je me demande par contre comment il a pu se procurer de la drogue à Paris. Il faudra que je questionne Dédée, que je supprime sa possible complicité. Johnny ne tiendrait pas longtemps le coup dans cet état. La drogue et la misère ne font pas bon ménage. Je pense à la musique qui se perd, aux douzaines de disques où Johnny pourrait encore nous laisser cette présence, cette supériorité étonnante qu'il a sur n'importe quel autre musicien. « Ça je suis en train de le jouer demain » me paraît soudain très clair. Johnny est toujours en train de jouer demain et les autres sont toujours à la traîne dans cet aujourd'hui qui lui saute sans effort dès les premières notes.

Je suis un critique de jazz assez sensible pour sentir mes limites et comprendre que ce que je pense est au-dessous du plan où le pauvre Johnny essaie d'avancer avec ses phrases tronquées, ses soupirs, ses rages soudaines et ses pleurs. Il s'en fiche, lui, que je le trouve génial et jamais il n'a tiré gloire de sa musique qui est bien au-delà de celle que jouent ses compagnons. Je pense avec mélancolie qu'il est, lui, au « commencement » de son saxo et que je suis, moi, à la « fin ». Il est la bouche, lui, et moi, l'oreille, pour ne pas dire qu'il est la bouche et que je suis... Tout critique, hélas, est le triste aboutissement de quelque chose qui a commencé comme une saveur, comme le délice de mordre et de mâcher. Et la bouche remue à nouveau, la grande langue gourmande de Johnny rattrape un petit jet de salive qui lui coulait sur les lèvres. Les mains décrivent des courbes dans l'air.

— Bruno, si un jour tu pouvais écrire tout ça... Pas pour moi, tu comprends, qu'est-ce que ça peut me faire à moi. Mais ça doit être beau, je sens que ça doit être beau. J'étais en train de dire que dès que j'ai commencé à jouer, tout môme, je me suis aperçu que le temps changeait. J'ai raconté ça une fois à Jim et il m'a dit que tout le monde éprouve la même chose dès qu'on commence à s'abstraire... C'est ce qu'il a dit : « Dès qu'on commence à s'abstraire. » Mais je ne m'abstrais pas, moi, quand je joue. Je change simplement d'endroit. C'est comme dans l'ascenseur : tu es là, tu parles avec des gens, tu ne sens rien d'extraordinaire et pendant ce temps tu passes le premier étage, le dixième, le vingtième et la ville reste là-bas, dans le fond, et toi tu es en train de finir la phrase que tu avais commencée au rez-de-chaussée, et entre les premiers mots et les derniers il y a cinquante-deux étages. J'ai compris, quand j'ai commencé à jouer, que j'entrais dans un ascenseur mais c'était l'ascenseur du temps, tu saisis ? Ne crois pas que j'en oubliais l'hypothèque ou la religion. Seulement, à ces moments-là, l'hypothèque et la religion c'était comme les vêtements qu'on n'a pas sur le dos. Je sais que le costume est là, dans le placard, mais ne viens pas me dire qu'il existe quand je suis en pyjama. Le costume existe quand je le mets et l'hypothèque et la religion existaient quand je m'arrêtais de jouer et que la vieille arrivait avec ses cheveux dans la figure et se plaignait que je lui cassais la tête avec cette musique du diable.

Dédée nous a apporté une autre tasse de nescafé mais Johnny regardait tristement son verre vide.

— Cette question du temps est compliquée, je n'arrive pas à m'en débarrasser. Je commence à comprendre que le temps n'est pas une bourse qu'on remplit à mesure qu'elle se vide. Il n'y a qu'une certaine somme de temps et après ça, adieu. Tu vois ma valise, Bruno ? On peut y mettre deux costumes et deux paires de chaussures ; eh bien imagine que tu les enlèves et qu'au moment de les remettre tu t'aperçoives qu'il n'y entre qu'un costume et qu'une paire de chaussures. Mais c'est pas ça le mieux, le mieux c'est quand tu comprends tout d'un coup que tu peux mettre une boutique entière dans la valise, des centaines et des centaines de costumes comme toute cette musique que je mets dans le temps, parfois, quand je joue ; la musique et ce que je pense dans le métro.

— Dans le métro ?

— Hé oui, mon vieux, a dit Johnny d'un air sournois, le métro est une grande invention. Quand tu prends le métro, tu te rends compte de tout ce qui pourrait entrer dans ta valise. Peut-être que ce n'est pas dans le métro que j'ai perdu le saxo.

Il se met à rire, tousse et Dédée le regarde d'un air inquiet. Mais lui, il fait des grimaces, rit et tousse tout ensemble et il se secoue sous la couverture comme un chimpanzé ; les larmes lui coulent des yeux et il les boit sans cesser de rire.

— Il vaut mieux ne pas tout mélanger, dit-il au bout d'un moment. J'ai perdu le saxo, n'en parlons plus. Mais le métro m'a aidé à découvrir le truc de la valise. Tu sais, cette histoire des choses élastiques, c'est très bizarre. Tout est élastique, mon vieux, et les choses qui paraissent dures c'est qu'elles sont d'une élasticité...

Il se concentre.

— ... D'une élasticité retardée, ajoute-t-il de façon inespérée. Je fais un geste approbateur et admiratif : Bravo, Johnny. Pour un homme qui se dit incapable de penser ! Diable de Johnny. Me voilà réellement intéressé à présent et il s'en rend compte et me regarde d'un air plus sournois que jamais.

— Tu crois que je pourrais avoir un autre saxo pour jouer après-demain, Bruno ?

— Oui, mais il faudra que tu fasses attention.

— Bien sûr, il faudra que j'y fasse attention.

— Un contrat d'un mois, explique la pauvre Dédée, quinze jours dans la boîte de Rémy, deux concerts et les disques. On pourrait si bien se débrouiller avec ça.

— Un contrat d'un mois — Johnny l'imite en faisant de grands gestes —, la boîte de Rémy, deux concerts et les disques. Be, bata, bop, bop, bop, chom. Ce que j'ai surtout c'est soif, soif, soif. Et une de ces envies de fumer...

Je lui tends un paquet de gauloises mais je sais très bien que c'est à la drogue qu'il pense. Il fait déjà nuit, dans le couloir on commence à entendre des allées et venues, des dialogues en arabe, une chanson. Dédée est sortie, elle est probablement allée acheter quelque chose pour le dîner. Je sens la main de Johnny sur mon genou.

— C'est une bonne fille, tu sais. Mais j'en ai marre. Ça fait un moment que je ne l'aime plus, que je ne peux plus la supporter. Elle m'excite encore quelquefois, elle sait faire l'amour comme... — il croise les doigts à l'italienne — mais il faut que je me débarrasse d'elle et que je retourne à New York.

— Pourquoi ? Les affaires allaient encore plus

mal là-bas. Je ne parle pas du travail mais de ta vie même. Il me semble qu'ici tu as plus d'amis.

— Oui, il y a toi et la marquise et les copains du club... Tu n'as jamais fait l'amour avec la marquise, Bruno ? Ah, mon vieux, c'est quelque chose... Mais je te parlais du métro et je ne sais pas pourquoi nous avons changé de sujet. Le métro est une grande invention, Bruno. Un jour j'ai commencé à sentir quelque chose dans le métro et puis j'ai oublié. Mais c'est revenu deux ou trois jours après. Et à la fin j'ai compris. C'est facile d'expliquer, tu sais, parce qu'en réalité ce n'est pas la vraie explication. La véritable explication tu peux toujours courir pour la donner. Il te faudrait prendre le métro et attendre que ça t'arrive, à toi aussi, quoique je crois que ça n'arrive qu'à moi ces choses-là. C'est un peu comme ça, regarde... Mais vraiment, tu n'as jamais fait l'amour avec la marquise ? Il faut absolument que tu lui demandes de monter sur le tabouret doré qui est dans un coin de sa chambre à côté de... Bon, voilà l'autre qui se ramène.

Dédée est entrée avec un paquet enveloppé de papier journal et elle a regardé Johnny.

— Tu as plus de fièvre que tout à l'heure. J'ai téléphoné au docteur, il viendra à dix heures. Il a dit que tu ne t'énerves pas.

— Bon, d'accord, mais avant je vais raconter le truc du métro à Bruno. L'autre jour j'ai parfaitement compris ce qui se passait. J'étais en train de penser à ma vieille, à Lan, aux copains et, au bout d'un moment, j'ai eu l'impression que je me promenais dans mon quartier et que je voyais les gars qu'il y avait à cette époque. Mais ce n'était pas vraiment penser, je crois que je t'ai déjà dit que je ne pense jamais. C'était comme si j'étais planté à un coin de rue en train de regarder passer ce que je pensais, mais sans penser ce que je voyais, tu saisis ? Jim dit que c'est pareil pour tout le monde, qu'en général personne ne pense pour son propre compte. Bon, admettons ; toujours est-il que j'avais pris le métro à Saint-Michel et que je m'étais mis à penser à Lan, aux copains et à mon quartier, mais en même temps je me rendais compte que j'étais dans le métro, qu'on était arrivé à Odéon et que les gens entraient et sortaient. Puis j'ai continué à penser à Lan et j'ai revu ma vieille quand elle revenait des commissions, je les ai tous revus, je me sentais vraiment avec eux, c'était formidable, il y avait longtemps que ça ne m'était pas arrivé. Les souvenirs c'est toujours dégueulasse mais cette fois-là, ça me faisait plaisir de penser aux copains et de les revoir. Si je te racontais tout ce que j'ai vu, tu ne le croirais pas et puis ça prendrait un bout de temps, même si je passais sur les détails. Par exemple, pour ne parler que de ça, je voyais Lan avec cette robe verte qu'elle mettait quand elle allait au club 33 où je jouais avec Hamp. Je voyais le costume avec les ganses, le col et cette espèce de broderie sur un revers... je ne voyais pas tout ça à la fois, non,

au contraire, je prenais mon temps, je me promenais tout doucettement autour du costume et je le
regardais sans me presser. Et après j'ai examiné
de près la tête de Lan et celles des copains et
après je me suis souvenu de Mike qui vivait dans
la chambre d'à côté, de l'histoire qu'il m'avait
racontée... Ces chevaux sauvages dans le Colo-
rado.

— Johnny, a dit Dédée de son coin.

— Et, remarque, je ne te raconte qu'un tout
petit bout de ce que j'ai vu. Ça m'a pris combien
de temps pour raconter ce petit bout ?

— Je ne sais pas, mettons deux minutes.

— Mettons deux minutes, répète Johnny en
m'imitant, deux minutes et je ne t'en ai raconté
qu'un petit bout. Si je te racontais alors tout ce
que les copains faisaient dans ma tête ! Il y avait
Hamp qui jouait *Save it, pretty mamma* et
j'écoutais chaque note, tu m'entends, chaque
note et avec Hamp ça dure, tu sais, il tient bien le
coup. Il y avait aussi ma vieille qui s'était mise à
faire une prière interminable où elle parlait de
salade, il me semble, et où elle demandait pardon
pour mon vieux et pour moi. Bon, si je te
racontais tout ça, cela durerait plus de deux
minutes, hein, Bruno ?

— Si réellement tu as entendu et vu tout ça,
cela a dû prendre un bon quart d'heure, lui ai-je
dit en riant.

— Un bon quart d'heure, eh Bruno ? Alors tu
vas me dire comment ça peut se faire que j'ai

soudain senti le métro s'arrêter, que je me suis
sorti de Lan, de ma vieille et de tutti quanti et
que j'ai vu qu'on était à Saint-Germain-des-Prés,
exactement à une minute et demie d'Odéon.

Je ne prends pas très au sérieux, généralement,
les radotages de Johnny, mais cette fois il a eu un
regard qui m'a donné froid dans le dos.

— A peine une minute et demie de ton temps
et du temps de l'autre tordue, là-bas, a dit Johnny
avec rancune. Une minute et demie du temps du
métro et de celui de ma montre, qu'ils aillent se
faire foutre. Alors comment c'est possible que j'ai
pensé, moi, pendant un quart d'heure, hein,
Bruno ? Comment on peut penser un quart
d'heure en une minute et demie ? Je te jure que ce
jour-là j'avais pas fumé la moindre cigarette, pas
le moindre petit morceau de..., ajoute-t-il comme
un enfant qui s'excuse. Et ça m'est arrivé d'autres
fois depuis et maintenant ça m'arrive même tous
les jours. Mais, ajoute-t-il d'un air rusé, c'est
seulement dans le métro que je peux m'en apercevoir parce que le métro c'est comme si on était
à l'intérieur d'une pendule. Les stations ce sont
les minutes, tu saisis, c'est votre temps à vous,
celui de maintenant, mais je sais, moi, qu'il en
existe un autre et j'ai pensé, pensé, pensé...

Il se cache le visage dans ses mains et tremble.
Je voudrais être déjà parti et je ne sais comment
faire pour prendre congé de Johnny sans le
vexer ; il est terriblement susceptible avec ses
amis. S'il continue sur ce sujet, cela va lui faire

du mal. Avec Dédée au moins, il ne parlera pas de
ces choses-là.

— Bruno, si seulement je pouvais vivre toujours comme dans ces moments-là ou comme
lorsque je joue. Tu te rends compte de tout ce qui
pourrait se passer en une minute et demie... On
pourrait, pas seulement moi mais elle aussi, et
toi, et tous les copains, on pourrait vivre des
centaines d'années; si on trouvait le joint on
pourrait vivre mille fois plus que ce qu'on vit
avec votre foutue manie des montres, des
minutes et des après-demain...

Je souris de mon mieux, comprenant vaguement qu'il a raison. Mais ce qu'il pressent et ce
que je devine de son pressentiment va s'effacer,
comme toujours, dès que je serai dans la rue et
que j'aurai repris contact avec ma vie de tous les
jours. Sur le moment, je sais que ce qu'il me dit
n'est pas simplement dû au fait qu'il est à moitié
fou, que la réalité lui échappe et lui laisse en
échange une espèce de parodie qu'il convertit en
espérance. Mais ce ne sont pas des choses qu'on
retrouve intactes par la suite. A peine est-on de
nouveau dans la rue, à peine est-ce le souvenir de
Johnny et non plus Johnny lui-même qui répète
ces mots, que ce ne sont plus que divagations
nées dans la marijuana, gesticulation monotone
(car il n'est pas le seul à raconter ces choses-là,
les témoignages dans ce genre abondent) et l'irritation succède à l'émerveillement et j'ai presque
l'impression que Johnny s'est fichu de moi. Mais

cette irritation, je l'éprouve toujours après, jamais au moment où Johnny me parle, car à ce moment-là je sens comme une pensée qui voudrait se frayer un chemin, comme une lumière qui cherche à s'allumer, ou plutôt comme le besoin impérieux de fendre un tronc de haut en bas en y introduisant un coin et en cognant dessus jusqu'à ce qu'il éclate. Mais Johnny n'a plus assez de force pour donner des coups de maillet et moi je ne saurais pas du tout quel maillet il faudrait employer ni quel coin il faudrait mettre.

J'ai fini par lui dire au revoir mais auparavant il s'est passé une de ces choses qui... J'étais en train de serrer la main de Dédée, je tournais le dos à Johnny et j'ai senti qu'il se passait quelque chose, je l'ai vu dans les yeux de Dédée ; je me suis brusquement retourné, peut-être parce que j'ai un peu peur de Johnny, cet ange qui est comme mon frère, ce frère qui est comme mon ange, et j'ai vu Johnny qui avait envoyé promener la couverture dans laquelle il était enveloppé, assis dans son fauteuil, complètement nu, les jambes relevées et les genoux au menton, tremblant mais riant, nu comme un ver dans le fauteuil crasseux.

— Il commence à faire chaud, a dit Johnny. Bruno, regarde cette belle cicatrice que j'ai entre les côtes.

— Couvre-toi, a ordonné Dédée, gênée et sans savoir que dire.

Nous nous connaissons assez et un homme nu
ça n'est jamais qu'un homme nu, mais Dédée a eu
honte et je ne savais comment faire pour ne pas
montrer que j'étais choqué. Johnny l'a compris et
il s'est mis à rire en ouvrant grand son énorme
bouche, les jambes obscènement relevées, le sexe
pendant sur le rebord du fauteuil comme un
singe au zoo, la peau de ses cuisses couverte de
taches bizarres qui m'ont rempli d'un infini
dégoût. Alors Dédée a empoigné la couverture et
a couvert Johnny précipitamment. Il riait et il
avait l'air tout heureux. J'ai dit un vague au
revoir en promettant de revenir le lendemain et
Dédée m'a accompagné jusque sur le palier en
fermant la porte pour que Johnny n'entendît pas
ce qu'elle allait me dire.

— Il est comme ça depuis qu'on est revenu de
la tournée en Belgique. Il avait pourtant tellement bien joué partout, j'étais si contente.

— Je me demande comment il a pu se procurer
de la drogue, ai-je dit en la regardant droit dans
les yeux.

— Je ne sais pas. Il a surtout beaucoup bu de
vin et de cognac. Il a fumé aussi, c'est vrai, mais
moins que là-bas.

Là-bas c'est Baltimore et New York, ce sont les
trois mois à l'hôpital psychiatrique de Bellevue
et le long séjour à Camarillo.

— C'est vrai, Dédée, que Johnny a bien joué en
Belgique ?

— Oui, Bruno, mieux que jamais. Le public

délirait. Johnny a eu, bien sûr, quelques bizarre-
ries, mais jamais en public. J'avais même cru que
cette fois... mais vous voyez, il est de nouveau
plus mal que jamais.

— Mais pas autant qu'à New York, vous ne
l'avez pas connu à cette époque.

Dédée est loin d'être bête mais aucune femme
n'aime entendre parler du temps où elle n'était
pas encore entrée dans la vie de son homme, sans
compter que c'est elle qui le supporte à présent,
et toutes les histoires d'avant, à côté de ça, ce ne
sont que des mots. Je ne sais pas comment lui
dire, d'autant que je n'ai pas pleinement
confiance en elle, mais enfin je me décide.

— Je suppose que vous êtes à court d'argent ?

— Nous avons ce contrat pour après-demain.

— Et vous croyez qu'il va pouvoir enregistrer
et jouer en public dans cet état ?

— Oh oui ! a dit Dédée un peu surprise. Johnny
peut jouer formidablement bien si seulement le
Dr Bernard lui coupe la grippe. L'embêtant c'est
plutôt le saxo.

— Je vais m'en occuper. Tenez, Dédée. Seulement... il vaudrait mieux que Johnny n'en sache
rien.

— Bruno...

J'ai arrêté d'un geste les mots faciles et j'ai
commencé à descendre l'escalier. Une fois séparé
d'elle par quatre ou cinq marches, il m'a été plus
facile de lui dire :

— Mais surtout, qu'il ne fume pas avant le

premier concert. Laissez-le boire un peu mais ne lui donnez pas d'argent pour le reste.

Dédée n'a rien répondu mais j'ai vu ses mains plier et replier les billets jusqu'à les faire disparaître. Je suis sûr au moins que Dédée ne fume pas. Sa possible complicité ne peut venir que de la peur ou de l'amour. Si Johnny se met à genoux comme je l'ai vu faire à Chicago et qu'il la supplie en pleurant... Mais c'est un risque à courir parmi tant d'autres avec Johnny et il aura au moins de l'argent pour manger et se soigner. Dans la rue, j'ai relevé le col de ma gabardine parce qu'il commençait à bruiner et j'ai respiré à m'en faire mal aux poumons ; il m'a semblé que Paris sentait le propre, le pain chaud. Je me suis brusquement rendu compte que la chambre de Johnny devait sentir mauvais et aussi le corps de Johnny sous la couverture. Je suis entré dans un café boire un cognac pour me laver la bouche et peut-être bien aussi la mémoire. Mon esprit revenait sans cesse sur ce qu'avait dit Johnny, sur ces choses qu'il voit, que je ne vois pas et qu'au fond je ne veux pas voir. Je me suis mis à penser à après-demain, et c'était comme une assurance, comme un pont jeté entre le comptoir du bar et le futur.

Le mieux, quand on n'est sûr de rien, c'est de se créer des devoirs en guise de flotteurs. Deux ou trois jours après, j'ai pensé qu'il était de mon devoir d'aller m'assurer que ce n'était pas la marquise qui procurait de la marijuana à Johnny et je suis allé à son atelier, à Montparnasse. La marquise est une véritable marquise et le marquis lui envoie un fric fou, bien qu'ils soient divorcés depuis un certain temps à cause de la marijuana et autres babioles. Son amitié avec Johnny date de New York, probablement de l'année où Johnny devint célèbre du soir au matin, simplement parce que quelqu'un lui avait donné la possibilité de réunir quatre ou cinq gars qui aimaient son style, et alors, pour la première fois de sa vie, Johnny avait pu jouer comme il lui plaisait et il leur avait coupé le sifflet à tous. Ce n'est pas le moment de faire de la critique de jazz, ceux qui s'y intéressent peuvent se reporter à mon livre sur Johnny et le nouveau style de l'après-guerre ; aussi dirai-je simplement que de 48 à 50 il y a eu comme une explosion de la musique mais une explosion froide et silencieuse, une explosion qui a laissé chaque chose à sa place ; ni cris ni décombres mais la croûte de l'habitude a éclaté en mille morceaux et ses défenseurs eux-mêmes — dans les orchestres, dans le public — ne l'ont plus soutenue que par amour-propre. Depuis que Johnny est passé par le saxo-alto on ne peut plus considérer les musiciens précédents comme des génies. Il faut bien en venir à cette espèce de résignation déguisée qui s'appelle le sens historique et dire que ces musiciens ont été remarquables en leur temps. Johnny est passé par là comme une main qui tourne une page, et on n'y peut rien.

La marquise, qui a des oreilles de lièvre pour tout ce qui est musique, a toujours beaucoup admiré Johnny et son équipe. J'imagine qu'elle a dû lui donner pas mal de dollars à l'époque du club 33, quand la majorité des critiques faisaient la fine bouche devant les enregistrements de Johnny et jugeaient son style d'après des critères plus que pourris. C'est probablement aussi à cette époque que la marquise a commencé à coucher de temps en temps avec Johnny et à fumer avec lui. Je les ai souvent vus ensemble avant les séances d'enregistrement ou pendant les entractes des concerts et Johnny avait l'air diablement heureux avec la marquise, bien que Lan et les copains fussent en train de l'attendre à la maison ou dans une autre loge. Mais Johnny n'a jamais eu la moindre idée de ce que veut dire attendre et il n'imagine pas davantage qu'on puisse l'attendre, lui. Sa manière de plaquer Lan, par exemple, ça le dépeint tout entier. J'ai vu la carte postale qu'il lui envoya de Rome après quatre mois d'absence (il avait grimpé dans un avion avec deux autres gars de la bande sans rien dire à Lan). La carte représentait Romulus et Remus, qui ont toujours beaucoup amusé Johnny (il a donné leur nom à un de ses enregistrements) et il avait écrit : « Je suis seul parmi de multiples amours », un vers de Dylan Thomas que Johnny fréquente beaucoup. Les impresarios de Johnny, aux États-Unis, s'arrangèrent pour faire passer une partie des bénéfices à Lan qui comprit vite qu'elle n'avait pas fait une si mauvaise affaire en se débarrassant de Johnny. On m'a dit que la marquise avait fait parvenir de l'argent anonymement à Lan. Cela ne m'étonne pas, la marquise est d'une bonté échevelée, elle comprend le monde un peu comme les omelettes qu'elle fait dans son atelier quand ses amis se mettent à rappliquer par dizaines; une espèce d'omelette permanente où elle rajoute des tas de choses et dont elle coupe des parts à mesure qu'arrivent les copains.

J'ai trouvé la marquise en compagnie de Marcel Leroy et d'Art Boucaya. Ils étaient en train de parler avec animation des enregistrements qu'avait faits Johnny la veille au soir, et ils me sont tombés dans les bras comme s'ils avaient vu apparaître un archange. La marquise m'a bécoté jusqu'à épuisement et les deux autres m'ont donné des tapes dans le dos comme seuls peuvent le faire un contre-bassiste et un saxo-baryton. J'ai dû me réfugier derrière un fauteuil et me défendre tant bien que mal. Tout ça parce qu'ils avaient appris que c'était moi le donateur du magnifique saxo avec lequel Johnny venait d'enregistrer quatre ou cinq de ses meilleures improvisations. La marquise a immédiatement dit que Johnny était un ignoble rat d'égout; ils étaient fâchés, c'est vrai (elle n'a pas dit pourquoi), mais l'ignoble rat d'égout savait bien qu'en demandant pardon il aurait eu le chèque nécessaire pour un saxo. Naturellement, Johnny n'avait pas voulu demander pardon depuis son retour à Paris (il semble bien que la dispute ait eu lieu à Londres deux mois plus tôt) et ainsi personne ne pouvait savoir qu'il avait perdu son fichu saxo dans le métro, etc. Quand la marquise raconte quelque chose on se demande si le style de Dizzy n'a pas contaminé son langage ; c'est une suite ininterrompue de variations sur les thèmes les plus inattendus jusqu'à ce que, soudain, la marquise se donne un grand coup sur les cuisses, ouvre une bouche comme un four et se mette à rire comme si on la chatouillait à mort. Sur quoi, Art Boucaya s'est mis à me raconter en détail la séance de la veille que j'ai manquée à cause de ma femme qui a une pneumonie.

— Tica est témoin, a dit Art, en montrant la marquise qui se tordait de rire. Tu ne peux pas te faire une idée, Bruno, de ce qu'a été la séance d'hier soir. Si Dieu était quelque part, hier, c'était sûrement dans ce foutu studio où il faisait une chaleur de tous les diables, soit dit en passant. Tu te rappelles *Willow Tree*, Marcel ?

— Si je me rappelle... Il me demande si je me rappelle, cet idiot... Je suis tatoué de *Willow Tree*, de la tête aux pieds.

Tica nous a apporté des *highballs* et on s'est installé confortablement pour bavarder. Finalement, on n'a pas beaucoup parlé de l'enregistrement, le moindre musicien sait bien qu'on ne peut pas parler de ces moments-là, mais le peu qu'ils en ont dit m'a rendu espoir et j'ai pensé que mon saxo porterait peut-être bonheur à Johnny. Il est vrai qu'il y a aussi les anecdotes propres à refroidir ce bel espoir ; ainsi, Johnny a enlevé ses chaussures entre deux enregistrements et s'est promené en chaussettes dans le studio. Mais, en revanche, il a fait la paix avec la marquise et promis de venir prendre un verre à l'atelier avant le concert de ce soir.

— Tu connais la fille qui est avec Johnny en ce moment ? a demandé Tica.

Je la lui ai décrite, le plus succinctement possible, mais Marcel a complété ma description à la française, avec toutes sortes de nuances et de sous-entendus qui ont beaucoup amusé la marquise. On n'a pas fait la moindre allusion à la drogue mais je suis si soupçonneux sur ce point qu'il m'a semblé la respirer dans l'air de l'atelier, sans compter que Tica rit d'une manière que je retrouve parfois chez Johnny et chez Art et qui est très révélatrice. Je me demande comment Johnny a pu se procurer de la marijuana s'il était fâché avec la marquise... Ma confiance en Dédée s'effondre brusquement si tant est que j'aie jamais eu confiance en elle. Au fond, ils sont tous pareils.

J'envie un peu cette ressemblance qui les rapproche, qui les fait se sentir complices avec tant de facilité ; mon puritanisme — je ne le cache pas, tous ceux qui me connaissent savent mon horreur de tout désordre moral — me les fait considérer comme des anges malades, irritants à

force d'être irresponsables mais payant les attentions qu'on a pour eux par des cadeaux comme
les disques de Johnny ou la générosité de la
marquise. Et je ne dis pas tout : au fond, je les
envie. J'envie Johnny, ce Johnny de « l'autre
côté », bien que personne ne sache ce qu'est
« l'autre côté ». J'envie tout, sauf sa douleur,
naturellement. Mais même dans sa douleur il
doit y avoir déjà les prémices d'une chose qui
m'est refusée. J'envie Johnny et en même temps
j'enrage qu'il se détruise en employant si mal ses
dons, en accumulant stupidement folie sur folie...
mais la vie le soumet à des pressions trop fortes.
Je pense que s'il pouvait orienter cette vie — sans
rien lui sacrifier, d'ailleurs, pas même la drogue
— et s'il pilotait mieux cet avion qui depuis cinq
ans vole à l'aveuglette, je pense qu'il aboutirait
peut-être au pire, à la folie complète, à la mort,
mais non sans avoir auparavant atteint ce qu'il
cherche dans ses tristes monologues *a posteriori*,
dans ses inventaires d'expériences fascinantes
mais qui n'aboutissent jamais. Tout cela, c'est
ma lâcheté personnelle qui me le fait dire, mais
au fond je souhaite peut-être que Johnny en
finisse une bonne fois pour toutes comme ces
étoiles qui éclatent en mille morceaux et laissent
les astronomes ahuris et perplexes pour une
semaine. Après quoi, chacun s'en va dormir,
demain il fera jour.

On dirait que Johnny a senti ce que je pensais.
Il m'a fait un joyeux salut en entrant et il est venu

presque aussitôt s'asseoir près de moi, après avoir embrassé et fait tourner en l'air la marquise, et après avoir échangé avec elle et Art tout un rituel compliqué d'onomatopées, qui les a tous follement réjouis.

— Bruno, a dit Johnny en s'installant sur le meilleur sofa, ta quincaillerie est une merveille ; si tu savais ce que je lui ai sorti du ventre hier. Tica pleurait des larmes grosses comme des ampoules électriques et ce n'est pas parce qu'elle doit de l'argent à son couturier, hein Tica ?

J'ai voulu en savoir plus long sur la séance de la veille mais Johnny en avait fini avec les débordements d'orgueil. Il s'est tourné vers Marcel pour parler du programme de ce soir. Johnny est vraiment en forme, on sent bien que depuis quelques jours il ne fume pas trop, juste la dose qu'il lui faut pour jouer avec plaisir.

A cet instant, Johnny m'a mis la main sur l'épaule et s'est penché pour me dire :

— Dédée m'a dit que l'autre soir je n'avais pas été chic avec toi.

— Bah, tu ne te rappelles même pas.

— Si, je me rappelle très bien. Et si tu veux mon opinion, je me suis très bien conduit envers toi. Tu devrais être content, je n'aurais fait ça à personne d'autre, crois-moi. Ça prouve combien je t'estime. Il faut qu'on se donne rendez-vous quelque part pour parler d'un tas de choses, parce qu'ici... Il avance sa lèvre inférieure et rit en haussant les épaules, on dirait qu'il danse sur le sofa. « Vieux Bruno. Blague à part, Dédée m'a dit que je m'étais très mal conduit avec toi. »

— Tu avais la grippe. Tu vas mieux ?

— Ce n'était pas la grippe. Dédée m'a dit que tu lui avais donné de l'argent.

— Pour vous tirer d'affaire jusqu'à ce que tu touches ton contrat. Raconte-moi hier soir.

— J'avais envie de jouer, tu comprends, et je jouerais même en ce moment si j'avais le saxo, mais Dédée n'a rien voulu savoir, c'est elle qui l'apportera au théâtre. C'est un saxo formidable. Hier soir, j'avais l'impression de faire l'amour quand j'en jouais. Si tu avais vu la tête de Tica ! Tu étais jalouse, Tica ?

Et ils se sont esclaffés de nouveau. Puis Johnny s'est mis à courir à travers l'atelier en faisant de grands bonds, et lui et Art se sont mis à danser sans musique en haussant et en abaissant les sourcils pour marquer la mesure. Impossible de s'impatienter avec Johnny ou avec Art. Autant vaudrait se fâcher contre le vent qui vous décoiffe. Tica, Marcel et moi avons échangé à voix basse nos pronostics sur le concert de ce soir. Marcel est sûr que Johnny va avoir le même fantastique succès qu'en 1951, la première fois qu'il est venu à Paris. Vu la séance d'hier, il est sûr que tout va se passer à merveille. Je voudrais en être aussi sûr que lui. Enfin, j'ai au moins la certitude que Johnny ne s'est pas drogué comme le soir de Baltimore. Quand j'ai dit ça à Tica elle m'a serré la main comme si elle allait tomber à

l'eau. Art et Johnny sont allés vers le piano et Art
a montré un nouveau thème à Johnny qui a
secoué la tête et fredonné. Ils sont extrêmement
élégants tous les deux dans leur costume gris
mais il est dommage que Johnny ait tellement
grossi ces derniers temps.

Tica et moi avons parlé de la soirée de Baltimore où Johnny a eu sa première grande crise. Et
j'ai regardé Tica droit dans les yeux, je voulais
être sûr qu'elle m'avait compris et qu'elle ne
céderait pas cette fois. Si Johnny boit trop de
cognac ou fume tant soit peu de drogue, le
concert sera un échec et cela fichera tout par
terre. Paris n'est pas un casino de province et tout
un public connaisseur a les yeux fixés sur Johnny.
J'en ai comme un goût amer dans la bouche, une
sorte de colère qui ne s'adresse pas à Johnny ou
aux choses qui l'entourent mais plutôt aux gens
comme moi, la marquise et Marcel, par exemple.
Au fond, nous ne sommes que des égoïstes ; sous
le prétexte de veiller sur Johnny, nous ne faisons
que protéger l'idée que nous avons de lui, nous
nous préparons aux plaisirs nouveaux qu'il va
nous donner, nous astiquons la statue que nous
avons su découvrir et nous nous apprêtons à la
défendre coûte que coûte. Il serait très mauvais
pour mon livre (qui va bientôt paraître en anglais
et en français) que Johnny ait de mauvaises
critiques ce soir. Art et Marcel ont besoin de
Johnny pour gagner leur vie, et la marquise, allez
donc savoir ce que la marquise trouve en Johnny

en plus de son talent. Tout cela n'a rien à voir
avec l'autre Johnny et je me demande soudain si
ce n'est pas ce qu'il a voulu me dire quand il a
arraché sa couverture et s'est montré nu comme
un ver, Johnny sans le saxo, Johnny sans habit et
sans argent, Johnny obsédé par quelque chose
que sa pauvre intelligence n'arrive pas à comprendre mais qui flotte lentement dans sa musique, caresse sa peau et le poussera peut-être à
faire un bond imprévisible que nous ne compren-
drons jamais.

Toute la sincérité du monde ne peut compenser
cette brusque révélation, nous ne sommes que de
pauvres salauds à côté d'un type comme Johnny
Carter qui vient s'asseoir près de moi pour boire
son cognac et me regarde d'un air amusé. Il est
temps de partir à la salle Pleyel. Que la musique
sauve au moins la fin de la soirée et accomplisse
une de ses plus détestables missions, celle de
voiler le miroir, de nous rayer de la carte pour
quelques heures.

J'écrirai, bien sûr, demain, un compte rendu
du concert pour *Jazz-Hot*. Mais ici, dans cette
salle, avec ces notes de sténo que je griffonne sur
un genou, je n'ai pas du tout envie de parler en
critique. Pourquoi suis-je incapable de faire
comme Johnny, pourquoi suis-je incapable de me
jeter tête première contre un mur ? J'oppose
minutieusement les mots à la réalité qu'ils pré-
tendent me décrire, je m'abrite derrière des

considérations et des doutes qui ne sont que
stupide dialectique. Il me semble comprendre
pourquoi la prière veut que l'on tombe instinctivement à genoux. Le changement de position
c'est le symbole d'un changement dans la voix,
dans ce que l'on va dire, dans ce qui est dit.
Quand j'en arrive à ce point de compréhension,
les choses qui m'avaient paru arbitraires une
seconde auparavant se chargent d'un sens profond, se simplifient extraordinairement et en
même temps se creusent. Ni Art ni Marcel n'ont
compris que ce n'est pas par simple folie que
Johnny a enlevé ses chaussures hier au studio
d'enregistrement. Il avait besoin, à ce moment-
là, de sentir le sol sous ses pieds, de toucher la
terre que sa musique confirme plutôt qu'elle ne
fuit. Car je sens cela aussi en Johnny, il ne fuit
rien, il ne se drogue pas pour fuir comme la
majorité des drogués, il ne joue pas du saxo pour
s'abriter derrière la musique, il ne passe pas
plusieurs semaines dans les hôpitaux psychiatri-
ques pour se mettre à l'abri de pressions qu'il est
incapable de supporter. Son style même, qui est
la part la plus authentique de lui-même, prouve
que son art n'est pas une substitution ni une
façon de se compléter. Johnny a abandonné le
langage *hot* parce que ce langage violemment
érotique était trop passif pour lui. Chez lui, le
désir s'oppose au plaisir et l'en frustre parce que
le désir le force à aller de l'avant et l'empêche de
considérer comme des audaces les trouvailles du

jazz traditionnel. C'est pour cela, je crois, que Johnny n'aime pas beaucoup les *blues* ou le masochisme et les nostalgies... Mais j'ai parlé de tout cela dans mon livre, et j'ai montré comment le renoncement à la satisfaction immédiate avait amené Johnny à élaborer un nouveau langage qu'il poussait aujourd'hui, avec d'autres musiciens, jusque dans ses derniers retranchements. C'est un jazz qui rejette tout érotisme facile, tout wagnérisme si je puis dire, et qui se situe sur un plan désincarné où la musique se meut enfin en toute liberté comme la peinture délivrée du représentatif peut enfin n'être que peinture. Mais une fois maître de cette musique qui ne facilite ni l'orgasme ni la nostalgie, cette musique que j'aimerais pouvoir appeler métaphysique, Johnny semble vouloir l'utiliser pour s'explorer lui-même, pour mordre à la réalité qui lui échappe un peu plus chaque jour. C'est en cela que réside le haut paradoxe de son style, son agressive efficacité. Incapable de se satisfaire, il est un éperon perpétuel, une construction infinie qui ne trouve pas son plaisir dans l'achèvement mais dans l'exploration sans cesse reprise, l'emploi de facultés qui dédaignent ce qui est immédiatement humain sans rien perdre de leur humanité. Et quand Johnny se perd, comme ce soir, dans la création infiniment recommencée de sa musique, je sais très bien qu'il n'échappe à rien. Aller à un rendez-vous ce n'est pas s'échapper, même si nous reculons chaque fois le lieu du

rendez-vous ; quant à ce qui reste en arrière,
Johnny l'ignore ou le méprise souverainement.
La marquise, par exemple, croit que Johnny a
peur de la misère, elle ne comprend pas que la
seule chose que puisse redouter Johnny c'est de
ne pas trouver une côtelette à portée de son
couteau quand il a envie d'en manger une, ou un
lit quand il a sommeil, ou cent dollars dans son
portefeuille quand il a envie de les dépenser.
Johnny ne se meut pas dans un monde d'abstrac-
tions comme le nôtre, et c'est pour cela que sa
musique, cette admirable musique que je viens
d'écouter, n'a rien d'abstrait. Mais lui seul peut
faire le compte de ce qu'il a récolté en jouant ;
seulement voilà, il doit déjà penser à autre chose,
se perdre en de nouvelles conjectures, en de
nouvelles suppositions. Ses conquêtes sont
comme autant de songes, il les oublie en se
réveillant, quand les applaudissements le ramènent de là où il était, si loin, de là où une minute
et demie vaut un quart d'heure.

C'est comme si on vivait embrassé à un para-
tonnerre en plein orage, persuadé qu'il ne se
passera rien. Quatre ou cinq jours plus tard j'ai
rencontré Art Boucaya au Dupont du Quartier
Latin, et avant même de me dire bonjour il a levé
les yeux au ciel et m'a annoncé les mauvaises
nouvelles. Sur l'instant, j'en ai ressenti une satisfaction que je suis obligé de qualifier de maligne :
je savais bien que le calme ne pouvait pas durer

longtemps. Mais après, quand j'ai pensé aux conséquences, j'en ai eu un coup à l'estomac et j'ai bu deux cognacs cul sec tandis qu'Art me racontait en détail ce qui était arrivé. Delaunay avait prévu une séance d'enregistrement pour présenter un nouveau quintette dirigé par Johnny et comprenant Marcel, Art et deux types d'ici, excellents, l'un au piano, l'autre à la batterie. Ils devaient commencer à trois heures et continuer tout l'après-midi et une partie de la soirée pour s'échauffer avant d'enregistrer un certain nombre de choses. « Et tu sais ce que Johnny trouve de mieux à faire ? Il commence par arriver à cinq heures, et devant Delaunay qui bouillait d'impatience il s'affaisse sur une chaise en disant qu'il ne se sent pas bien, qu'il n'est venu que pour ne pas laisser tomber complètement les copains mais qu'il n'a aucune envie de jouer.

« On a essayé, Marcel et moi, de le persuader de se reposer d'abord, qu'après on verrait, mais il ne faisait que parler de champs pleins d'urnes et on en a eu pour plus d'une demi-heure avec les urnes. Après quoi, il a sorti de ses poches un tas de feuilles qu'il avait ramassées dans un parc. Au bout de cinq minutes, on se serait cru dans un jardin botanique, les techniciens nous regardaient avec des gueules de travers et avec tout ça, on n'avait encore rien enregistré. Je ne sais pas si tu te rends compte que l'ingénieur du son avait passé trois heures à fumer dans sa cabine et pour un Français ça commence à compter.

« Enfin, Marcel a pu persuader Johnny qu'il
valait mieux essayer de jouer un peu. Ils se sont
mis à jouer tous les deux, et nous, on les a suivis
de loin, histoire de faire quelque chose. Depuis un
moment déjà, je me rendais compte que Johnny
avait comme une crampe au bras droit et quand
il a commencé à jouer, je te jure qu'il était pas
beau à voir. Le visage gris et de temps en temps
tout son corps secoué de frissons terribles, je
voyais le moment où il allait s'étaler de tout son
long. Et soudain, le voilà qui pousse un cri, nous
regarde tous, les uns après les autres, lentement,
en nous demandant qu'est-ce qu'on attend pour
jouer *Amorous*, tu sais, ce thème d'Alamo. Bon,
Delaunay fait un signe au technicien, on attaque
tous du mieux qu'on peut, Johnny se plante sur
ses jambes écartées comme s'il était sur un
bateau qui tangue et il se met à jouer comme je
ne l'ai jamais entendu jouer de ma vie, je te le
jure. Ça a duré trois minutes, après quoi il nous a
lâché un de ces couacs à faire frémir Dieu le père
et il est allé s'asseoir dans un coin en nous
laissant nous démerder tout seuls.

« Mais c'est pas tout ; quand on a eu fini,
Johnny s'est mis à dire que c'était très mauvais et
que cet enregistrement ne comptait pas. Naturellement, Delaunay ne l'a pas écouté parce que,
malgré tous les défauts, le solo de Johnny valait
mille fois ceux que tu connais déjà. Ça ne ressemblait à rien, je ne sais pas comment t'expliquer...
tu verras toi-même, tu penses bien que ni Delau-

nay ni les techniciens n'allaient détruire une
chose pareille.

« Alors Johnny s'est mis dans une colère folle et
a menacé de casser les vitres de la cabine si on ne
lui prouvait pas que l'enregistrement avait été
annulé. L'ingénieur a fini par lui montrer un truc
quelconque pour le calmer et Johnny a proposé
alors d'enregistrer *Streptomycine* qui a beaucoup
mieux marché qu'*Amorous*, si tu veux, et beaucoup plus mal aussi ; c'est un morceau impecca-
ble, d'abord, d'un seul jet, mais il lui manque
cette chose incroyable que Johnny avait mise
dans *Amorous*. »

Art vide son demi avec un grand soupir et me
regarde d'un air lugubre. Je lui demande ce qu'a
fait Johnny après ça. Eh bien, après leur avoir
cassé la tête à tous avec ses histoires de feuilles et
de champs pleins d'urnes, il n'avait pas voulu se
remettre à jouer et il était sorti du studio en
titubant. Marcel lui avait pris son saxo pour qu'il
ne le perdît pas ou ne le cassât pas et les deux
Français l'avaient reconduit à son hôtel.

Je n'avais plus qu'une chose à faire, aller tout
de suite voir Johnny. Mais j'ai remis ma visite au
lendemain et, le lendemain matin, j'ai trouvé
Johnny dans les faits divers du *Figaro* ; il paraît
que pendant la nuit il a mis le feu à sa chambre
d'hôtel et qu'il est sorti en courant, tout nu, dans
les couloirs. Dédée et lui sont sains et saufs mais
on a tout de même emmené Johnny à l'hôpital où
il est en observation. J'ai montré l'entrefilet à ma

femme pour distraire sa convalescence et j'ai
couru à l'hôpital où ma carte de journaliste ne
m'a servi à rien. Tout ce que j'ai pu savoir c'est
que Johnny délire et qu'il a dans le corps une
dose de marijuana capable de faire perdre la
raison à dix personnes. La pauvre Dédée n'a pas
été capable de lui résister. Toutes les femmes de
Johnny finissent toujours par être ses complices
et rien ne m'enlèvera de l'idée que c'est la
marquise qui lui a fait passer la drogue.

Bref, toujours est-il que j'ai couru chez Delaunay pour écouter *Amorous*. Qui sait si *Amorous*
n'est pas le testament du pauvre Johnny, et en ce
cas ce m'est un devoir professionnel...

Mais non, pas encore. Dédée m'a téléphoné
cinq jours après pour me dire que Johnny allait
beaucoup mieux et qu'il voulait me voir. J'ai
renoncé à lui faire des reproches, d'abord parce
que ce serait perdre mon temps, ensuite parce
que la voix de la pauvre Dédée semblait sortir
d'une théière fêlée. J'ai promis de passer tout de
suite à l'hôpital et j'ai ajouté qu'on pourrait peut-
être organiser une tournée en province quand
Johnny irait mieux. J'ai raccroché quand Dédée
s'est mise à pleurer.

Johnny est assis sur son lit, dans une salle où il
y a deux autres malades qui heureusement dorment. Sans me laisser le temps de rien dire, il m'a
attrapé la tête entre ses deux grosses pattes et il
m'a embrassé plusieurs fois sur le front et sur les
joues. Il est terriblement maigre, bien qu'il m'as-

sure qu'il a bon appétit et qu'on lui a donné beaucoup à manger. Pour le moment, ce qui le préoccupe le plus, c'est de savoir si les copains lui en veulent, si sa crise a porté préjudice à quelqu'un. A quoi bon lui répondre, il sait bien que les concerts viennent d'être annulés et que Marcel, Art et les autres sont sur le pavé, mais il me le demande avec l'espoir qu'un heureux événement est arrivé entre-temps pour changer la face des choses. Cela ne m'impressionne pas. Je sais bien qu'au fond de toutes ces préoccupations, il y a sa souveraine indifférence, Johnny se fiche éperdument que tout soit à l'eau et je le connais trop pour n'en pas être sûr.

— Qu'est-ce que tu veux que je te dise, Johnny ? Les choses auraient pu mieux tourner mais tu as le chic pour tout gâcher.

— Oui, je ne peux pas dire le contraire, a dit Johnny d'une voix lasse. Et tout ça, à cause des urnes.

Je me suis rappelé ce que m'avait dit Art et je l'ai regardé.

— Des champs remplis d'urnes, Bruno. Des tas d'urnes invisibles, enterrées dans un champ immense. Je marchais à travers ce champ et de temps en temps je butais sur quelque chose. Tu vas me dire que j'ai rêvé, naturellement. Tiens, voilà comment ça se passait : de temps en temps, je butais contre une urne, puis, peu à peu, je me suis aperçu que le champ était rempli d'urnes, des milliers et des milliers d'urnes et dans cha-

cune il y avait les cendres d'un mort. Alors je me
suis baissé et je me suis mis à creuser la terre
avec mes ongles et j'ai déterré une des urnes. Oui,
je me rappelle. Je me rappelle que j'ai pensé :
« Celle-là, elle est sûrement vide, car c'est la
mienne. » Eh bien non, elle était pleine d'une
poudre grise comme celle des autres urnes, que je
connaissais sans l'avoir jamais vue. Et alors... et
alors c'est à ce moment-là qu'on a commencé
d'enregistrer *Amorous*, il me semble.

J'ai lancé discrètement un coup d'œil à la
feuille de température. Assez normale, c'est
étrange. Un jeune médecin a entrouvert la porte,
m'a salué d'un signe de tête et a fait à Johnny un
geste d'encouragement, presque sportif, très
sympathique. Mais Johnny n'a pas répondu et
quand le médecin eut disparu il a serré les
poings.

— Voilà une chose qu'ils ne comprendront
jamais ! Ils ressemblent à des singes armés d'un
plumeau ou à ces filles du conservatoire de
Kansas City qui croyaient jouer Chopin, rien que
ça. A Camarillo, Bruno, on m'avait mis dans une
chambre avec trois autres gars, et tous les matins
un petit interne, bien rose et bien propre, venait
nous voir. L'enfant chéri de Kleenex et de Tam-
pax. Un crétin de première qui s'asseyait à côté
de moi et essayait de me redonner du courage, à
moi, moi qui voulais mourir et qui ne pensais
déjà plus à Lan ni à personne. Et le plus beau
c'est qu'il se vexait quand je ne faisais pas

attention à lui. On aurait dit qu'il s'attendait à
me voir soudain m'asseoir sur mon lit, émerveillé
par sa peau blanche, ses cheveux bien peignés et
ses ongles soignés, et guérir tout d'un coup
comme les types qui à peine arrivés à Lourdes
jettent leurs béquilles et cabriolent.

« Tu comprends, Bruno, ce type-là et tous les
autres types de Camarillo, c'était des convaincus.
Convaincus de quoi, tu vas me dire ? — Je ne sais
pas, mais ils étaient convaincus. De ce qu'ils
étaient, de ce qu'ils valaient, de leurs diplômes.
Non, c'est pas ça. Il y en avait de modestes et qui
ne se croyaient pas infaillibles. Mais même le
plus modeste était sûr de lui. Et c'est ça qui me
foutait en boule, Bruno, qu'ils se *sentent sûrs
d'eux*. Sûrs de quoi, dis-moi un peu, alors que
moi, un pauvre diable pestiféré, j'avais assez de
conscience pour sentir que le monde n'était
qu'une gelée, que tout tremblait autour de nous
et qu'il suffisait de faire un peu attention, de
s'écouter un peu, de se taire un peu pour découvrir les trous. Sur la porte, sur le lit : des trous.
Sur la main, sur le journal, sur l'air, sur le
temps : des trous partout, une énorme éponge,
une passoire qui se passe à son propre crible...
Mais eux, ils sont la science américaine, tu
comprends, Bruno ? Leur blouse blanche les pro-
tège des trous ; ils ne voyaient rien, tu m'entends,
rien de rien ; ils acceptaient ce que d'autres
avaient vu pour eux, ils s'imaginaient qu'ils
voyaient. Ah ! le jour où j'ai pu les envoyer

promener, reprendre le train et regarder par la portière comme tout basculait en arrière, éclatait en morceaux. Je ne sais pas si t'as remarqué comme le paysage se casse en mille morceaux quand tu le regardes s'éloigner... »

Nous fumons des gauloises. Johnny a la permission de boire un peu de cognac et de fumer huit à dix cigarettes par jour. Mais on voit bien que c'est son corps qui fume et que lui est ailleurs comme s'il refusait de sortir du puits. Je me demande ce qu'il a vu, ce qu'il a éprouvé, ces jours derniers... Je ne veux pas lui poser de questions qui pourraient l'exciter mais s'il pouvait parler de lui-même... Nous fumons en silence et parfois Johnny étend le bras et me passe la main sur le visage, comme pour m'identifier. Puis il joue avec son bracelet-montre, le regarde avec tendresse.

— Ils croient qu'ils savent tout, dit-il soudain, et ils le croient parce qu'ils ont fait un grand tas de livres et les ont mangés. Ça me donne envie de rire parce qu'au fond ce sont de braves types mais ils sont convaincus que ce qu'ils étudient et ce qu'ils font sont des choses très difficiles et très profondes. C'est pareil au cirque, Bruno, et pareil aussi pour les musiciens. Les gens se figurent que certaines choses sont le comble de la difficulté et c'est pour ça qu'ils applaudissent les trapézistes ou qu'ils m'applaudissent. Mais ce qui est vraiment difficile ce n'est pas ça. C'est, par exemple, regarder ou comprendre un chat ou un chien.

Voilà le difficile, l'infiniment difficile. Hier soir je
me suis regardé dans cette petite glace et c'était
si terriblement difficile que j'ai failli sauter du
lit, je t'assure. Imagine un peu que tu te voies,
que tu voies vraiment toi-même ; cela seul suffit à
te glacer pour une demi-heure. Ce type, là, en face
de moi, ce n'était pas moi, pendant un instant j'ai
senti clairement que ce n'était pas moi. Je l'ai
surpris en passant, je l'ai pris au dépourvu et j'ai
su que ce n'était pas moi. C'est une chose que j'ai
sentie et quand on sent quelque chose... Mais
c'est comme à Palm Beach, après une vague en
vient une autre et puis encore une autre... T'as à
peine senti quelque chose que voilà les mots qui
rappliquent... Non, ce n'est pas les mots, c'est ce
qui est dans les mots, cette espèce de colle, de
bave. La bave arrive et elle te persuade que le
type du miroir c'est bien toi. Mais bien sûr,
voyons. C'est bien moi, mes cheveux, ma cicatrice. Mais les gens ne s'aperçoivent pas que ce
n'est pas vrai et c'est pour ça qu'il leur est si
facile de se regarder dans une glace. Ou de couper
un morceau de pain avec un couteau. T'as déjà
coupé un morceau de pain avec un couteau,
Bruno ?

— Cela m'est arrivé, ai-je dit, amusé.

— Et ça te fait rien ? Moi, je peux pas, Bruno.
Un soir j'ai tout envoyé en l'air et le couteau a
failli crever l'œil d'un Japonais à la table d'à côté.
C'était à Los Angeles, ça a fait un de ces foins...
Quand j'ai voulu leur expliquer, la police m'a

emmené. Ça me semblait pourtant si simple de
tout leur expliquer. Mais ça m'a permis de
connaître le Dr Christie. Un type sensationnel et
pourtant, moi, tu sais, les docteurs...

Il a promené une main dans l'air et y a laissé
comme une trace. Il sourit. J'ai la sensation qu'il
est seul, complètement seul. Je me sens comme
creux à côté de lui. S'il lui prenait fantaisie de
passer sa main à travers moi, il enfoncerait
comme dans du beurre, comme dans de la fumée.
C'est peut-être pour ça qu'il m'effleure parfois le
visage de ses doigts, prudemment.

— Tu as le pain, là, sur la table, dit Johnny en
regardant droit devant lui. C'est une chose solide,
tu ne peux pas dire le contraire, qui a une belle
couleur, un parfum. C'est quelque chose qui n'est
pas moi, qui est différent de moi, en dehors de
moi. Mais si je le touche, si j'étends la main et si
je le prends, il y a quelque chose qui change, tu ne
crois pas ? Le pain est en dehors de moi mais si je
le touche avec mes doigts, je le sens, je sens que
c'est ça le monde, mais si je peux le toucher et le
sentir, alors on peut pas vraiment dire que ce soit
autre chose ou tu crois qu'on peut le dire quand
même ?

— Mon pauvre vieux, ça fait des milliers d'années que des tas de barbus se triturent les
méninges pour trouver une solution à ce problème.

— Dans le pain, il fait jour, murmure Johnny
en se cachant le visage dans ses mains. Et moi je

n'ose pas le toucher, le couper en deux, le mettre dans ma bouche. Il ne se passe rien, je le sais, et c'est ça le plus terrible. Tu te rends compte à quel point c'est terrible qu'il ne se passe rien ? Tu coupes le pain, tu lui plantes le couteau dans le cœur et tout continue comme avant. Je ne comprends pas, Bruno.

L'air de Johnny, son excitation commencent à m'inquiéter. Cela devient de plus en plus difficile de le faire parler de jazz, de ses souvenirs, de ses projets, de le ramener à la réalité (à la réalité... je n'ai pas plus tôt écrit ce mot qu'il me dégoûte. Johnny a raison, la réalité ne peut pas être cela, il n'est pas possible que la réalité soit d'être critique de jazz, sinon il y a quelqu'un qui se fiche de nous. Mais d'autre part, si l'on accepte de suivre Johnny, on finira tous à l'asile).

Il s'est endormi, ou du moins il a fermé les yeux et fait semblant de dormir. Je me rends compte, une fois de plus, combien il est difficile de savoir ce que fait Johnny, ce qu'il *est*. S'il dort, s'il fait semblant de dormir, s'il croit dormir. Je me sens toujours beaucoup plus loin de Johnny que de n'importe quel autre ami. Il est on ne peut plus vulgaire, commun, dominé par les circonstances de sa pauvre vie, accessible de tous côtés, apparemment. N'importe qui pourrait être Johnny, simplement en acceptant d'être un pauvre diable malade et vicieux, sans volonté, plein de poésie et de talent. Apparemment. Moi qui ai toute ma vie admiré les génies, les Picasso, les Einstein, les Gandhi, toute la sainte liste que n'importe qui peut dresser en cinq minutes, je suis prêt à admettre que ces phénomènes vivent dans un monde à part et qu'avec eux il ne faut s'étonner de rien. Ils sont « différents », il faut toujours en revenir là. Par contre, la différence entre Johnny et nous est imperceptible, irritante parce que mystérieuse, parce qu'inexplicable. Johnny n'est pas un génie, il n'a rien découvert, il y a même des gens qui n'aiment pas son jeu. Panassié, par exemple, trouve Johnny franchement mauvais et bien que ce soit Panassié qui est franchement mauvais, il y a, de toute façon, matière à polémique. Bref, je cherchais à comprendre pourquoi ce qui rend Johnny différent de nous est inexplicable, pourquoi cela ne réside point en des différences visibles. Et il me semble aussi qu'il est le premier à en souffrir et que cela l'affecte autant que nous... On aurait presque envie de dire que Johnny est comme un ange parmi les hommes, mais une élémentaire honnêteté nous oblige à rengainer la phrase, à reconnaître que Johnny est plutôt comme un homme parmi les anges, une réalité parmi toutes ces irréalités que nous sommes. C'est pour cela, peut-être, que Johnny me touche si souvent le visage de ses mains et que je me sens alors si malheureux, si transparent, si peu de chose avec ma bonne santé, ma maison, ma femme, ma réputation. Ma réputation, surtout. Surtout ma réputation.

Mais c'est toujours la même chose, à peine ai-je été hors de l'hôpital, à peine ai-je mis le pied dans la rue, dans l'heure, dans tout ce que j'ai à faire, que la crêpe s'est retournée doucement en l'air et est retombée à l'envers. Pauvre Johnny qui vit tellement en dehors de la réalité...

Heureusement que l'histoire de l'incendie s'est parfaitement arrangée. Comme il fallait s'y attendre, la marquise y a mis du sien. Dédée et Art Boucaya sont venus me chercher au journal et nous sommes allés tous les trois chez *Vix* écouter le déjà célèbre mais encore secret enregistrement d'*Amorous*. Dans le taxi, Dédée m'a raconté du bout des lèvres comment la marquise avait sorti Johnny d'embarras ; mais après tout, l'incendie s'était limité à un matelas roussi e à une frousse terrible de tous les Algériens qui vivent dans l'hôtel de la rue Lagrange. L'amende (payée), un autre hôtel (également payé) et Johnny est maintenant convalescent dans un immense et très beau lit et il boit tout le lait qu''ı veut et il lit *Paris-Match* et le *New Yorker*, sans oublier son fameux petit livre galeux des poèmes de Dylan Thomas, tout gribouillé d'annotations.

Munis de ces nouvelles et d'un cognac pris au café du coin, nous nous sommes installés dans la salle d'auditions pour écouter *Amorous* et *Streptomycine*. Art a demandé qu'on éteignît les lumières et il s'est couché par terre pour mieux écouter. Alors Johnny est arrivé et il nous a

promené sa musique sur la figure un quart
d'heure durant. Je comprends que l'idée que l'on
publie *Amorous* puisse le mettre en fureur, les
imperfections sont visibles à l'œil nu, le halète-
ment qui accompagne certaines fins de phrases
est parfaitement audible et surtout le terrible
couac final, cette note sourde et brève qui m'a
fait penser à un cœur qui éclate, à un couteau qui
entre dans un pain (et lui qui me parlait de pain il
y a quelques jours). Mais ce que Johnny ne
percevrait pas et qui est insoutenablement beau,
c'est cette angoisse qui cherche une issue dans
cette improvisation qui fuit de tous les côtés, qui
interroge, qui gesticule désespérément. Johnny
ne peut pas comprendre : ce qui lui paraît être un
échec est pour nous une voie ou tout au moins
l'amorce d'une voie. *Amorous* restera un des plus
grands moments du jazz. L'artiste qui est en
Johnny sera fou de rage chaque fois qu'il entendra cette caricature de son désir, de tout ce qu'il a
voulu dire pendant qu'il luttait, chancelait, pendant que la salive lui échappait de la bouche en
même temps que la musique, plus seul que
jamais face à ce qu'il poursuit, à ce qui le fuit à
mesure qu'il le traque. C'est curieux, il m'a fallu
écouter *Amorous* pour comprendre, bien qu'il y
ait déjà eu d'autres indices, que Johnny n'est pas
une victime, n'est pas un pauvre persécuté,
comme tout le monde le croit. Je sais maintenant
que ce n'est pas vrai. Johnny n'est pas le poursuivi mais le poursuivant, tout ce qui lui arrive

dans la vie sont des malchances de chasseur et non d'animal traqué. Personne ne peut savoir ce que poursuit Johnny mais c'est ainsi, c'est là, dans *Amorous*, dans la marijuana, dans ses discours absurdes, dans ses rechutes, dans le petit livre de Dylan Thomas, dans cette façon d'être un pauvre diable qui élève Johnny au-dessus de lui-même et en fait une absurdité vivante, un chasseur sans jambes et sans bras, un lièvre qui court derrière un tigre endormi. Et je me vois dans l'obligation de dire qu'au fond *Amorous* m'a donné envie de vomir, comme pour me délivrer de cette musique, de tout ce qui, dans ce disque, court derrière moi et derrière tous, cette masse noire et informe, sans mains et sans pieds, ce chimpanzé affolé qui me passe ses doigts sur la figure et me sourit avec attendrissement.

Dans la rue, j'ai demandé à Dédée quels étaient ses projets, dès que Johnny pourrait sortir de l'hôtel (la police l'en empêche pour le moment), une nouvelle marque de disques enregistrera tout ce qu'il voudra et il sera très bien payé. Art dit que Johnny a plein d'idées épatantes et que Marcel et lui vont bientôt travailler ces nouveaux thèmes, mais je sais qu'Art est en relation avec un impresario pour revenir à New York le plus tôt possible. Ce qui se comprend parfaitement, pauvre garçon.

— Tica est très chic avec nous, a dit Dédée d'un air pincé.

Il est vrai que pour elle c'est si facile. Elle

arrive toujours à la dernière minute mais elle n'a
qu'à ouvrir son portefeuille et tout s'arrange.
Moi, par contre...

Nous nous sommes regardés, Art et moi. Il n'y a
rien à lui dire. Les femmes s'obstinent à tourner
autour de Johnny. Ce n'est pas étonnant, il n'est
même pas nécessaire d'être une femme pour se
sentir attiré par Johnny. Ce qui est difficile c'est
de tourner autour de lui en gardant ses distances,
comme un bon satellite, un bon critique.

— Venez nous voir aussitôt que vous pourrez,
m'a dit Dédée. Il aime bien parler avec vous.

Côté Johnny, tout va bien pour le moment.
Mais il est curieux, il est inquiétant que je me
sente si prodigieusement content dès que les
choses vont bien côté Johnny. Je ne suis pas assez
innocent pour croire à une simple réaction d'amitié. C'est plutôt comme un sursis, un soupir de
soulagement. Et cela m'enrage d'être le seul à
sentir cela, à en souffrir sans cesse. Cela me met
en rage que Tica, Dédée ou Art Boucaya ne
comprennent pas que toutes les fois que Johnny
souffre, va en prison, veut se tuer, met le feu à un
matelas ou court tout nu dans les couloirs d'un
hôtel, il paie pour eux, il meurt pour eux. Sans le
savoir. Il n'est pas de ceux qui prononcent de
grands discours au pied de l'échafaud ou écrivent
des livres pour dénoncer les maux de l'humanité
ou jouent du piano comme pour laver le monde
de ses péchés. Sans le savoir, pauvre saxophoniste, avec tout ce que ce mot a de ridicule, de

négligeable, un saxophoniste de plus parmi tant d'autres saxophonistes. L'ennui c'est que si je continue ainsi je vais davantage parler de moi-même que de Johnny. Je vais ressembler à un évangéliste et cela ne m'amuse pas du tout. Pour retrouver un peu de confiance j'ai pensé avec cynisme en revenant chez moi que dans mon livre sur Johnny je ne fais qu'une allusion discrète au côté pathologique du personnage. Je n'ai pas jugé nécessaire d'expliquer aux gens que Johnny croit se promener dans des champs pleins d'urnes ou que les peintures bougent quand il les regarde ; simples mirages dus à la marijuana et qu'une bonne cure de désintoxication ferait disparaître. Mais on dirait que Johnny me laisse en gage ces hallucinations, qu'il me les fourre dans la poche comme de simples mouchoirs en attendant le moment de les reprendre. Je crois que je suis le seul à les partager, à les redouter et à les supporter avec lui ; et personne ne le sait, pas même Johnny. On ne peut pas lui avouer ces choses-là comme on les avouerait à un homme réellement grand devant lequel on s'humilie en échange d'un conseil. Quel est donc ce monde qu'il me faut charger comme un fardeau ? Quelle sorte d'évangéliste suis-je ? Il n'y a pas la moindre grandeur en Johnny, je l'ai su dès le premier coup d'œil, dès que j'ai commencé à l'admirer. Je ne sais pas pourquoi (je ne *sais* pas pourquoi) j'ai cru un moment qu'il y avait en Johnny de la grandeur mais il l'a démentie jour après jour (ou nous l'avons démentie nous-mêmes et ce n'est pas la même chose). Soyons honnêtes, il y a en Johnny le fantôme d'un autre Johnny qui eût pu être, et cet autre Johnny est plein de grandeur ou tout au moins il évoque et contient en négatif cette dimension supérieure.

Quand je pense à ses tentatives pour changer de vie, depuis son suicide manqué jusqu'à la marijuana, ce sont bien celles qu'on pouvait attendre d'un être aussi dénué de grandeur que lui. Mais je crois que je ne l'en admire que plus, car il est véritablement le chimpanzé qui apprend à lire, le pauvre diable qui se casse le nez contre les murs, se refuse à admettre l'évidence et recommence.

Ah! mais si un jour le chimpanzé parvient à lire, quelle débandade, quel sauve-qui-peut, et moi le premier. Il est terrible de voir un homme des plus ordinaires se jeter contre les murs avec cette violence. Le choc de ses os contre la pierre dénonce notre lâcheté, et la première phrase de sa musique la réduit en miettes. (Les martyrs, les héros, d'accord, on sait où ils vont. Mais Johnny!)

Séquences. Je ne vois pas une autre façon de dire. Soudain, dans la vie d'un homme, se déclenchent des séquences terribles ou stupides sans qu'on sache quelle loi, hors des lois connues, en décide. Ainsi, ce matin, alors que la joie de savoir Johnny Carter heureux et en meilleure santé me durait encore, on m'a téléphoné d'urgence au journal. C'est Tica qui téléphonait pour me dire que Bee, la plus jeune fille de Lan et de Johnny, venait de mourir à Chicago et que Johnny, naturellement, était à moitié fou et que je ferais bien d'aller les seconder un peu. J'ai monté ur autre escalier d'hôtel (il y en a déjà tellement dans l'histoire de mon amitié avec Johnny) pour trouver Tica en train de prendre le thé, Dédée mouillant une serviette, Art, Delaunay et Pepe Ramirez parlant à voix basse des dernières nouvelles de Lester Young, et Johnny, immobile dans son lit, une serviette sur le front, l'air parfaitement calme et presque dédaigneux. J'ai immédiatement rempoché ma mine de circonstance et je me suis borné à serrer très fort la main de Johnny, à allumer une cigarette et à attendre.

— Bruno, ça me fait mal, là, a dit Johnny au bout d'un moment en touchant l'endroit présumé du cœur. Bruno, elle était comme une petite pierre blanche dans ma main. Et je ne suis rien d'autre qu'un pauvre cheval jaune et personne, jamais, ne pourra essuyer mes larmes.

Tout cela dit sur un ton solennel, comme s'il récitait. Tica regarde Art et tous les deux font des gestes d'indulgence parce que Johnny ne peut pas les voir. Personnellement, les phrases bon marché me dégoûtent, sans compter que j'ai l'impression d'avoir déjà lu celle-là quelque part ; j'ai cru entendre parler un masque qui rendait un son creux. Dédée est venue changer la serviette et j'ai pu apercevoir le visage de

Johnny; il est d'un gris cendreux, la bouche
tordue, les yeux plissés tant il serre fort les
paupières. Comme toujours avec Johnny, les
choses ont tourné d'une façon imprévisible et
Pepe Ramirez qui le connaisait à peine est encore
sous l'effet d'un étonnement scandalisé, car au
bout d'un moment Johnny s'est assis sur son lit et
s'est mis à nous insulter lentement, en mâchant
chaque mot, puis en le lâchant comme une
toupie, il s'est mis à insulter les responsables de
l'enregistrement d'*Amorous*, sans regarder personne, mais l'incroyable obscénité de ses phrases
nous clouait tous comme des insectes sur un
carton; ça a duré deux pleines minutes, tout le
monde y a passé, Art, Delaunay, moi-même (bien
que moi...) et finalement Dédée, le Christ tout-
puissant et notre pute de mère, tous tant que
nous sommes et sans exception. Ce fut, au fond,
avec la petite pierre blanche, l'oraison funèbre de
Bee, morte à Chicago d'une pneumonie.

Quinze jours vides passeront; une montagne
de travail, des articles, des visites, résumé assez
fidèle de la vie d'un critique, cet homme qui ne
peut vivre que d'emprunts. Un soir nous nous
retrouverons, Tica, Baby Lennox et moi au Café
de Flore, fredonnant joyeusement *Out of nowhere*,
parlant d'un solo de piano de Billy Taylor que
nous avons bien aimé tous les trois mais surtout
Baby Lennox qui a pris maintenant un style
Saint-Germain-des-Prés qui lui va à merveille.

Baby verra apparaître Johnny et elle le suivra des yeux avec toute l'adoration de ses vingt ans et Johnny la regardera sans la voir et passera son chemin ; il ira s'asseoir seul à une autre table, complètement ivre ou endormi... Tica posera sa main sur mon genou.

— Tu vois, il a dû refumer hier soir, ou cet après-midi. Cette femme...

Je lui répondrai du bout des lèvres que Dédée n'était pas plus coupable qu'elle, par exemple, qui avait fumé des dizaines de fois avec Johnny et qui recommencera quand ça lui chantera. J'aurai soudain envie de m'en aller et d'être seul comme toutes les fois où je ne peux approcher Johnny, où je ne peux être avec lui, du même côté que lui. Je le verrai tracer des dessins sur la table avec son doigt, regarder longuement le garçon qui lui demande ce qu'il veut boire, puis dessiner enfin dans l'air une sorte de flèche et la soutenir des deux mains comme si elle pesait très lourd ; les gens aux tables voisines commenceront à s'amuser discrètement ainsi qu'il convient au public du Flore. Alors Tica dira : « Merde », ira vers Johnny et lui parlera à l'oreille après avoir commandé quelque chose au garçon. Il va sans dire que Baby en profitera pour me confier ses plus chers espoirs, mais je lui répondrai que ce soir il faut laisser Johnny tranquille et que les petites filles sages vont au lit de bonne heure, si possible en compagnie d'un critique de jazz. Baby rira gentiment, sa main caressera mes cheveux, puis nous

nous immobiliserons pour regarder passer la fille
qui s'enduit le visage au blanc de céruse et se
peint les yeux et même la bouche en vert. Baby
dira que ce n'est pas si mal que ça après tout et
moi je lui demanderai de me chanter tout bas un
de ces blues qui sont en train de la rendre célèbre
à Londres ou à Stockholm. Puis nous reviendrons
à *Out of nowhere* qui nous poursuit ce soir,
interminablement, comme un chien qui serait
blanc de céruse lui aussi, avec des yeux verts.

Deux des gars qui font partie du nouveau
quintette de Johnny passeront près de nous et
j'en profiterai pour leur demander comment ça a
marché hier soir ; j'apprendrai que Johnny pouvait à peine jouer mais que ses quelques notes
valaient toutes les improvisations d'un John
Lewis. Et je me demanderai jusqu'où va pouvoir
tenir Johnny et surtout le public qui croit en
Johnny. Baby m'accablera de questions et je
finirai par expliquer à Baby, qui décidément
mérite bien son surnom, que Johnny est malade
et fichu, que les gars de son quintette en ont de
plus en plus marre et que ça va craquer un de ces
quatre matins comme ça a déjà craqué à San
Francisco, à Baltimore et à New York, une demi-
douzaine de fois.

Deux saxophonistes du quartier entreront et
iront dire bonjour à Johnny mais il les regardera
d'un air affreusement idiot, comme de très loin,
avec des yeux humides et doux, la bouche entrouverte et pleine à ras bord de salive. Amusant

d'observer le double manège de Tica et de Baby.
Tica utilisera l'ascendant qu'elle sait avoir sur les
hommes pour éloigner les saxophonistes avec
une rapide explication et un sourire. Baby me
soufflera dans l'oreille son admiration pour
Johnny et dira qu'il faudrait l'emmener sans plus
attendre dans une clinique pour le désintoxiquer,
uniquement parce qu'elle est jalouse et qu'elle
voudrait coucher avec Johnny ce soir même, ce
qui est visiblement impossible et ce qui me fait
un sensible plaisir. Je me dirai, comme toutes les
fois que je rencontre Baby, combien il serait
délicieux de caresser ses cuisses et je serai à deux
doigts de lui proposer d'aller prendre un verre
dans un endroit plus tranquille (elle ne voudrait
pas d'ailleurs et moi non plus parce que cette
table, là-bas, nous rive à notre chaise, le cœur
désolé). Soudain, et sans qu'on puisse savoir ce
qui va arriver, nous verrons Johnny se lever
lentement, nous regarder, nous reconnaître,
venir vers nous — ou plutôt vers moi, Baby ne
compte pas — et, une fois devant notre table, se
pencher avec le plus grand naturel, comme quelqu'un qui va prendre une frite dans l'assiette,
s'agenouiller devant moi, toujours avec le plus
grand naturel, puis me regarder bien en face et je
verrai qu'il pleure et je devinerai que c'est à
cause de la petite Bee.

J'ai voulu relever Johnny, éviter qu'il ne se
rende ridicule et finalement c'est moi qui me suis
rendu ridicule, car il n'y a rien de plus lamenta-

ble qu'un homme qui s'évertue à en entraîner un
autre qui se trouve fort bien là où il est, qui se
sent parfaitement bien dans la position qu'il a eu
envie de prendre, au point que les habitués du
Flore — qui ne s'émeuvent pas pour si peu —
m'ont regardé d'un air peu aimable — et encore
ils ne savaient pas que cet homme noir agenouillé
était Johnny Carter — ils m'ont regardé comme
on pourrait regarder un hurluberlu qui, grimpé
sur un autel, tirerait le Christ par les pieds pour
le faire descendre de la croix. Et Johnny aussi me
l'a reproché, il a simplement levé les yeux vers
moi et m'a regardé en pleurant silencieusement ;
alors je n'ai plus eu qu'une chose à faire, me
rasseoir en face de lui mais je me sentais encore
plus mal que lui, j'aurais préféré être n'importe
où plutôt que sur cette chaise et devant Johnny à
genoux... Des siècles ont passé avant que quelqu'un bouge, avant que les larmes s'arrêtent de
couler sur le visage de Johnny, avant que ses yeux
ne se détournent des miens, et moi j'essayais de
lui offrir une cigarette, d'en allumer une pour
moi, de faire un geste de connivence à Baby qui
était sur le point de s'enfuir en courant ou de
fondre en larmes, elle aussi. Comme toujours,
c'est Tica qui a remis les choses en ordre en
venant s'asseoir à notre table avec son air tranquille ; elle a approché une chaise de Johnny et a
posé sa main sur son épaule, sans le forcer à rien,
mais à la fin Johnny s'est un peu redressé et il est
passé de cette horrible position à l'attitude cor-

recte de l'ami assis. Les gens se sont lassés de le regarder, lui de pleurer et nous de nous sentir misérables comme des chiens. J'ai soudain compris la tendresse qu'ont certains peintres pour les chaises ; la moindre chaise du Flore m'est soudain apparue comme un objet merveilleux, une fleur, un parfum, le parfait instrument de l'ordre et de la décence dans la cité.

Johnny a sorti un mouchoir, s'est un peu excusé et Tica a commandé un café bien tassé et le lui a fait boire. Baby a été sensationnelle, elle a soudain renoncé, en l'honneur de Johnny, à sa stupidité coutumière et elle s'est mise à fredonner _Mamie's blues_, comme si de rien n'était, et Johnny l'a regardée et il a souri, et il me semble que Tica et moi avons pensé en même temps que l'image de Bee se perdait peu à peu dans le fond des yeux de Johnny et qu'une fois de plus Johnny acceptait de revenir un moment à côté de nous, de rester avec nous jusqu'à sa prochaine fugue. Et comme toujours, à peine avais-je cessé de me sentir lâche et misérable, mon sentiment de supériorité vis-à-vis de Johnny a repris le dessus et m'a permis de me montrer indulgent, de parler de tout un peu sans aborder les sujets trop personnels (c'eût été terrible de voir Johnny glisser à nouveau de sa chaise, se remettre à...) et fort heureusement Tica et Baby ont été parfaites, les clients du Flore se sont peu à peu renouvelés et ceux de une heure du matin ne se sont même pas doutés de ce qui s'était passé, bien que, tout compte fait, il ne se soit pas passé grand-chose. Baby est partie la première (c'est une fille travailleuse, Baby ; demain matin, dès neuf heures, elle sera en train de répéter avec Fred Callender pour enregistrer l'après-midi), et Tica a avalé son troisième verre de cognac et nous a offert de nous ramener chez nous. Alors Johnny a dit que non, qu'il préférait bavarder encore un moment avec moi, et Tica a trouvé qu'il avait raison et elle est partie non sans avoir auparavant payé toutes les consommations, ainsi qu'il convient à une marquise. Johnny et moi, après nous être envoyé un petit verre de chartreuse, nous sommes mis à déambuler dans Saint-Germain-des-Prés parce que Johnny a dit que ça lui ferait du bien de marcher un peu et que je ne suis pas homme à laisser tomber les copains en pareille circonstance.

La rue de l'Abbaye nous conduit peu à peu à la place Furstenberg qui rappelle dangereusement à Johnny un petit théâtre que lui avait offert son parrain quand il avait huit ans. J'essaie de l'entraîner rue Jacob, de peur que ces souvenirs ne le ramènent à Bee, mais il semble que le chapitre soit clos pour ce soir. Il marche calmement sans tituber (je l'ai souvent vu chanceler, même sans être ivre ; quelque chose qui ne va pas dans les réflexes) et la chaleur de la nuit, le silence des rues nous font du bien à tous les deux. Nous fumons des gauloises, nous nous laissons porter vers la Seine et devant une des boîtes en

fer des libraires du quai Conti l'air que siffle un
étudiant en passant nous remet en mémoire un
thème de Vivaldi et nous nous mettons à le
chanter avec sentiment et enthousiasme et
Johnny dit que s'il avait son saxo il passerait la
nuit à jouer du Vivaldi, ce que je trouve tout de
même un peu exagéré.

— Bon, eh bien, je jouerai aussi un peu de
Bach et un peu de Charles Ives, a dit Johnny,
condescendant. Je ne sais pas pourquoi les
Français n'aiment pas Charles Ives. Tu connais
ses chansons ? Celle du léopard surtout, il faut
que tu apprennes celle du léopard : *A leopard*...

Et le voilà parti sur le léopard avec sa mince
voix de ténor. Il va sans dire que la plupart des
phrases qu'il chante ne sont absolument pas de
Charles Ives, mais ça lui est bien égal, du
moment qu'il chante un air qui lui plaît. Finalement nous nous asseyons sur le parapet
devant la rue Gît-le-Cœur et nous fumons une
autre cigarette parce que la nuit est belle. Nous
savons que d'ici un moment le tabac nous obli-
gera à aller prendre une bière dans un café, et
cela nous fait plaisir d'avance, à Johnny et à
moi. Je ne remarque même pas sur le moment
la première allusion qu'il fait à mon livre parce
qu'il se remet tout de suite à parler de Charles
Ives, des thèmes de Charles Ives qu'il s'est
amusé à reprendre plusieurs fois dans ses disques sans que personne s'en aperçoive (pas
même Ives, je suppose), mais au bout d'un

moment l'allusion qu'il a faite à mon livre me revient et j'essaie de l'y ramener.

— Oh, j'en ai lu quelques pages seulement. On en a beaucoup parlé chez Tica de ton livre, mais moi je ne comprenais même pas le titre. Heureusement, hier, Art m'a apporté l'édition anglaise et j'ai pu en lire un peu. Il est très bien ton livre.

J'adopte l'attitude d'usage dans ces cas-là, un air mi-détaché, mi-intéressé comme si son opinion allait me révéler, à moi l'auteur, la vérité sur mon œuvre.

— C'est comme dans un miroir, dit Johnny. Au début, je croyais que lire ce qu'on écrit sur vous c'était plus ou moins comme se voir soi-même, mais pas dans un miroir. J'admire beaucoup les écrivains, c'est incroyable toutes les choses qu'ils disent. Toute cette partie sur les origines du bebop...

— Tu sais, je n'ai fait que transcrire littéralement ce que tu m'avais raconté à Baltimore, dis-je en me défendant, sans savoir pourquoi.

— Oui, en effet, j'ai tout retrouvé, mais c'est quand même comme dans un miroir, reprend Johnny, d'un air obstiné.

— Que veux-tu de plus ? Les miroirs sont fidèles.

— Il y a des choses qui manquent, Bruno. Tu es beaucoup plus calé que moi, mais il me semble qu'il manque des choses.

— Celles dont tu as oublié de me parler, dis-je un peu piqué.

Il ne faudrait tout de même pas que ce singe sans cervelle... J'en parlerai à Delaunay, il serait désolant qu'une déclaration imprudente pût nuire à un essai de critique aussi sérieux... *La vieille robe rouge de Lan, par exemple*, est en train de dire Johnny. De toute façon, je pourrais peut-être ajouter à une nouvelle édition ce qu'il va me dire ce soir. *Elle sentait un peu le chien*, est en train de dire Johnny, *et c'était la seule chose qui eût de l'intérêt dans ce disque*. Oui, écouter attentivement et agir vite, car il serait fâcheux que d'autres pussent utiliser ces démentis. *Et l'urne du milieu, la plus grande, était pleine d'une cendre presque bleue*, est en train de dire Johnny, *et elle ressemblait à un poudrier qu'avait ma sœur*. Tant qu'il s'en tient aux hallucinations passe, mais il ne faudrait pas qu'il s'attaque aux idées fondamentales, à cette nouvelle esthétique qui m'a valu tant d'éloges... *Sans compter que le cool ce n'est pas du tout ce que tu as écrit*, est en train de dire Johnny. Attention.

— Comment, ce n'est pas ce que j'ai écrit ? Johnny, il est bon, certes, que les choses changent mais il n'y a pas six mois que tu...

— Il n'y a pas six mois, dit Johnny en descendant du parapet et en s'y accoudant, la tête dans ses mains. *Six months ago.* Ah ! Bruno, ce que je pourrais jouer en ce moment si les gars étaient là... Et à propos : très astucieux ce que tu as écrit sur le saxo et le sexe, très marrant.

Six months ago. Six, sax, sex. Très marrant,
Bruno. Va te faire fiche, Bruno.

Je ne vais quand même pas lui dire que son âge
mental ne lui permet pas de comprendre que cet
innocent jeu de mots révèle tout un système
d'idées assez profond (Léonard Feather avait été
tout à fait de mon avis quand je lui en avais parlé
à New York) et que le para-érotisme du jazz a
évolué depuis le temps du *washboard*... C'est
toujours la même chose, me voilà heureux de
nouveau de pouvoir penser que les critiques sont
beaucoup plus nécessaires que je ne suis moi-
même porté à le croire (en privé) ; les créateurs,
eux, depuis l'inventeur de la musique jusqu'à
Johnny, sont bien incapables de tirer les conséquences dialectiques de leur œuvre, de postuler
les raisons et la transcendance de ce qu'ils écrivent ou improvisent. Il faudrait que je m'en
souvienne dans les moments de dépression,
quand je trouve pitoyable de n'être qu'un critique. *Et le nom de l'étoile est Absinthe*, est en train
de dire Johnny, et soudain j'entends son autre
voix, sa voix quand il est... comment dire cela,
comment décrire Johnny quand il est de l'autre
côté, seul à nouveau, parti ? Inquiet, je descends
du parapet et je le regarde. Le nom de l'étoile est
bien Absinthe, il n'y a rien à y faire.

— Le nom de l'étoile est Absinthe, dit Johnny
en s'adressant à ses deux mains. Et leurs corps
seront jetés sur la place de la grande ville. Il y a
de cela six mois.

Bien que personne ne le voie, bien que personne ne l'entende, je hausse les épaules, pour les étoiles. (Le nom de l'étoile est Absinthe.) Nous y voilà. C'est toujours la même chanson. « Ça, je suis en train de le jouer demain. » Le nom de l'étoile est Absinthe et leurs corps seront jetés sur la place, il y a de cela six mois. Sur la place de la grande ville. Parti, loin. Et moi vexé comme un cochon parce qu'il n'a rien voulu me dire de plus sur mon essai. Au fond, je ne suis pas arrivé à savoir ce qu'il pense du livre, de ce livre que des milliers de *fans* sont en train de lire en deux langues (bientôt en trois — on annonce la traduction espagnole).

— C'était une très jolie robe, dit Johnny. Tu ne peux pas savoir comme elle lui allait bien ; si tu veux je t'expliquerai ça devant un whisky, si toutefois tu as de l'argent. Dédée ne m'a laissé que trois cents francs.

Il rit moqueusement en regardant la Seine. Comme s'il n'avait pas les moyens de se procurer alcool et marijuana s'il voulait. Il se met à m'expliquer que Dédée est très bonne (mais sur mon livre, motus) et qu'elle fait tout ça pour son bien. Enfin, heureusement qu'il y a le camarade Bruno (qui a écrit un livre mais je t'en fiche) ; le mieux serait d'aller s'asseoir à un café du quartier arabe où l'on vous laisse tranquille pour peu qu'on voie que vous appartenez à l'étoile Absinthe. Il est deux heures du matin, heure à laquelle ma femme a coutume de s'éveiller et d'aiguiser tout ce qu'elle me dira entre le café au lait et les tartines. C'est toujours comme ça avec Johnny, on finit toujours devant un horrible cognac bon marché, et même on remet ça et on commence à se sentir heureux. Mais du livre, toujours rien, il n'est question que du poudrier en forme de cygne, de l'étoile, de lambeaux de choses qui passent dans des lambeaux de phrases, des lambeaux de regards, de sourires, dans des gouttes de salive tombant sur la table ou coulant le long du verre (du verre de Johnny, bien entendu). Oui, il y a des moments où je voudrais qu'il fût déjà mort. Je suppose que beaucoup de gens penseraient comme moi, en pareil cas. Mais comment se résigner à ce que Johnny meure en emportant ce qu'il ne veut pas me dire ce soir et qu'il continue jusque dans la mort sa poursuite, son absence (je ne sais vraiment plus, moi, comment parler de tout cela, même si cela me vaut la paix, et cette autorité que donnent les thèses incontestées et les enterrements bien ordonnés).

De temps en temps, Johnny s'arrête de tambouriner sur la table, il me regarde, fait un geste incompréhensible et recommence à tambouriner. Le patron du café nous connaît depuis l'époque où nous venions avec un guitariste arabe. Cela fait un bon moment déjà que Ben Aïfa voudrait aller se coucher, il ne reste plus que nous dans le café crasseux qui sent le gâteau à l'huile et le piment rouge. Moi aussi je tombe de sommeil mais la colère me soutient, une rage sourde qui ne s'adresse pas spécialement à Johnny et qui ressemble plutôt à l'envie qu'on peut avoir d'une douche après avoir fait l'amour tout un après-midi... Johnny tambourine obstinément sur la table et fredonne parfois, sans jamais me regarder. Il se peut qu'il ne refasse plus jamais allusion à mon livre. Les choses l'emportent de-ci de-là, demain ce sera une femme, une autre histoire, un voyage. Le plus prudent sans doute serait de lui reprendre en douce l'édition anglaise ; en parler à Dédée, lui demander ce service en échange de tant d'autres. C'est absurde cette inquiétude, cette demi-colère, il ne fallait pas s'attendre à de l'enthousiasme de la part de Johnny. En réalité, je n'avais jamais pensé qu'il pût lire mon livre. Je sais très bien que ma biographie ne dit pas la vérité sur Johnny (elle ne ment pas, non plus) et qu'elle se limite à la musique de Johnny. Je n'ai pas voulu, par discrétion, par bonté, montrer dans toute sa nudité son incurable schizophrénie, les coulisses sordides de la drogue, toutes les promiscuités de cette vie lamentable. Je me suis imposé de ne montrer que les lignes essentielles en mettant l'accent sur ce qui compte véritablement : l'art incomparable de Johnny. Que pouvais-je dire de plus ? Mais c'est peut-être justement à ce tournant qu'il m'attend, à l'affût comme toujours ramassé sur lui-même, prêt à faire un de ces bonds qui risquent toujours de blesser l'un de nous.

Honnêtement, que m'importe sa vie ? La seule chose qui m'inquiète c'est qu'en se laissant mener par ce genre d'existence que je ne peux pas suivre (disons que je ne veux pas suivre), il ne finisse par contredire les conclusions de mon livre, par laisser entendre une ou deux fois que sa musique n'est pas ce que je dis.

— Dis donc, tu m'as dit tout à l'heure qu'il manquait des choses dans mon livre.

(Attention, c'est le moment.)

— Qu'il manquait des choses, Bruno ? Ah oui, je t'ai dit qu'il manquait des choses. Écoute, ce n'est pas seulement la robe rouge de Lan... C'est... Est-ce que ce sont réellement des urnes, Bruno ? Je les ai revues hier soir, un champ immense, mais elles n'étaient plus enterrées. Certaines portaient des inscriptions, des dessins, on y voyait des géants avec des casques qui tenaient dans leurs mains d'énormes massues comme au cinéma. C'est terrible de marcher parmi ces urnes et de savoir qu'il n'y a personne d'autre que moi, que je suis seul à chercher dans ce champ. Mais ne t'en fais pas, Bruno, ça ne fait rien que tu aies oublié de mettre tout ça dans le livre, seulement — et il lève un doigt qui ne tremble pas — tu as quand même oublié autre chose : moi.

— Johnny, tu exagères.

— Parfaitement, Bruno, moi. Mais ce n'est pas ta faute si tu n'as pas su écrire ce que, moi non plus, je ne suis pas capable de jouer. Quand tu

dis, par exemple, que ma véritable biographie est
dans mes disques, je sais que tu en es persuadé, et
puis ça sonne bien, mais ce n'est pas vrai.
Seulement, comme je ne suis pas arrivé moi-
même à jouer comme j'aurais dû, à jouer ce que
je suis vraiment... tu vois bien, Bruno, je ne
pouvais pas demander des miracles. Il fait chaud
ici dedans, partons.

Je le suis dans la rue et nous faisons quelques
mètres jusqu'à ce qu'un chat blanc nous inter-
pelle. Alors Johnny s'arrête et se penche pour le
caresser, un long moment. Bon, ça suffit pour
cette fois. Place Saint-Michel je trouverai un taxi
pour le ramener à son hôtel et rentrer chez moi.
Ce n'était pas si terrible que ça, après tout. J'ai eu
peur un moment que Johnny n'eût élaboré une
espèce d'antithèse de mon livre et qu'il n'en
essayât les effets sur moi avant de le claironner
un peu partout. Pauvre Johnny en train de
caresser un chat blanc ! Au fond la seule chose
qu'il ait dite, c'est que personne ne sait rien de
personne, ce qui n'est pas une nouveauté. Toute
biographie le sous-entend au départ et ça
n'empêche pas d'aller de l'avant. Allons, Johnny,
rentrons, il se fait tard.

— Ne crois pas que ce soit tout, dit-il en se
redressant brusquement comme s'il savait ce que
je pense. Il y a Dieu, mon vieux. Et alors, là, je
peux dire que tu n'y as rien compris.

— Allons, Johnny, rentrons, il est tard.

— Il y a peut-être dans ton livre ce que toi et

ceux qui te ressemblent appellent Dieu. Le tube
dentifrice du matin, ils appellent ça Dieu. Le seau
à ordures, ils appellent ça Dieu. La peur de
crever, ils appellent ça Dieu. Tu n'as pas honte de
m'avoir mêlé à cette saloperie ? Tu as écrit que
mon enfance, ma famille et je ne sais quelles
hérédités ancestrales... Un tas d'œufs pourris et
toi perché là-dessus, caquetant, enchanté de ta
trouvaille. Je n'en veux pas de ton Dieu, ça n'a
jamais été le mien.

— La seule chose que j'ai dite c'est que la
musique nègre...

— Je n'en veux pas de ton Dieu, répète Johnny.
Pourquoi me l'as-tu imposé dans ton livre ? Je ne
sais pas, moi, s'il y a un Dieu, je joue ma
musique, je fais mon Dieu à moi, je n'ai pas
besoin de tes inventions, laisse ça à Mahalia
Jackson et au pape ; tu vas enlever ce passage de
ton livre, et tout de suite.

— Si tu y tiens absolument, dis-je pour dire
quelque chose. Dans la deuxième édition...

— Je suis aussi seul que ce chat, et beaucoup
plus seul encore parce que je le sais et lui pas.
Salaud, il me plante ses griffes dans la main.
Bruno, le jazz c'est pas uniquement de la musi-
que, et moi je suis pas uniquement Johnny
Carter.

— C'est justement ce que j'ai voulu dire quand
j'ai écrit que parfois tu jouais comme...

— Comme s'il me pleuvait dans le cul..., dit
Johnny et c'est la première fois de la soirée que je

le sens furieux. On ne peut rien dire, tu le traduis immédiatement dans ton sale langage. Si tu vois des anges quand je joue c'est pas ma faute. Et si les autres restent bouche bée et disent que j'atteins la perfection, c'est pas ma faute non plus. Et c'est ça le pire, Bruno ; c'est surtout ça que tu as oublié de dire dans ton livre, que je ne vaux rien ; ce que je joue et ce que les gens applaudissent, ça ne vaut rien, absolument rien.

Étrange modestie, en vérité, à cette heure de la nuit. Ce Johnny...

— Comment t'expliquer ? hurle Johnny en me prenant par les épaules et en me secouant de droite à gauche. (La paix ! crie-t-on d'une fenêtre.) Ce n'est pas une question de musique plus ou moins musique. C'est autre chose... c'est, par exemple, la différence qu'il y a entre Bee morte et Bee vivante. La musique que je joue c'est Bee morte, tandis que ce que je voudrais, ce que je voudrais... C'est pour cela parfois que je piétine mon saxo, et les gens croient que j'ai trop bu. C'est vrai que ça ne m'arrive que quand je suis soûl, parce qu'après tout, un saxo, ça coûte cher.

— Allons prendre un taxi. Je te ramènerai à ton hôtel.

— T'es trop aimable, Bruno, ricane Johnny. Le camarade Bruno note sur son carnet tout ce qu'on lui dit, sauf les choses importantes. Je n'aurais jamais cru que tu puisses te tromper à ce point. Il a fallu qu'Art me passe ton livre. Au début j'ai cru que tu parlais de quelqu'un d'au-

tre, de Ronnie ou de Marcel, mais après, Johnny
par-ci, Johnny par-là, c'était bien de moi qu'il
s'agissait. Et je me demandais : « Mais c'est moi,
ça ? » et que je te promène à Baltimore, que je te
parle du *Birdland* et de mon style qui... Tu sais,
ajoute-t-il avec froideur, je me rends parfaitement compte que tu as écrit ce livre pour le
public, faut pas croire. Il est très bien, ton livre,
et tout ce que tu dis sur ma façon de jouer et de
sentir le jazz me paraît absolument O.K. A quoi
bon continuer de discuter ? Une épluchure dans
la Seine, ton livre, cette paille qui flotte au bord
du quai. Et moi cette autre paille, et toi cette
bouteille qui passe en tanguant. Bruno, je mourrai sans avoir trouvé... sans...

Je passe mon bras sous le sien, je l'appuie au
parapet. Il sombre dans son délire habituel, il
murmure des bouts de mots, il bave.

— Sans avoir trouvé, répète-t-il, sans avoir
trouvé...

— Que voulais-tu trouver, vieux frère ? lui dis-
je. Il ne faut pas demander l'impossible. Ce que
tu as trouvé à toi seul suffirait...

— Te suffirait à toi, oui je sais, dit Johnny avec
rancune. Et aussi à Dédée, à Art, à Lan... Tu ne
peux pas savoir... Et pourtant, parfois, la porte
bouge... Regarde les deux pailles, elles se sont
rejointes, c'est joli, hein ? La porte bouge. Le
temps... Je t'ai déjà dit, je crois, que cette histoire
du temps... Bruno, toute ma vie, j'ai cherché dans
ma musique à ouvrir cette porte. De presque rien,

d'un millimètre. Je me rappelle, une nuit, à New York... Une robe rouge. Oui, rouge, et elle lui allait merveilleusement. Bon, une nuit, on était avec Miles et Hal... Ça faisait plus d'une heure, je crois, qu'on jouait la même chose, tous les trois seuls et si heureux... Miles, à un moment, s'est mis à jouer quelque chose de tellement beau que j'ai failli tomber à la renverse et alors j'ai démarré, les yeux fermés, je volais. Je te jure, Bruno, que je volais. Je m'entendais comme si quelqu'un d'autre était debout près de moi, en moi-même, mais infiniment loin... Pas exactement quelqu'un d'autre... Vise la bouteille comme elle tangue, c'est pas croyable... Ce n'était pas quelqu'un d'autre, je cherche une comparaison... C'était la certitude, la rencontre, comme dans certains rêves, tu vois ce que je veux dire ? Quand il n'y a plus de problèmes, que Lan ou les autres filles t'attendent avec un poulet rôti, que tu n'attrapes aucun feu rouge en voiture, que tout roule doux comme une boule de billard. Ce qui était à côté de moi c'était comme moi-même, mais ça ne tenait pas de place, ça n'était pas à New York et surtout pas dans le temps, surtout pas obligé, après... il n'y avait pas d'après... Pendant un moment il n'y a eu que toujours. Et je ne savais pas, moi, que c'était un mensonge, que ça arrivait parce que j'étais perdu dans la musique et que dès que je m'arrêterais — il fallait bien, tout de même, laisser le pauvre Hal se passer l'envie de jouer du piano — je tomberais tête première au fond de moi...

Il pleure doucement et se frotte les yeux avec ses mains sales. Je ne sais plus que faire, il est si tard, l'humidité monte du fleuve, nous allons prendre froid tous les deux.

— J'ai l'impression d'avoir voulu nager dans un bassin vide, murmure Johnny. D'avoir voulu prendre la robe rouge de Lan mais sans Lan. Et Bee est morte, Bruno. Je crois que tu as raison, que ton livre est très bien.

— Allons, Johnny, je ne vais pas me vexer parce que tu l'as trouvé mauvais.

— C'est pas ça, il est bien, ton livre... il est bien parce qu'il n'y a pas d'urnes. Il est comme ce que joue Satchmo, si pur, si propre. Tu ne trouves pas que ce que joue Satchmo c'est comme un anniversaire ou une bonne action ? Et nous... Je te dis que j'ai voulu nager dans un bassin vide. J'ai cru, faut être idiot, j'te jure, j'ai cru qu'un jour je trouverais autre chose. Je n'étais pas satisfait, je pensais que les bonnes choses, la robe rouge de Lan, par exemple, et même Bee, c'était un peu comme des pièges à rats. Je ne sais pas comment t'expliquer... De bons appâts pour qu'on se tienne tranquille, tu sais, pour qu'on dise que tout va très bien. Bruno, je croyais que Lan et le jazz, c'était comme les réclames d'une revue, des choses agréables pour te faire patienter, comme Paris, ta femme et ton travail pour toi. Moi, j'avais mon saxo... et mon sexe comme dit ton livre. Tout pour être heureux, quoi. Des pièges, mon vieux... parce que c'est pas possible qu'il y ait pas autre chose, c'est pas possible qu'on soit à la fois si près de la porte et si définitivement de l'autre côté...

— Ce qui compte, c'est de donner sa pleine mesure, dis-je en me trouvant parfaitement idiot.

— Et de gagner chaque année le référendum de *Down Beat*, bien entendu, répond Johnny. Bien entendu. Bien entendu. Bien entendu. Bien entendu.

Je le pousse peu à peu vers la place. Heureusement, il y a encore un taxi.

— C'est surtout ton bon Dieu que j'ai sur l'estomac, murmure Johnny. Viens pas me faire braire avec ça, je le permettrai pas. Et s'il est vraiment de l'autre côté de la porte, je m'en fous. On n'a aucun mérite à passer de l'autre côté de la porte si c'est lui qui t'ouvre. Ah ! si on pouvait l'enfoncer à coups de pied, cette porte, ça oui, ce serait quelque chose. Démolir la porte à coups de pied, éjaculer contre la porte, pisser un jour entier contre la porte. Ce soir-là, à New York, j'ai cru que je l'avais ouverte avec ma musique, mais il a bien fallu m'arrêter, alors le salaud me l'a refermée au nez, tout ça parce que j'ai jamais prié pour lui et que je prierai jamais. Je veux rien savoir, moi, de ce portier en livrée, de ce groom qui ouvre les portes si on lui glisse un pourboire, de ce...

Pauvre Johnny, après il se plaint que je ne veuille pas répéter ces choses dans un livre. Grand Dieu, trois heures du matin.

Tica était repartie à New York, Johnny était reparti à New York (sans Dédée, installée chez Louis Perron qui promet comme tromboniste). Baby Lennox était repartie à New York. La saison n'était pas fameuse à Paris et je regrettais mes amis. Mon livre sur Johnny se vendait très bien dans tous les pays et Sammy Pretzal parlait d'une possible adaptation pour Hollywood, proposition assez plaisante si l'on pense au cours du dollar. Ma femme était toujours fâchée à cause de mon histoire avec Baby Lennox, rien de bien grave cependant, Baby est si carrément putain qu'une femme intelligente devrait comprendre que ces choses-là ne compromettent pas l'équilibre conjugal, d'autant que Baby était repartie à New York. Avec Johnny. Elle s'était payé le luxe de repartir sur le même bateau que Johnny. Et elle devait être en train de fumer de la marijuana avec Johnny, pauvre fille, aussi perdue que lui. Et *Amorous* sortait à Paris juste au moment où l'on préparait une deuxième édition de mon livre et où l'on parlait de le traduire en allemand. J'ai beaucoup pensé à de possibles modifications pour cette deuxième édition. Mon honnêteté (aussi grande que ma profession me le permet) me poussait à me demander s'il n'aurait pas fallu montrer sous un autre jour la personnalité de Johnny. Nous en avons discuté plusieurs fois, Delaunay, Hodeir et moi ; ils ne savaient vraiment pas que me conseiller, ils trouvaien' mon livre remarquable, par ailleurs il plaisait au public tel qu'il était. Il m'a semblé qu'ils craignaient tous les deux une contamination littéraire, que je ne finisse par introduire dans mon œuvre des nuances qui n'avaient rien à voir avec la musique de Johnny, telle du moins que nous la comprenions eux et moi. Il m'a finalement paru que l'opinion de spécialistes (et la mienne, bien entendu, il serait sot de le nier ici) justifiait ma décision de laisser inchangée la deuxième édition. Les revues de jazz nord-américaines (quatre reportages sur Johnny, nouvelle tentative de suicide, à la teinture d'iode cette fois, sonde et trois semaines d'hôpital, puis concert à Baltimore comme si de rien n'était) que j'avais lues attentivement avaient suffi à me tranquilliser, malgré la peine que me firent ces nouvelles rechutes lamentables. Johnny n'avait pas fait la moindre allusion compromettante à mon livre. Exemple (relevé dans le *Stomping Around*), Teddy Rogers interviewant Johnny : « Tu as lu ce que Bruno V... a écrit sur toi ? — Oui. C'est très bien. — Rien à dire sur ce livre ? — Non, si ce n'est qu'il est très bien. Et que Bruno est un grand type. » Restait à savoir ce que pourrait dire Johnny une fois ivre ou drogué, mais jusqu'à présent du moins, il n'avait opposé aucun démenti à mon œuvre. Je décidai de ne pas modifier la deuxième édition et d'y laisser Johnny tel qu'il était au fond : un pauvre diable, d'intelligence à peine moyenne, possédant

310 Les armes secrètes

comme tant de musiciens, tant de joueurs
d'échecs et tant de poètes, le don de créer des
choses admirables sans avoir la moindre conscience des dimensions de son œuvre (au plus,
l'orgueil du boxeur qui se sait fort). Je n'allais pas
me créer des complications avec un public qui
aime beaucoup le jazz et fort peu les analyses
musicales ou psychologiques, qui ne recherche
rien d'autre que la satisfaction du moment, nette
et bien profilée, les mains qui battent la mesure,
les visages qui se détendent béatement, la musique qui se promène sur la peau, qui s'incorpore
au sang, à la respiration, mais après ça, adieu,
surtout pas se casser la tête.

Les télégrammes arrivèrent les premiers (un
pour Delaunay, un pour moi, et les journaux du
soir en firent état avec des commentaires idiots).
Vingt jours après, je reçus une lettre de Baby
Lennox qui ne m'avait pas oublié. « On l'a traité
comme un prince à Bellevue et je suis allée le
chercher à sa sortie. Mike Russolo qui était en
tournée en Norvège nous avait laissé son appartement. Johnny allait très bien ; il ne voulait pas
jouer en public mais il avait accepté d'enregistrer
quelques disques avec les gars du Club 28. Au
fond, je peux bien te le dire à toi, Johnny était
très faible (après notre aventure à Paris, je
m'imagine ce que Baby veut dire par là) et la nuit
il respirait et se plaignait d'une telle façon que
j'avais peur. La seule chose qui me console —
ajoutait Baby de façon charmante — c'est qu'il

est mort content et sans s'en rendre compte. Il était en train de regarder la télévision et soudain il est tombé de sa chaise. On m'a dit que cela avait été instantané. » D'où il fallait conclure que Baby n'était pas avec lui à ce moment-là. Nous apprîmes par la suite qu'en effet Johnny vivait alors chez Tica et que depuis cinq jours il était préoccupé et abattu, qu'il parlait d'abandonner le jazz et de se retirer à la campagne près de Mexico (ils finissent tous par vouloir se retirer à la campagne, ça manque d'originalité). Tica le soignait et faisait son possible pour le calmer et l'obliger à penser au futur (c'est du moins ce que m'écrivit Tica ; comme si Johnny ou elle avait jamais eu la moindre idée de ce que peut être le futur). Au beau milieu d'un spectacle de télévision qui l'amusait beaucoup, il s'est mis à tousser, s'est brusquement plié en deux, etc. Je ne suis pas aussi sûr qu'elles qu'il soit mort sur le coup. C'est ce qu'a déclaré Tica à la police pour pouvoir se tirer de l'invraisemblable pétrin où l'avait mise la mort de Johnny chez elle, la marijuana qu'on avait retrouvée et les résultats fort peu convaincants de l'autopsie. (On imagine facilement tout ce qu'un médecin avait pu trouver dans les poumons et dans le foie de Johnny.) « Tu ne peux pas savoir comme sa mort m'a bouleversée (bien que je pourrais te raconter pas mal de choses à ce propos — ajoutait gentiment cette chère Baby) mais dès que j'aurai plus de courage, je t'écrirai tout ce qu'il faut que tu saches, toi qui étais son meilleur ami. » Suivait toute une page d'injures sur Tica, qui, à en croire Baby, serait non seulement coupable de la mort de Johnny mais de l'attaque de Pearl Harbour. Cette pauvre Baby terminait par : « Tant que j'y pense, un jour à Bellevue, il voulait absolument te voir, il confondait un peu les choses et il croyait que tu étais à New York et que tu ne voulais pas aller le voir, il parlait toujours de champs pleins de je ne sais quoi, et puis après il t'appelait et finissait par t'injurier, le pauvre. Tu sais ce que c'est quand on a la fièvre. Tica a dit à John Carey que les derniers mots de Johnny avaient été quelque chose comme : « Oh, fais-moi un masque. » Mais tu imagines que dans un pareil moment... » (tu parles si je m'imagine). « Il était devenu très gros, ajoutait Baby à la fin de sa lettre, et il avait du mal à marcher, il haletait. » Il fallait bien s'attendre à de pareils détails de la part d'une personne aussi délicate que Baby Lennox.

Tout cela survint juste au moment où la deuxième édition de mon livre sortait. J'eus heureusement le temps d'y inclure une note nécrologique rédigée à la hâte et une photo de l'enterrement où l'on voyait une foule de personnalités du jazz. Ma biographie était, de ce fait, plus... complète, dirons-nous. Il paraîtra peut-être cruel que je dise cela mais je me place naturellement sur un plan purement esthétique. On m'a encore parlé d'une autre traduction, en norvégien ou en suédois, je crois. Ma femme est ravie de cette nouvelle.

DU MÊME AUTEUR

Impression Bussière à Saint-Amand (Cher),
le 3 septembre 1990.
Dépôt légal : septembre 1990.
1er dépôt légal dans la collection : octobre 1973.
Numéro d'imprimeur : 2648.

ISBN 2-07-036448./Imprimé en France.

50539